最后的阵地

石钟山 著

浙江教育出版社·杭州

新时代 新作品
——当代文学名家中短篇小说集

这是他们最后的阵地，
坚守住就是胜利。

图书在版编目（CIP）数据

最后的阵地 / 石钟山著. -- 杭州 : 浙江教育出版社, 2025. 3. -- ISBN 978-7-5722-8799-2

Ⅰ. I247.5

中国国家版本馆 CIP 数据核字第 2024F9U949 号

新时代　新作品——当代文学名家中短篇小说集

最后的阵地

ZUIHOU DE ZHENDI

石钟山　著

项目策划	吴颖华	**责任校对**	余晓克
责任编辑	苏心怡	**责任印务**	陈　沁
美术编辑	韩　波	**封面设计**	观止堂_未氓

出版发行　浙江教育出版社

（杭州市环城北路177号　电话:0571-88909724）

图文制作　杭州兴邦电子印务有限公司

印　　刷　杭州富春印务有限公司

开　　本　710mm×1000mm　1/16

插　　页　2

印　　张　17.25

字　　数　236 000

版　　次　2025年3月第1版

印　　次　2025年3月第1次印刷

标准书号　ISBN 978-7-5722-8799-2

定　　价　52.00元

序　言

最后的阵地

这本小说集收录了我新近创作的六部军旅小说：《最后的阵地》《一诺》《八一学校》《李庄呼叫黄河》《后来》《上海往事》。其中既有描写父辈峥嵘岁月的回忆，又有军营大院军二代们的成长故事。

军人是个特殊的群体。那些经历过硝烟战火的老军人的晚年生活，他们的所思所想，还有他们新发生的故事，都在这些小说中有所呈现。

在军营里成长起来的军人子女，与地方上的同龄人有着许多不同。既有军营文化的影响，又有父母的影响。在军营这个半封闭的环境中，军人的子女，有着不一样的成长空间。军人子女有意无意地重复着父辈的思维方式，又不甘于同于父辈，总想做出与众不同、轰轰烈烈的大事，于是有了一个又一个关于子女悲欢离合的故事。

文学创作，可以写当下，也可以写未来，当然还可以写过去。在这本小说集中，我写的都是过去，站在当下回望过去，猛然发现未曾留意的视角。有了新的视角，就有了新的故事，发现了父辈的另一个侧面。通过一场战役、一个片段、一段回忆，把他们的人生勾绘出来，就有了别样的故事。

参加过战争的军人，更是一个特殊的群体，他们晚年的所思所想，有别于他人。在回忆中捡拾着青春岁月，为了他们的战友、友情，更是为了他们的良心。

岁月是文学最好的见证，虽然这些小说看似题材老旧，但是只要我们有了新的发现，幽深之处同样可以找到人性的光辉。

我们为梦想而生，在岁月中成长，到了一定年纪，回忆也成为一种美好的见证。

我们当下的一切都将成为历史，唯有文学可以见证。

石钟山

2024年12月

目 录

最后的阵地

一

“咣当”一声，先是一颗炮弹落在阵地上，然后接二连三，铺天盖地的炮弹便雨点似的落下，阵地上硝烟弥漫，战火冲天。张守望从硝烟里走出来，还是年轻时的样子，身穿军装，提着冲锋枪，身上挂满了子弹袋，指着他的鼻子大声地吼道：“你的援兵为什么不来？我的阵地剩下还不到一个班的人了，你见死不救！为啥，为啥不来救我？”

每次梦到这里，李满田都会从梦里醒来，先是抹一把早就湿了的脸，再把腿放到床沿下，抖抖双腿坐起来，披上件衣服。刚才的梦境仍在眼前演绎着。他知道，再睡去是不可能了，便下床，来到窗子前，拉开窗帘的一角，望向外面。夜色正浓，邻家的灯火暗着，窗外院内几盏路灯，星星点点地亮着。

李满田觉得胸闷，还有满腔的委屈，他要找人诉说。

最近不知道怎么了，李满田隔三岔五地就会做上一次这样的梦，梦的情景也大体相同，阵地、炮火、张守望那张求救的脸，还有他粗声粗气地发泄着不满的样子。每次从梦里醒来，李满田便再也睡不着了，魂不守舍地熬到天亮，确切地说，天刚蒙蒙亮，他便穿戴整齐地出门了，来到干休所那座凉亭下。

干休所有两座凉亭，一座在东南角，一座在西北角。西北角的凉亭是李满田和老邢、老徐常聚会的地方。天一亮，他们就聚在一起，有的打太极拳，有的握起拳头做出跑步的样子，不论做什么，只是个姿态而已。太极拳是打不到位的，跑步也是不可能的，只是做做样子而已。八十多岁的人了，人生就像皮影戏似的，一切都恍如隔世，不仅动作慢了下来，看什么都隔了一层毛玻璃似的，影影绰绰，若有若无。

李满田来到凉亭下，天空微微地泛着白，他霜打了似的立在那儿，竟一时不知如何是好。想哭却没有泪，就那么憋屈着，似乎又沉浸在梦境里，张守望粗门大嗓的喊叫仍在他耳畔回响着："你为什么见死不救？我的阵地丢了，哪怕你带来一兵一卒，我还能坚持两小时……"这似真似幻的喊叫，又让他落泪了，泪水冰冷潮湿地顺着脸颊流下来。

先是老邢走过来，老邢拄着手杖，人没到，手杖声音便"笃笃"地传过来。然后是老徐，一边拍手一边踱过来。三个老朋友便在凉亭下聚齐了。他们的开篇往往是这样的：那啥，昨天晚上睡得都咋样？老邢总是这么开场。

老徐说："还行吧，睡着了三四个小时，尿憋醒了，后来就再也睡不着了。"

放在以往，李满田也会搭讪一句：管他三小时四小时，能睁眼下床，就还都活着。

然后，三个加起来快三百岁的老人会干干地笑一笑，迎着东方即将初升的太阳，做出运动的姿态，度过他们通俗又平常的一天。

这次是李满田打破了这种约定俗成的模式，他扯了老邢，又拉了老徐，让二人坐在凉亭的石凳上，握住他们的手说：“张守望在汉江丢了阵地，你们说这事怪我吗？”

老邢一脸错愕地甩开李满田的手道：“你怎么又来了，还有完没完！”

老徐也拂了拂手说：“老李呀，你该放下了，别揪住那点事不放。”

李满田真心实意地感到委屈了，他立在那里，突然抽抽搭搭地哭了起来，一边哭，一边委屈得像个孩子似的说：“是我揪住不放了吗，你们怎么都这么认为？那是张守望揪住不放。这些日子，他天天在梦里找我，指着鼻子冲我喊，他把阵地丢了，是因为我没有支援他，怪我一兵一卒也没派。呀，你们评评理，他在汉江丢了阵地，怎么怪到我头上了？”

提起张守望，老邢和老徐都沉默了，心里漾过悲伤的涟漪，两人大眼瞪小眼地望着站在中间的李满田。

李满田的委屈似乎才刚开了个头，他诉说着：“大半辈子了，活着时说，死了之后还说，他干吗就和我纠缠不清呀？他丢了阵地，怎么就怪到我头上了？”

半年前，这个凉亭下，除了他们三个人，还有张守望。张守望的身子骨似乎比他们仨都硬朗，除了耳朵有些背。张守望耳背，从年轻时就这样，那是在汉江阻击战时，被美国人的炮弹炸聋的，那会儿他才三十出头。从那以后，他说话的声音陡然高了八度，几乎是扯着嗓子喊，以为别人都听不见。就在半年前的一个早晨，张守望把两只拳头握在腰间，做出跑步的姿势，没比画几下，就坐到石凳上，说胸口闷。几个人都八十多岁了，不是大小伙子了，这里疼，那里不舒服，成了家常便饭。起初，谁也没太把张守望的话当回事，不舒服就歇歇，以前也有过类似的事，歇一歇，把气喘匀了，就好了。然而这次却不一样，张守望不仅捂了胸口，脸色变得苍白，还倚在栏杆上，口吐白沫。张守望这样子着实把三个人吓坏了，正巧赶上张守望的女婿郭家华去上班，路过此地。三人忙把郭家华叫过来，郭家华毕竟年轻，见识也多，查看了岳父张守望的脉搏，又翻了眼皮看后冲三人说："我爸怕是心梗了。"说着便把岳父平放在地上，一边打电话叫救护车，一边通知张彩云。张彩云是张守望的女儿，张守望有两个儿子、一个女儿。两个儿子都牺牲了，女儿成家后一开始住在外面，后来见父亲岁数大了，便搬到干休所和父母住在了一起。养儿防老，大概就是这个意思。张守望特别疼爱小女儿张彩云，平日里，张口"老闺女"，闭口"我女儿"的，每次提到女儿张彩云，他都幸福得合不拢嘴。

救护车把张守望拉走后，三个人的腿都软了，刚才还好好的一个人，说倒下就倒下了。眼睁睁地看着他被救护车拉走，三个人瘫坐在石凳上，久久没回过神来。最后不知谁说了句：回吧。三个人才清醒过来，抖着腿脚一步步向家挪去。回到家，心仍放不下，立在窗前向外面张望，希望再看到一辆车驶进来，从车上下来硬朗的张守望，然后站在楼下，粗门大嗓地喊一声："我老张没事，你们都下楼哇。"平时他们经常能听到张守望这么喊，他们一听到他的喊声，便从楼上下来，走出各自的楼门，集合着向凉亭走去。

一直到下午，他们又重新聚在凉亭下，仍没见张守望回来。日头又偏西了一些，才看见张彩云一个人从院外走回来。张彩云似乎早就哭过了，哭透了的那种，眼睛也红肿着。他们默默地迎上去，张彩云抬起眼皮，哽着声音说："叔，伯，我爸走了。"张彩云这轻轻的一声"走了"，犹如一枚炸弹在三个人心里炸响，几乎要把他们炸翻了。他们呆呆地立在那儿，久久没回过神来。早晨出门还好好的张守望，到了下半晌就轻轻地"走了"。

他们再次见到他们的好战友、好伙伴张守望时，是三天后在殡仪馆里，张守望躺在那里，一如生前睡着了，他身上盖着党旗、军旗，映得他那张脸红扑扑的。哀乐一遍遍地播放，提醒着他们，他们的战友张守望已经"走了"。

告别仪式是干休所组织的，来了许多现役军人，还有张守望曾经的同事，但作为老战友出现的，就只有他们三个人了。他们立在张守望的遗体旁，就像三个门神，也像是主人。他们不离不弃地陪在张守望的身边，他们要送战友最后一程。所有参加遗体告别的人，最后都把仰慕的目光投向他们三人，有人还远远地向他们敬礼，有些人他们压根不认识，有的人脸熟，却想不起是谁。不论脸生、脸熟，这些人都和他们无关，他们的职责就是守护着老战友，并送他最后一程。

二

汉江阻击战那会儿，老邢是团长，老徐是团政委，李满田和张守望都是营长。与其说是阻击战，还不如说是场遭遇战，守住汉江阵地，就守住了汉城。汉城是志愿军攻克的最具象征意义的城市，全世界的目光都投向了这里，"联合国军"发动了反扑，机械化部队从四面八方调集而来，一场遭遇战在所难免。当时的志愿军正分头作战，距离汉江最近的也有上百公里，况且，丢下阵地回援也不现实。只有他们第五十军离汉江最近，刚参加完战斗，部队还在休整中。志愿军司令部下令，他们停止转移休整，掉头直奔汉江，展开了一场生死阻击战。

十几天时间，“联合国军”几倍于我军，飞机、坦克、火炮，轮番向我阻击阵地发起进攻。他们当然明白，攻下汉江等于断了志愿军后路，将不战而胜。阻击敌人的志愿军也明白，汉江守不住，之前付出的所有牺牲将功亏一篑。全军将士分布在汉江外围的几十座山头上，面对敌军疯狂的进攻，以血肉之躯捍卫着阵地。

张守望的一营，是进入阵地的第一拨阻击兵力。阵地不大，张守望知道，小小的阵地没必要摆开那么多兵力，他先是把一个连派上阵地，其他作为预备队，埋伏在山沟里，以保存实力。可结果，还不到一个白天的时间，一个连在经历过更换八位连长后，几乎全连覆没。连干部牺牲了，排长上；排长牺牲了，班长接替。傍晚还没到，张守望又派上一个排去接替三连。最后三连只剩下十几名伤残的战士，他们缺胳膊少腿，横七竖八地躺在了张守望面前，他们一声声叫着：“营长，我疼呀。”张守望派出担架队护送这些伤残士兵下去。那会儿，他心里在淌血，他的心像被刀剜了一样疼。

仗再打下去，连护送伤兵撤下阵地的人都没有了。先是上一个连，然后上一个排，到最后一个班一个班地上了。阵地如同一台绞肉机，张着血盆大口，有多少肉都能生吞下去。张守望最后上阵地时，是带着炊事员、警卫员、卫生员一起上去的，总共才十多个人。他知道最后的时刻到了，他挺了挺轻机枪，红着眼睛，哑着声音冲仅有的十几个士兵喊："打完这一仗，这辈子的仗就打完了，阵地就是我们的坟墓。只要我们在世上还有最后一口气，就要把枪里的子弹打出去。"喊完，他挥了下手臂，十几个人跟着他，跃上了阵地。

阵地早就焦煳一片，弥漫着一股血腥味，让人作呕。山下敌人几辆坦克并排着向山上攻来，坦克后面是密密麻麻的敌军。炮弹密集地落在阵地上，他们没处躲，也没法躲，炮弹在焦土上炸开，细碎的粉尘遮天蔽日，犹如黑夜。在这之前，他向团部求援过，那会儿电话线路还是畅通的，当初团里安排阵地时，他知道李满田的三营是预备队。他还剩下一个连时，就请求邢团长增援，邢团长在电话里冲他咆哮道："预备队已经没人了。没有预备队，你也要把阵地给我守住！"

再后来，他只剩下一个排了，电话线早就被炸飞了，他用电台向团里求援，邢团长回话："你们营就是只剩下一个人，也得把阵地守住。"

再后来，电台都被敌人的炮弹炸飞了，团里和他们彻底失去了联系。有联系又能怎样，预备队早已派出去了，没有人了。张守望看见，不仅他们的阵地如此，周围的阵地和他们的一样，早就是一片火海了。

张守望抱着最后一战的必死之心上了阵地，那会儿什么炮弹、坦克，在他眼里都成了皮影戏。声音没了，一切都静了，他的耳朵已被炮弹炸聋了，他一遍遍地喊："打，射击，往死里打。"他的机枪口都打红了，冒着缕缕青烟，敌军却像割麦子似的倒下一批又上来一茬。他们打呀，杀呀，有几个战士，抱着掷弹筒滚出阵地和敌人的坦克同归于尽。那会儿，张守望觉得自己已经飞起来了，身子似乎不存在了，轻飘飘的，他把打坏的机枪扔到一边，又端起另外一支枪向外射击。时间不知过了多久，似乎一切都在他眼前定格了，硝烟之后的阵地变得瓦蓝一片，像平静的湖面。就在这时，他的后方升起两颗信号弹，就是两颗，这是邢团长之前规定的。两颗信号弹升起，就是他们撤出阵地的约定。

军令如山，他射光了枪里最后一粒子弹，在这之前，敌军已经潮水似的撤下去了，他知道不用多久，阵地上将迎来一拨更猛烈的炮火。他冲身边吼："撤，撤离阵地。"

有三四个战士从地上爬起来，向他身边聚拢，他又喊："我命令，撤!"再没有反应，还是那三四个人。他急了，他的命令还从来没有被如此怠慢过。他又喊了一遍。一名炊事员大声地报告："营长，全营已集合完毕。"他听不到，但从炊事员的口型中明白了是什么意思。他盯着眼前仅剩下的四名士兵，其中两名已经负伤，相互搀扶着，这就是他们营的全部成员了。上阵地时有几百人，现在连他在内，仅剩下五人了。他还是下达了撤退命令。

他们前脚刚撤出阵地，后脚黑压压的炮弹便落到了阵地上。

直到和大部队会合，他才知道，他们营已经在阵地上坚守了十三天。暗无天日的阵地早已令他失去了时间的概念。最后一个军撤出战斗，稀稀拉拉的从队首都能看到队尾，可他们上阵地时，足足有几万人呢。为了汉江，为了志愿军的大后方，他们几乎把一个军拼光了。

从那时开始，张守望不仅耳朵聋了，还留下了一个爱做梦的毛病。每次的梦境都千篇一律，他不停地手摇着电话，一遍遍向团部请求增援。他得到的答复是：增援的部队在路上。他一次次张望，却不见一兵一卒来增援。

现实生活中，他就把恨记在李满田的身上，他分明记得李满田是预备队队长，他们上阵地前，团长老邢、团政委老徐就是这么分工的。可直到他们营打光了，也不见李满田派出一兵一卒。

那次，他们撤回国内休整，李满田受了重伤，住在丹东。李满田被一颗炮弹击中，不仅头受了伤，浑身上下还中了十几处弹片。老邢、老徐，还有他赶到李满田病床前，李满田显得很激动，一把捉住他的手，眼里含着泪，哽咽着说："老哥几个，我以为再也见不到你们了。"

张守望在撤下来时就知道，他们奔上阵地不久，李满田的预备队就被拉上了阵地，团里从战斗打响那一刻起就没有了预备队。可张守望还是说："满田，为啥不来增援我们呢，哪怕来一兵一卒也好哇。"

李满田躺在病床上哽着声音说："守望，我还指望你给我派一兵一卒呢。"张守望还知道，团长老邢和团政委老徐也已经带着团部的警卫排上了阵地，他们军长也带着警卫兵上了阵地。汉江阻击战，整个军都参加了战斗。

这个理张守望懂，他是名军人，还是名身经百战的老军人，这一切他能不懂吗?！可梦依旧做，每次的梦境都是雷同的，他坚守的阵地变成了一座孤岛，每次他求援，团里的答复都是千篇一律：援军就在路上。可阵地都丢了，援军仍不见人影。

平日里，他就把火撒到李满田的身上，话里话外满是责备。李满田委屈，就拉着他去找老邢和老徐，老邢和老徐已经是师长和师政委了，他们俩也已经是团长了。其实也没更多解释的，张守望心里跟明镜似的。

有时喝多了酒，张守望还是要和李满田磨叽，拉着李满田的手，一遍遍地说："满田，你咋才来呀，阵地都丢了。"然后就悲怆地哭。李满田大声地劝道："守望，是我不好，等下次再打仗，我给你派去一个营，先把你的阵地守住，行了吧？"

张守望就抱着李满田哀哀地哭，像一个被遗弃的孩子。

不知是梦让张守望的脑子错乱了，还是他本来就错乱了，总之，张守望的记忆似乎丢在汉江，再也找不回来了。

三

从朝鲜战场上回来后，李满田和张守望再也没找到共赴战场的机会。每次他们聚餐喝酒，张守望都眼泪汪汪地冲李满田说："哪怕你增援我一兵一卒，阵地也不会丢掉哇。"李满田和其他战友已不想做更多解释了，只能安慰着喝多了的张守望道："守望，等下一次呀，我带着全团的人去支援你。"张守望听了，便哀哀地哭，委屈得像个孩子。

其实他们还有两次接近战争的机会，可惜，都没有轮到他们亲自上战场。

1969年3月，珍宝岛自卫反击战打响了。那会儿，李满田是二师师长，张守望是三师师长，他们军的驻地离珍宝岛最近。上一年，张守望的儿子张八一参军了，张八一参军时才十七岁。张八一是张守望家的老大，长得和张守望一点也不一样。张守望是五短身材，整个人肉墩墩的；而张八一就像一棵柳树，不仅眉清目秀，身材也修长得很。从小到大，张八一在张守望的眼里就像个丫头。张守望经常盯着他家老大张八一唉声叹气：起了一个和军人有关的名字，长得却像个姑娘，这以后参军打起仗来，枪都拿不稳，还不得成了俘虏。

高中毕业，十七岁的张八一仍然像棵柳树，弱不禁风的样子。张八一被张守望送到了部队，去了北部边陲，那里有个很好听的名字——珍宝岛。虽然名字充满诗情画意，但谁都知道那里是个艰苦的地方，一年中有好几个月都是大雪纷飞的。让张八一去珍宝岛当兵，张守望和老伴马护士长还发生过口角。张守望的老伴是部队医院的一名护士长，人们似乎忘了她的名字，一律跟着张守望称她“马护士长”，不知张守望在家是怎么称呼老伴的，反正在人前，他一直“马护士长”“马护士长”这么叫。人到中年的马护士长依稀能够看出年轻时一定是个美人坯子，举手投足都很有修养和文化的样子。张守望一直抱怨张八一长得女孩相，这一切都和马护士长有关。他俩是在辽沈战役中相识的，当时他们都被困在长春城中，外面是里三层外三层的解放军，驻守在城里的是国民党部队第六十军，张守望那会儿还是国民党部队的一名连长。

从1948年6月开始，城外的解放军就把长春围得水泄不通。起初，还有国民党的飞机能空投一些食物，僧多粥少，只能一解燃眉之急。城里的百姓和一些军人趁乱跑出城去，投奔了共产党的队伍。马护士长那会儿还只是名护士。一线的军队官兵都缺衣少粮，医院里的医生护士日子也不好过，有许多兵痞借机打砸医院，医院里的药都被哄抢了，用药充饥的士兵也不在少数。有一天，他们医院又被一群兵痞袭扰了，马护士长跑出医院，投奔兵营求救，正遇上张守望查哨。马护士长只来得及喊一声“长官，救救我”后便晕了过去。后来张守望从后厨里拿了两个玉米饼子，还端了碗水，算是救了马护士长一命。他们就这样认识了，马护士长醒来，两人聊天，发现竟是河南同乡。自此，他们就多了个照应，张守望每次开伙吃饭，总会想到在医院里的马护士长，就偷偷地把口粮留下一些，找机会给她送去。

1948年10月，锦州战役打响了，国民党的飞机已顾不上长春，都转向了对驻锦州守军的支援。这让长春城内的守军雪上加霜。第六十军军长曾泽生突然在一天夜里下令起义，长春一夜之间解放了。他们全军将士改弦易辙，成了解放军中的一员。张守望和马护士长就是在那一年年底结的婚。在张守望眼里，马护士长的身子跟豆芽菜似的，他当时想，这都是因为饿的，吃几顿饱饭一切都会好起来。

后来张守望才发现，自己大错特错了。怀了张八一后，马护士长的身子也没能壮起来，人倒是滋润了，也活泛得很，可就是不胖。

张守望一直抱怨，张八一随了他妈。

张八一被张守望送到珍宝岛上的边防连队，马护士长是有意见的，她不反对儿子去参军，但做母亲的，总希望儿子能去一个条件稍好的地方。马护士长的想法被张守望批判得体无完肤。张守望扯着嗓门喊道：“张八一是我的儿子，他不去艰苦的地方锻炼，谁去？他的名字叫‘八一’，他是军人子弟。”

自从1948年投诚之后，张守望发现身边所有的人都换了副模样，不仅心比以前齐了，觉悟和以前相比也是天上地下。当初，他们作为志愿军的第五十军，被拉到了朝鲜战场，前几次战役，他们军一直作为预备队，并没有打上几场硬仗。有人就发牢骚说党中央并不相信他们这支部队，虽然起义之后，他们也参加了辽沈战役、平津战役，可总觉得哪里不对劲，似乎和其他部队比起来，他们总是低人半头。一直到上了朝鲜战场，要不是汉江危在旦夕，他们的部队正好离汉江最近，也许汉江阻击战还不一定轮到他们。可就是这一战，把第五十军的气势和威望打出来了。为了汉江，为了保护志愿军的大后方，第五十军拼光了家底。他们幸存下来的这帮人，从心底里才真正获得了解放，找到了归属感。

在张守望的心底，自己的儿子——张八一就应该到最艰苦的地方去，和别人家的孩子并没有什么两样。马护士长自然胳膊拧不过大腿，阴沉着脸，不满了几日，一切又都复归正常了。

就在张八一当兵的第二年，珍宝岛自卫反击战突然打响了，张八一在那场战斗中牺牲了。消息传到张守望耳朵里时，他的部队也已经到了前线。

张八一和牺牲的战友们的尸体还没来得及掩埋，整齐地摆在库房的地面上，显然，尸体已经过简单处理，连队给他们换上了新军装，擦洗了脸。张守望一眼就认出了儿子，他走过去，蹲在儿子尸体旁，只见儿子的脸不再生动，苍白得很，右手食指还套着手榴弹的拉环，手指紧勾着。他试图把拉环从儿子手指上取下，试了几次也没能成功，仿佛是儿子在和他较着劲。最后他放弃了，把儿子的胳膊小心地放回原处，然后立起身，冲儿子和一起躺在地上的牺牲的战士们敬了个军礼。直到这时，他才意识到，自己已经泪流满面了。他最后看了眼躺在地上的儿子，突然发现，儿子和当兵前相比，已经壮实了不少。他在心里暗暗吁了口气。

老邢、老徐和李满田得知他儿子牺牲后都来安慰他，尤其是李满田，握住他的手，摇晃着说："守望，我们又到前线了，这次若开打，我给你留一个营做预备队，不论你打成什么样，这个营归你指挥。"

张守望不认识似的望着李满田，愤愤地把他的手甩掉说："谁要你的预备队，我自己的部队够用。"两人说这些话时，都已经是师长了。

李满田还在解释："我在汉江欠你的情，我一定补上。"

老邢和老徐就打着圆场说："什么情不情的，一切以大局为重。你们各就各位，随时准备打退敌人的反扑。"

那之后，敌人并没有反扑，大部队在前线驻扎了几个月，后来都撤出了前线。他们回来了，但张八一和牺牲的官兵们一起被葬在了珍宝岛的烈士陵园里。

张八一牺牲了，马护士长好久才缓过神来，她的脸色更加苍白，身子也更加瘦弱。只要有人提起张八一，她一准会抽抽搭搭哭上好一阵子。张守望心里也恓惶得很，便一遍遍地说："你有完没完，八一不在了，咱们还有九月和彩云。"张九月是他们的老二，也是个男孩，已经上初中了，张彩云是他们唯一的女儿，正在上小学。在张守望心里，九月才是自己真正希望的孩子，他生得虎头虎脑，充满了活力。彩云是个女孩，从生下来就是一副小身板，更像她妈，说话也细声细气的。八一不在了，张守望把所有的希望都寄托在了张九月身上。

九月高中毕业那一年，也被送到了部队。这次，张守望听了马护士长的建议，没有把九月送到条件艰苦的北部边陲，而是送到了南方，一个叫昆明的地方。人们都说，昆明那地方好，四季如春。九月就从天寒地冻的北方，到冬天不冷、夏天不热的昆明参军去了。

九月果然没辜负张守望的期望，参军后，第二年入党，第三年就提干了。提干后的九月回来过一次，身子更加敦实了，脸庞被云南的紫外线照射得红里透黑。张守望用力地把手掌拍在九月的肩上，反作用力震得他手掌麻酥酥的，他喜在心里，高兴在脸上，嘴里一遍遍地说："九月，你行了，像条汉子了。"九月就咧开嘴冲父亲笑，骄傲地说："那是当然，不看看我是谁的儿子。"张守望就很幸福，眼睛笑成了一条缝，眯着眼睛打量着儿子。

1979年，对越自卫反击战打响了。张九月所在的部队要参加战斗。那时，张守望已经调到军区后勤部任职了，李满田也当上了军区副参谋长，老邢和老徐已经退休。

对越自卫反击战，速战速决。九月的连队，是最后一支撤出战斗的队伍，他们掩护大部队撤退，结果遭到了敌人的埋伏。在增援的部队受阻后，整个连队化整为零，和敌人打起了游击战，最后突围无望，全部阵亡。

九月牺牲了，张守望已经欲哭无泪了。两个儿子，两场战事，都牺牲了。

在南疆某县的烈士陵园里，张守望和马护士长看到了九月的墓，虽然只是一座空墓地，但他们仍然找到了寄托。儿子似乎就在眼前，冲他们憨憨地笑着，仿佛在说："爸，妈，儿子没给你们丢脸。"

那一次，张守望和马护士长哭晕在儿子的空坟前。

四

张守望和马护士长失去了他们的两个儿子。看惯了生死的张守望和马护士长，擦干眼泪，把无尽的哀愁和思念埋在心底，日子还得继续过。好在，他们还有一个女儿张彩云。张彩云这名字很普通，一如她的童年时代和少年时代。她一副营养不良的样子，头发焦黄，一脸菜色，到了少年时代也是瘦瘦小小的。可自从上了中学后，人一下子就变得出挑了，用"女大十八变"来形容张彩云，一点也不过分。彩云不仅变成了大姑娘，身材和面容也与众不同。她和父母谁也不像。

张彩云上初中时，被市文化宫的老师挑中了，每天放学后，她都要去文化宫练上两个小时的舞蹈。跳了几年舞蹈的彩云更加与众不同了，她总是抬头挺胸地走路，十分显眼。

李满田家的老二李援朝和张彩云是同学，他们从幼儿园到上小学、中学一直在一个班里。机关下班，正是父母上幼儿园接孩子的时间，李满田和张守望经常一起接孩子，他们在幼儿园门口各自拉住孩子的手回家。那会儿，李援朝比彩云高了半个头，两人精神面貌也大不一样，虎头虎脑的李援朝面孔像只苹果，彩云瘦瘦小小的脸则像一只冻秋梨。李满田看了彩云就咋着舌头说："老张，你太偏心眼了，两个男孩你养得好好的，怎么到了丫头这儿，就跟根稻草似的。”

张守望听了，明显不高兴，拉长脸说：“我又没向你家借米，孩子养得好坏和你有啥关系。”

李满田说：“和我肯定没关系，这和你有关系，你这是重男轻女呀。”

说完，李满田拉着李援朝快步朝家走去，留下愣神的张守望。

论偏心眼儿，张守望内心里肯定是偏向八一和九月两个男孩子的。两个哥哥穿不下的衣服，被马护士长改了改，又套在彩云身上。从幼儿园到小学，从服装上很难辨别出彩云的性别。有一次下课上厕所，彩云曾被一年级的新生误认为是男孩子，从厕所里被轰了出来。一时间，这件事在学校里被当成了笑话。高中时，她的两个哥哥八一和九月已相继牺牲，张守望满眼都是女儿了。他和马护士长把所有的爱都倾注到了女儿身上。

有一天，李满田从司令部到后勤部串门，来到张守望办公室，张守望正透过办公室的窗子往院内张望。李满田顺着张守望的目光望过去，先是看见彩云挎着书包正往家走。当时是学校放学时间，张守望的目光恋恋不舍地追随着女儿彩云远去的身影。随后李满田看见儿子李援朝在距离彩云身后不远处，也向家门走去。他一拍脑袋，心血来潮地冲张守望说：“老张，要不咱们做亲家吧。”

李满田的话吓了张守望一跳。张守望睁大眼睛，不认识似的望着李满田。李满田不明就里地说：“咋了，是我们家援朝配不上你家彩云？”

张守望摇着头说：“你打住吧。”

当时，两个人就是一句玩笑，说过就忘了。直到几年后，两个人各自退休，李援朝和张彩云双双参军。这俩孩子真的擦出了爱情的火花，在一年春节两人一起从部队回家探亲。

李援朝在吃晚饭时，端起碗，半只碗遮住脸，轻描淡写地说：“爸、妈，我和彩云恋爱了，想明年‘五一’结婚。”

李满田听了，似乎早在意料之中，当了几年兵的李援朝，已经是部队的排长了，也到了恋爱结婚的年纪，他和老伴对视一眼。老伴是地方纺织厂的一名女工，当年援朝参军时，老伴还不太同意，她希望援朝接自己的班，理由是纺织厂里女工多，儿子若是到纺织厂上班，不愁找不到媳妇。李满田就笑话老伴，头发长见识短，最后把权利交给李援朝，让他自己决定。

那会儿，张彩云已经被部队的文艺宣传队选中了，即将成为一名文艺兵。李援朝笑嘻嘻地说：“爸、妈，你们不用争了，要依我，我就参军去。”

李援朝果然参军了，和张彩云在同一支部队。刚当兵那会儿，李援朝和张彩云也一同回来休过假。休假的日子里，两个人也同出同进过军区大院，当时谁也没多想，他们是从小一起长大的，又一起参军，一起见见同学、玩一玩，都正常。

那天，李满田的老伴也表态了：“彩云那孩子不错，听说在宣传队都当上分队长了。”说到这，她停顿一下道，“不知人家爸妈咋个想法。”

李满田把筷子拍在桌子上，抹着嘴说：“老张还能有个啥想法。”

李满田过于自信了，当张彩云羞涩地把自己和李援朝恋爱的消息告诉父母时，张守望“啪”的一下，把茶杯蹾在茶几上，又拍了下自己的大腿说：“我不同意。”张守望这么快，几乎毫不犹豫地否定了女儿的爱情，大大出乎马护士长和彩云的预期，两人张口结舌地望着他。

张守望武断地说：“别问我为什么，我说不行，就不行。”

彩云的爱情受到了腰斩，眼泪控制不住，稀里哗啦地从脸颊上滚落下来。

马护士长说：“老张你抽什么风，老李哪儿得罪你了，他们家的援朝我看挺好的，和咱们彩云知根知底，也般配。”

张守望狠狠地瞪了眼马护士长，马护士长就噤了声，用手捂着胸口，惴惴地喘。

彩云把父亲张守望的意见告诉了李援朝，援朝也有些吃惊，他没想到，看着自己长大的张叔叔会干预他和彩云的爱情。援朝把张守望的意见婉转地告诉了父亲，李满田轻描淡写地说：“别听你张叔胡说八道。你和彩云该怎么样还怎么样，你张叔的工作我来做。”

两个年轻人就又高高兴兴地回部队了。两个孩子前脚一走，李满田就找到了张守望，他还特地从自己家里拎了两瓶酒，叫上老邢和老徐，四个人到饭店喝了一回酒。酒过三巡之后，李满田把杯子放下来，满脸带笑，半开玩笑地冲张守望说：“守望，你这么办事不对呀。”

张守望明白盐从哪咸、醋从哪酸，也放下杯子，大声又认真地说：“我说的话是认真的，不是开玩笑，你家小子和我家丫头不合适。”

两人如此这般，老邢和老徐也觉得事态严重了，纷纷侧目看着两人。

李满田一拍大腿就说："守望，你让两位老领导评评理，我李满田哪儿对不住你。"

张守望挥挥手说："咱不说那些，反正，让彩云嫁给援朝，我不同意。"

接下去的酒喝得就变味了，越变味，张守望和李满田两人还越比赛似的喝，你一杯我一杯，弄得老邢和老徐两头劝。两个人较上了劲，仍一杯接一杯地喝，喝到最后，两人摽着膀子相互搀扶着走回干休所。老邢和老徐见两人这样，说了一团和气的话就各自回家了。张守望和李满田两人在楼下的凉亭里并没有走的意思，相互凝视着。

李满田把外衣甩在膀子上，怒气冲冲地说："守望，说吧，这里也没外人了，我李满田这辈子怎么你了？"

张守望挥了下手："不说别的，就说那次汉江阻击战，我们营打得那么艰苦，最后就剩下几个人。阵地都丢了，要是没接到撤退命令，我就得上军事法庭。"

李满田说："张守望，为这件事，你都和我纠缠大半辈子了，你有意思吗？我们营最初是作为预备队，可战斗一打响，我们就补缺上阵地了呀，这事老邢、老徐可以做证，是他们交给我的任务。你们营只剩下几个人，我们营也不比你们营多多少哇。阵地白天丢了，晚上又夺回来，拉锯似的争夺了好几回，这事你又不是不知道。"

张守望又挥了下手："李满田你少扯这个，一营你支没支援？当初一营阵地就要失守了，你派出一个排，又把阵地夺回来了。我这呢，你派出过一兵一卒？当时我们阵地成了绞肉机，人都拼光了，剩下几个伤兵在战斗，我多么希望你派给我一兵一卒哇，可你派了吗？”

李满田生气了，甩了下手道：“张守望，你这话说得太没意思了，当时各营之间的电话线都被炸断了，电台也联系不上，咱们都各自为战。当初，要是接到你的求救信息，就算我自己的阵地不守了，我也会派兵增援你。”

“你听不见，眼睛还看不见呢？我们营的阵地就在你的左前方。距离不到一公里，我们都守不住了，我看你们阵地还打冲锋呢，战壕里能动的还有几十号人。哪怕你支援我一兵一卒，我们营也不至于打得那么惨啊。”张守望似乎又说到了伤心处，蹲下身子，哀哀地哭了。也许是酒精的作用，张守望哭得伤心无比，痛彻心扉的样子。

他这一哭，也勾起了李满田的伤心往事，似乎又回到了炮火连天的汉江阻击战，一个又一个战友在他面前倒下，他也伤心欲绝地哭了起来。两个老人蹲在地上，在那个夜晚，哭了一气，又哭了一气。

不知过了多久，不知是谁先站了起来，另一个也站了起来，各自擤了擤鼻涕。张守望嘟囔着：“李满田，是你对不住我，让我丢了阵地，我记你一辈子。”

李满田脾气也上来了：“你记就记，小肚鸡肠。”

两人就散了。

从那以后，两人见面就起争执，每次争执的话题都是从汉江阻击战展开。老邢和老徐也是当事人，是他们的团长和团政委，对两人各打五十大板。批评张守望丢阵地肯定不对，也说李满田在和友邻部队失去联系的情况下，没能随机应变。但话说回来，战场上的局势千变万化，由不得自己。老邢和老徐在战斗最关键时，不是也带着炊事员、卫生员和警卫员冲上了阵地嘛。

老邢和老徐把话说得很中性，并没有责怪两人的意思，上级也没有追究他们。就是汉江阻击战，让他们第五十军一战成名，一扫笼罩在他们起义部队头上的阴霾。那一战让他们军几乎失去了番号，回国休整时，才源源不断地补充了兵力，一支崭新的队伍又集结在世人面前。

张守望也惊奇自己对李满田的怨恨情绪，不知为什么这么深又这么久。在风平浪静的日子里，两人几乎是无话不说的好朋友，从部队到军区，后来又退休住到了干休所。可不知为什么，人老了，总是爱做梦，梦境又一直纠缠在汉江阻击战，每次做梦都是走麦城，阵地丢了一回又一回。或许当时自己对预备队期望太高，那场战斗真是让人绝望呀，阵地上满是丢弃的枪支和尸体。敌人攻上来了，满地的武器，就是没有足够的兵力去射击。眼见着敌人越来越近，攻势越来越猛，可阵地上自己这边的子弹只是零星地发射着。他一次又一次回头，多么希望这时冲上来一批援军呀，这股有生力量冲进阵地，那将是怎样一股力量，一定会令敌人丢盔弃甲。可是他张望了，在心里千遍万遍地把李满田呼唤了，援军却一个也没有出现。在绝望中，他喊叫着冲出阵地和敌人展开白刃战。

每次从梦境中醒来，张守望脸上都是湿的，一摸全是泪。也不知从何时起，他开始滋生对李满田的不满。可白天一到，一见到满脸是笑的李满田，还有老邢、老徐，他的心又软了，一遍遍地想，他们是多么亲近的战友哇。在白天，他几乎原谅了李满田的一切；可到了晚上，一入梦，这道过不去的坎，又一次摆在了心头。张守望也不知自己到底是怎么了。

五

当李援朝和张彩云又一次回来探亲时，两人已事先在部队开好了结婚登记介绍信，只等登记结婚了。

李满田接到儿子的来信，已提前将新房布置妥当，一副张灯结彩的样子。李满田和老伴忙活了一阵，又忙活了一阵，在儿子即将回来的前两天，李满田终于忍不住，下楼来到干休所院内的凉亭里，找到了张守望。老邢和老徐在下军棋，张守望在一旁当裁判。干休所院外的大街上，经常可以看到三五个老头，围在一起下象棋，吆五喝六，全民参与的样子。干休所的离退休老干部不下象棋，而下军棋，排兵布阵。司令员、军长、师长、团长等都听从自己调遣，你派一个师，我派一个团，在双方阵地上对子厮杀。李满田平时也爱下军棋，每一盘都要重新排兵布阵，然后像一位指挥官一样，源源不断地把千军万马派上战场。最惨烈时，只剩下少数营团职干部了，便在阵地上收缩防守，在几条要道处，做最后的坚守，把大本营中的军旗护住。谁的军旗被扛走了，谁就只能弃子认输。为了守住最后的阵地，双方绞尽脑汁，拼力用上自己最强的火力来抵御对方的长驱直入。以往，李满田和张守望也经常在棋盘上对垒，两人互有胜负，张守望每次输了棋，总是不依不饶的样子，抓起棋子吵吵嚷嚷要再来一盘。有时都过了吃饭时间，张守望仍然缠着李满田再杀一盘，输了想扳回，赢了想再赢。李满田说："守望，你这是何苦呀，饭菜都凉了。"张守望神情严肃地说："我要不赢上这一盘，晚上睡觉都不踏实。"然后两人执子，再次厮杀到一起。

李满田忙着给儿子布置婚房，已经好几天没到凉亭来了。这次他一露面，便喜不自禁地冲着三位老战友说道："下完这一盘，你们跟我走。"

老邢和老徐抬起头，疑惑地打量着李满田。老邢说："满田，你是不是想请我们喝酒哇？"

李满田说："酒是必须有的，你们跟我走吧，到了就知道了。"

老徐就把棋盘一推，终结了厮杀一半的棋局，拍拍屁股说："走，看看满田和咱们卖什么关子。"

两人一走，张守望自然也一起跟上，三个人来到了李满田家里。李满田把家里的主卧腾出来了，房间被粉刷一新，床呀桌椅什么的，自然都是从家具市场上新买的，老伴正在往窗子上贴"喜"字。

老徐、老邢打着哈哈说："咋地，家里有喜事呀？"

李满田望眼张守望说："可不，援朝马上就要回来探亲了，回来就结婚。"

张守望很警觉，把李满田拉到一旁正色道："你家援朝要结婚，这是要和谁结呀？"

这次轮到李满田发怔了，他望了半晌张守望，疑惑地打量着他的表情，把嘴巴凑近张守望的耳朵，为了让未来的亲家听得更真切一些，还用手做出喇叭状道："亲家，你别装糊涂，我家援朝和你家彩云结婚。他们过两天就回来了。”

张守望顿时变了脸色：“你家援朝想娶我家彩云，你休想，别做白日梦了。”说完也不解释，打开门“噔噔”下楼了，留下一屋子迷惑不解的人。

去年李援朝和张彩云双双从部队回来探亲，公开了两人的恋情，虽然遭到张守望一意孤行的反对，但两个年轻人并没往心里去，觉得这都什么年代了，父母干涉婚姻自由这种事怎么也不会落到自己头上，况且，双方的父亲是老战友，平时的关系又亲密得跟一个人似的。他们一直认为，张守望就是一时心不顺，随口说说而已。两人回到部队之后，该干什么就干什么，不仅热恋，还做好了来年探亲完婚的准备。

当李援朝和张彩云两个年轻人欢天喜地回到家准备完婚时，张守望闹了一出轰动整个干休所的幺蛾子。

张彩云回家的当晚，他就逼彩云交出了从部队开出的结婚登记介绍信，当着彩云的面，一把火把那张介绍信给烧了。全家人都愣了。彩云更是不能接受眼前的现实，扑到母亲怀里凄惨地喊了声：“妈，我爸这是要毁了我一生的幸福呀。”

马护士长眼见女儿悲痛欲绝，又想起八一和九月两个已牺牲的儿子，悲从中来，冲张守望大喊一声：“老张，咱们家就剩下这一个闺女了，你闹的是哪一出呀？”

马护士长自从在长春被围困时认识了张守望，到嫁给他，一直对丈夫百依百顺。彩云还小时，她把女儿抱在怀里，一遍遍地说：“你爸是个好人，当初要不是你爸给我玉米饼子，妈妈就饿死了。”马护士长感激张守望救了自己一命，后来嫁给张守望，她一直怀着一颗感恩的心，她为张守望生了三个孩子，又把他们哺育成人，送到了部队。八一和九月相继牺牲，这对一家人的打击可想而知，好在他们还有一个女儿。豆芽菜一样的女儿长成了饱满俊俏的大姑娘，他们又把她送到了部队，两人全部的爱也都给了女儿。没料到在女儿的婚姻问题上，张守望做得这么决绝、这么不近人情。

彩云崩溃了，马护士长也做出了一个惊人的决定：她要和张守望离婚。当天晚上她就带着女儿离开家门，住到了军区招待所。

张守望烧毁了女儿的结婚登记介绍信、马护士长和张守望闹离婚的事很快就传遍了干休所。干休所里住的都是军区离退休老战友，他们活了大半辈子，各种稀奇古怪的事都见过。张守望做出这种不可理喻的事情，他们还是第一次听说，于是轮番上门来做张守望的工作，最先来的自然是老邢和老徐，他们是最亲近的战友，也一直是张守望的老领导。

老邢一见张守望，就拍着手说："守望，你这是闹的哪一出呀？"

张守望坐在沙发上，两眼望着窗外，不说一句话。

老徐当过政委，平时说话总是一套一套的，这次他坐到张守望的身边，把手搭在张守望的肩上，慢条斯理地问："满田家的援朝不够优秀吗？"张守望摇头，老徐又问："李满田是你的战友，这么多年，我们都在一起，是不是满田不够好？"张守望迟疑了一下，又摇头。老徐说："援朝和彩云在一起很般配，两个年轻人恋爱结婚是他们的自由，我们老一辈的不能干预。现在都什么年代了，守望呀，咱们不能越活越回去哇。"

张守望流泪了，老徐以为自己做的工作有效果了，他还想继续说下去，却见张守望抹了一把脸上的泪，大吼道："彩云嫁给谁都行，就是不能嫁给满田家的援朝！"

老邢和老徐还没缓过神来，李满田便从门口挤开围在一起的老战友，揎拳捋袖地闯进来，站在客厅中间，指着张守望道："姓张的，你别把事情做得太绝了，这么多年我李满田哪对不起你了？就是我得罪你了，你冲我来，朝两个孩子使什么劲儿？你说说，你这么做有劲儿吗？"

张守望也站了起来，红着眼睛，盯着站在面前的李满田。老邢和老徐以为张守望要和李满田拼命，便一人拽住他的一只胳膊。不料，张守望一下子跪下了，声泪俱下："满田，这次算是我对不住你，你能说服我这个人，可我的心不依呀。"说到这，还做出要磕头的样子，被老邢和老徐拦住了。

李满田也双眼含泪，上前把张守望扶了起来，深也不是、浅也不是地说："守望你这是何苦，你的心咋就那么冥顽不化呀！"

所有的战友都熟知张守望，但没人能看透他的心。不论谁出面，张守望就一口咬定，不同意彩云嫁给援朝这件事。

战友们出面做不通他的工作，干休所的领导轮番出面，最后也不了了之。

援朝和彩云结婚未遂，两个孩子还没结束假期便归队了，还带走了满腔的不解和遗憾。

马护士长在军区招待所住了一个多月，最后还是老邢、老徐和李满田共同出面，才把马护士长劝了回来。那阵子，张守望谁也不理，人变得飘飘忽忽的，出门办事总是溜着墙根儿走，从不和熟人正视。遇到有人和他打招呼，他也像没听见一样。

那场风波平息之后，老邢、老徐、李满田等战友再聚在凉亭里时，议论得最多的仍然是张守望。老邢感叹道："汉江那场阻击战，不仅炸坏了守望的耳朵，也把他的脑子炸坏了。"老徐也不禁忧伤地下了结论："守望脑子不坏，他不会做出这种荒唐又不可理喻的决定。"他又回身握住李满田的手说，"满田，原谅守望吧，看在咱们这么多年战友的情分上。"

李满田也坚信张守望的脑子坏掉了。他们是情同手足的战友，原谅不原谅又能怎样，但一想到援朝离开家门时那欲哭无泪的眼神，他的心还是一剜一剜地疼。不仅是为援朝，也为自己的战友张守望。

当张守望又一次溜着墙根儿准备走掉时，被李满田给捉住了，李满田扯着他的半个膀子把他拉到凉亭里。从那天开始，他们又在一起下棋了，只不过，没人再提起两个孩子的婚事。仿佛那是个禁区，不慎迈入，便会硝烟四起。

又过了两年，彩云又一次探亲时，经别人介绍，认识了郭家华。郭家华是大学毕业生，在省设计院工作，父母都是公务员。这次张守望没再提出异议，两人很快便平静地结婚了。又不久，彩云从部队转业回来，分配到了市文化馆工作。

彩云结婚两年后，李援朝也结婚了，女方是军区总院的一名护士。援朝仍在部队工作，每次回来休假，偶尔会在干休所院里的某一处碰上回家看望父母的彩云，两人站在那里，心平气和地说上一阵子话，然后就各忙各的去了。

李满田有时看到儿子和彩云如此这般，就想，要是援朝和彩云在一起，又会是什么样子呢？他想象不出，只能摇摇头，叹口气，从窗前离开，一种情绪便沉甸甸地坠在胸口。

张守望偶尔也会看到援朝和彩云站在一起说话，他总是把视线移开，紧走几步，用力地捶打几下胸口，眼泪止不住，模糊了双眼，然后在心里说：“我脑子坏掉了。就是坏掉了。”他这么一遍又一遍地说服自己。

六

张守望的脑子究竟坏没坏掉，他自己也说不清了。

在李援朝的婚礼上，张守望喝得大醉，最后被人抬回家里。许多年过去了，人们仍然记得张守望的那场大醉。

那时，李援朝从军队里调到了军区机关，援朝的女朋友王护士是热心的战友帮忙介绍的。最初，李援朝和王护士处得漫不经心，有时十天半个月也不见一次面，军区总院和军区并不远，坐车也就两三站地的样子。有一个周末，李满田站在自家窗前看到张彩云和郭家华走回干休所的身影。彩云结婚之后，就搬出去住了，但每个周末都要回娘家坐一坐，或吃上一顿饭。彩云走在前面，郭家华手里提着一袋水果走在后面，两人并不说话，一前一后地走着。在这之前，李满田和老伴已经多次看到过彩云回娘家的场景了。

李满田的老伴看到这样的场景常常会说：“人家彩云都结婚这么久了，咱们援朝还没着落呢。”每次听老伴这么说，李满田心里都会冒出一股无名的火气，又无处发泄。每每这时，他就会走出家门，来到院内的凉亭里，拉上张守望去下棋。每次下棋，他都一副势如破竹的样子，没有迂回，甚至没有战术，把司令员、军长、师长们都排在阵地的最前面，一阵猛冲猛打，杀得张守望的阵地上狼烟一片。有时，张守望只有接招之力。有几次，张守望已经弃子认输了，他仍然不依不饶，只给张守望留下一兵一卒与他周旋。连下了几盘棋之后，看到张守望的脸从红润转为蜡黄，心里那股火气才消了些。李满田把棋盘一推，背着手说一句："不玩了。"留下张守望和老邢、老徐等人发怔。受到伤害的张守望便拉老邢再来一盘，希望在老邢身上把受伤的心缝补起来。

那个周末，看到彩云回娘家，李满田的无名火气又蹿了上来，便对援朝说："你谈的那个姓王的姑娘到底怎么样了？"

援朝正坐在桌前看书，头也不抬地说："就那样。"

李满田心里的火苗已经到处乱窜了，他走过去，在援朝的桌子上重重拍了一下道："我给你个任务，今年年底前，你必须结婚，和谁结我不管。"

援朝吃惊地抬起头，注视着父亲。在自己的婚姻大事上，援朝还是第一次见父亲发这么大的火。

两三个月后，援朝和军区总院的王护士结婚了。王护士名叫婷婷，是南方人，虽然不如彩云那般水灵，也算是亭亭玉立。按李援朝和婷婷的意思，他们结婚不想操办了，去南方婷婷家看一看，再旅游几天，就算结婚了。但李满田坚决不同意，不仅要操办，还要大办，扬言要把干休所认识的叔叔阿姨都请去。

援朝的婚礼是李满田亲手操办的，结婚日子定下后，他去订酒席，又亲自写请柬，然后挨家挨户地送。每次把请柬交到对方手里，都会大声地交代一句："我家援朝结婚了，老战友都去捧场呀，一定去呀，不去我可真生气了。"一家家地送，一户户地说，最后整个干休所都知道援朝要结婚了。

婚礼当天，李满田把老邢、老徐、张守望等人安排在了一桌。老邢作为长辈当了证婚人，婚礼的程序很简单。两个新人上台说了几句感谢感恩的话，证婚人上场宣读一段证婚词。接下来，婚宴就开始了，酒自然是少不了的。李满田拉着老伴，招呼援朝和婷婷挨桌敬酒，那架势似乎不是儿子结婚，反倒像自己的大喜事。他端着酒杯一路吆喝着："援朝结婚了，我替援朝敬大家，感谢叔叔伯伯们！"然后仰头喝光了杯中的酒。婷婷一边给他倒酒，一边小声地说："爸，您少喝点。"他摆摆手说："爸今天高兴，喝不醉。"

张守望望着在酒桌间穿梭的李满田，自己喝着闷酒，也一杯连着一杯的，然后又抽空敬同桌的老邢和老徐。老邢和老徐几杯酒下肚之后，就说了几句抱怨张守望的话。老邢先说："守望呀，要是你家彩云和援朝结婚该多好，你们就是亲上加亲。"老徐也说："可不是，都怪你脑子坏掉了，把一门好亲事给搅黄了。"

整个婚礼现场没有外人，军区总院的人来了两桌，还有军区机关的一些参谋干事，剩下的大都是干休所这些离退休老人了。大家平时很难这么齐全地凑在一起，因为援朝的婚礼，大家聚在了一起，相互敬酒。人们轮流来到张守望这桌时，看到张守望都会怔一下，彩云和援朝当年的事，整个干休所的人都知道。如今援朝结婚，又看到张守望，熟络一点的人就拍着张守望的肩膀说："老张，当初你不那啥，多好。"不太熟，平时又少来往的人也会含蓄地说："老张，哈哈，啥也不说了。"不论别人说什么，张守望都会把酒杯里的酒一口喝干，然后赔着笑脸道："我老张认罚。"

酒宴还没结束，当李援朝带着婷婷走过来敬酒时，张守望摇晃着站了起来，援朝说了句：“张叔，您坐。我来敬酒。”

张守望抓住李援朝的一只手，没说话先红了眼圈，哽着声音大声地说：“援朝，叔对不起你呀。”

说完倒仰着，摔到了地上，与此同时，呕吐物像箭似的喷射出来。张守望只来得及说了这一句完整的话，便醉得不省人事了。众人七手八脚地把张守望抬回他家。

第二天一早，老邢、老徐和李满田结伴去看张守望，张守望还在床上躺着。酒劲仍没过去，但脑子已经清醒了，嘴里一遍遍地说：“赔罪了，真不好意思。”他嘴上说的赔罪，不知是因为醉酒还是另有所指，只有他自己明白了。

三天后，张守望又从楼门洞里走出来，来到凉亭，吵吵嚷嚷地要和人下棋，又恢复了以前的样子，似乎什么也没发生过。

援朝婚礼没过多久，人们发现彩云搬回到家里来住了。彩云早上准时上班，下班后准时回来，然后把自己关在屋内，便不再下楼了。以前彩云偶尔也会回家住上三两天，原因是郭家华出差，她抽空回娘家住上几日。这一次不同，彩云一连在娘家住了许多日子还不见走。

张守望那些日子魂不守舍的，脸色泛黄泛灰，头发蓬乱，下棋时心不在焉，总是被老邢、老徐杀得片甲不留。

马护士长每天买菜的情绪也不高，一副心事重重的样子。以往她路过凉亭，只要老邢、老徐一声召唤，她就会到凉亭里坐一坐，大家都是多年的老熟人，唠上几句眼下或以前的事。那段日子，马护士长走路只看自己的脚尖，别人喊她，她也跟没听见一样。

一天下午，老邢、老徐端着茶杯走到凉亭里，张守望蔫头耷脑地走过来，老徐把张守望拉到自己身边坐下，郑重地问："守望，你说实话，是不是家里发生什么事了?"张守望望眼老徐，又望眼老邢，话都到嗓子眼了，最后又咽下去。老邢看出了他的心思，盯着他的眼睛说："守望，咱们老哥几个在一起可大半辈子了，生呀死呀都经历过，你不和我们说实话，那就是信不过我们老哥几个。"

张守望绷不住了，未开口，泪先流下来了，抽泣了一会儿说："彩云想离婚。"

彩云躲回家闹离婚的事很快就在干休所内传开了。彩云闹离婚，没人知道为什么，但都不自然地想到了刚结婚的援朝，可援朝已经结婚了。

一天傍晚，李满田下楼遛弯，碰到了张守望，他似乎早就在这里埋伏好了，专门等李满田出来一样。果然，他拉着李满田说："咱哥俩出去走走。"两人走出干休所大门，来到了一条林荫路上。张守望突然停下来，望着李满田道："满田，求你件事，你让援朝劝劝彩云，让她回家过日子。"

李满田猜想张守望拉他出来一定是有事要说，但不知道他竟会提出这种要求。李满田半晌才道："让援朝出面这合适吗?"

张守望哀求道："彩云就是因为援朝，才提出要和家华离婚的。"

李满田更不解了："可援朝结婚了，他们俩已经没可能了。"

张守望泪眼汪汪地说："可彩云心里这个坎过不去呀。"

李满田不说话了，手扶着一棵树，望着马路上的车流和人流，好久才转过身问了一句："守望，你和我说句实话，当初你不同意援朝和彩云在一起，到底为了什么？”

张守望说不出话，嘴张成了洞，目瞪口呆地望着李满田。

李满田又说：“还是因为汉江阻击战，我没有派人增援你？”

这时张守望似乎才清醒过来，摇了摇头，又点点头。

李满田又说了句：“守望，这里就咱俩，你能不能和我说句实话？咱们都这岁数了，不能让我带着糊涂走哇。”

张守望抱着脑袋，做出痛苦状，蹲在地上，一遍遍地说：“我脑子坏掉了。”

几天后的一个周末，文质彬彬的郭家华把彩云接走了，郭家华在前，彩云在后。在那个周末，干休所的许多人都看到了这一幕。

援朝见没见彩云，见了又说了什么，只有他们俩知道。但不论见与没见，彩云婚没离成，又回去和郭家华过日子了。

不久，彩云和援朝都有了各自的孩子，他们周末带着孩子回到干休所，在楼下的花园里，两个孩子经常会玩在一起。带孩子的援朝和彩云，相距几步的距离，目光投向玩耍中的孩子，有一搭没一搭地聊上几句。没人知道他们聊的是什么内容。

七

张守望走了，走得让人猝不及防。干休所里都是离退休的老人，每年都会走几个，有的在医院里，有的在家里。每次有人走了，这些老人都会聚在一起，神色凝重地议论上一阵子，然后回忆起诸多细节，感叹上一阵子。但日子还得过，唏嘘一阵，就没什么了。但张守望走了，李满田心里就像破了一个大洞，怎么补也补不上，到处漏风，空荡荡的。

凉亭里，那副军棋仍然在石桌上摆着，李满田再也没有碰过，老邢和老徐似乎也失去了下棋的兴趣，目光不经意落在棋盘上，又移开。

一片树叶从树上落下来，悠悠荡荡地落在眼前。

老邢叹口气：“都秋天了，守望走了也有半年了。”

老徐扭过头，看着那片落在附近的树叶，也长长地叹口气。

李满田想哭，心里破了的洞装满了秋天的风。他又想起了自己做的梦，年轻的张守望从硝烟里走出来，军装被火烧焦了，还冒着缕缕青色的烟，哭丧着脸冲他说：“满田，你见死不救，为什么不来支援我呀？哪怕一兵一卒也好哇……”反反复复的梦，总是纠缠着李满田。每次从梦里醒来，心里的那个洞又多了一缕风。醒来便再也睡不着了，关于张守望的往事一件件地在眼前回放着，一帧帧的，清晰得就像放电影一样。

他把自己的梦和老邢、老徐说了，两人沉默了一会儿，先是老邢说：“守望还是最想你，总在梦里找你。”

老徐也说：“你和守望，没白做一次搭档。”

李满田还是觉得委屈：“可守望到现在还在埋怨我。”说到这，又要哭出来。

老邢说：“满田，梦都是反的，别往心里去。”

李满田眼眶潮湿了：“可他活着时也这么想的。”

老徐说：“守望脑子坏了，他有些事记不清了。”

李满田把目光从两人脸上扫过：“你们两个给我做证，汉江阻击战，我没接到支援守望阵地的任务。”

老邢说："我和老徐都给你做证，战斗一开始，你们预备队就上阵地了，那仗，是咱们经历过的最残酷的战斗。伤兵都来不及抬下阵地，电话线刚接上就被炸断，各阵地都失去了联系。"

老徐似乎穿越到了过去："有一次，电话线刚被接上，守望的电话就打进来了。他在电话里让我派兵增援他们的阵地，他告诉我，他们阵地只剩下不到一个排的兵力了。我告诉他，我们阵地一个多余的人都没有了。话还没说完，电话线就又被炸断了，也不知守望听没听到。"

老邢清清喉咙，似乎想打断老徐的话："不说了，一回忆我这心就疼。"

然后三个人就沉默下来，时间似乎也停滞了。阳光静静地在凉亭外流淌着，坐在凉亭里的三个人，似乎都成了雕塑，久久不动一下。

"那边都有谁了？"老邢突然开口。

两个人心里都一震，虚虚地望着老邢那张皱巴巴的脸。

老邢说的"那边"，两个人心里自然知道指的是哪边。老徐掰着指头数："有老马、老刘……还有守望。"十个手指头不够用，又开始数第二轮了。他们相互补充着，猛然发现，自从住进干休所后，已经有十几个老家伙不在了。

他们的思路像断了线的风筝似的，飘来荡去。

李满田说："不知守望到了那边，脑子好了没有。"

老邢笑了，老徐也跟着咧了咧嘴。

老邢说："也怪了，你说守望这个人，什么都记得明白，就是汉江阻击战，把没有支援他的责任归到了满田头上。"

老徐突然拍了下大腿，他这一举动吓了两人一大跳，老邢责备道：“你这一惊一乍的，抽风啊。”

老徐不仅拍了腿，还拍了下脑门才说道：“我明白了。”说到这，又把话停住，瞅着两个人。

老邢用脚踢了一下老徐的腿，责备道：“老徐，你越老越神叨，明白啥你就说呀。”

老徐夸张地用手在胸前比画一下才道：“我打个比方啊，咱们任何人，遇到最困难的事，首先想起谁？”

老邢望眼李满田，李满田望眼老徐又望眼老邢，不明就里地摇摇头。

老邢盯着老徐道：“快说吧，你都把人急死了，又打比方，又讲理论的。”

老徐这才说：“一定是身边最亲近的人。”

李满田听了这话，心里呼啦一下亮了。

老邢搓了下手：“老徐，你这话有道理，我信。”

老徐咧开嘴：“我也是刚想明白。为啥守望老是出现在满田的梦里，而咱们一次也梦不到？满田，在守望的心里，你是他最亲近的人。”

李满田已经泪流满面了。他任凭泪水在脸上流淌着，最后汇到下巴上，孩子似的抽搭着。老徐的话一下子让他想通了，他以前一直认为守望的脑子坏了，时不时地怪罪他。照老徐的解释，守望是把他当成了最亲近的人啊。

再次入梦时，张守望又如约而至，还是那个神情，盯着他说：“为啥不来支援我……”这回，梦有了下集，他率领全营，迎着守望跑过去，高声喊叫着："守望，援军来了。"他身后是一个全副武装的营，军旗在风中猎猎飘扬。张守望脸上绽放出满意的笑容，转过身，在前面引路。他们冲上了硝烟弥漫的阵地，枪炮声和喊杀声从四面八方传来，他们和攻上阵地的敌人誓死拼杀。这是他们最后的阵地，坚守住就是胜利。

李满田再次醒来时，天光已亮。他从来没有如此酣畅过，仿佛刚从阵地上凯旋。

一　诺

一

母亲在电话里说："你李婶快不行了，你回来一趟，送送你李婶。"

我回到干休所时，才听说白叔决定待李婶走了之后，把李婶的遗体送回老家，让她与前夫合葬在一起。

白叔娶李婶是因为李婶的丈夫在朝鲜战场上牺牲了。那是在铁原阻击战中，李婶的丈夫是白叔的战友。战争结束后，白叔赶到李婶老家，软磨硬泡，把李婶和她一岁多的儿子大川一同接到了部队，在首长的主持下，他们举行了婚礼。从那以后，白叔和李婶就成了一家人。

我赶到医院时，看到李婶的身上插满了管子，还戴着氧气面罩。幸好，她人是清醒的，睁着眼睛，把目光定在白叔的脸上，尽管她床边围满了亲人，有大川一家，还有白立春一家。大川和立春是她前后生养的两个孩子，此时，他们早已成家立业，都有了自己的孩子。几家人齐聚在李婶床前，她却把目光定在白叔的脸上。

白叔看起来很平静，一只手握住李婶从被子下伸出的手，李婶的另一只手也搭在白叔的手上。白叔说："老李呀，我一定要把你送到宋营长身边，他都孤单这么久了，不能没个伴。”白叔说到这时，眼里有了泪光，我发现李婶的眼圈也红了。她没摇头，也没点头，目光就定在白叔的脸上，眼神有力，似乎要在白叔的脸上砸出一个坑。

我看见大川低着头，一直在流泪，泪滴挂在唇边的胡须上，汇成了一坨。立春背过身子，肩膀耸动着。对白叔的决定，我一时也不知如何是好，呆怔地望着眼前的一切。

白叔和李婶的故事，还得往前倒。

李婶的第一任丈夫姓宋，抗美援朝战争爆发时，是名连长。几次战役之后，副营长牺牲了，他火速担任了副营长，后来营长牺牲了，他又成了营长。从第一次战役到第五次战役，宋营长所在的部队早已伤筋动骨。每次战役下来，都有新兵补充进来，那些老兵却永远地留在了朝鲜战场上。

铁原阻击战打响前，白叔是副营长，他是从排长一路升上来的。铁原阻击战是在猝不及防中发生的，当时白叔所在的部队已在第五次战役中到了“三七线”以南处。李奇微率领的“联合国军”，抓住志愿军阵线过长、后方补给不足的弱点，疯狂反扑，立誓要把志愿军的主力部队消灭在“三八线”以南处。志愿军司令部已经察觉了敌人的阴谋，早一步下达了全线撤退的命令。

敌军抓住了志愿军全体后撤的漏洞，派出机械化步兵师，穿插到我军身后，企图攻占铁原。铁原是志愿军的后方补给站，这里不仅有补给，还有许多战地医院，志愿军司令部也在铁原附近。如果志愿军失去铁原，就像把咽喉暴露在敌人的铁爪之下。

白叔所在的部队奉命撤到铁原附近时，美国的机械化步兵师离铁原已近在咫尺了。志愿军司令部察觉到敌人偷袭铁原的阴谋时，铁原附近已无其他部队了。志愿军司令员想起了撤到附近的部队。第五次战役一打响，部队便伤亡惨重，原本他们是奉命撤离休整的。无奈之际，只能命令部队再阻击敌人十五天，从而使驻扎在铁原的后勤部门有充裕的撤离时间。

缺弹少粮的部队在匆忙中和敌军的机械化步兵师展开了遭遇战。为了阻击敌人，保存有生力量，部队采取了“添油战术”：把部队兵力星罗棋布地布置在各个阵地上，且并不把全部主力摆上阵地，而是设立若干预备队。第一梯队拼光了，第二梯队再续上，继续和敌人拼杀。

战斗到第十天时，白叔所在的营几乎拼光了家底，全营只剩下不到八十号人马，还有若干来不及撤下阵地的受伤官兵。在这期间，阵地白天丢失了，晚上又打反击战夺回来，战斗的惨烈程度，把阵地比喻成绞肉机一点都不为过。所有坚守在阵地上的官兵，都掰着手指头计算着时日，都希望第十五天快点到来。当坚持到第十二天时，白叔所在的营只剩下二三十人了。许多伤员也上了阵地，他们不能射击投弹，便为能打仗的兄弟们装填子弹。

最后一场战斗打响时，宋营长找到了白叔。两人早就被战火熏得不成样子了，军装上到处是破洞，就像张渔网一样，裸露在外的皮肤上血迹斑斑，不知是自己流的血，还是受伤战友的血，就连他们双眼里的血丝都连一片，用“杀红眼”来形容他们一点不为过。宋营长找到白叔，把一张写有家庭地址和姓名的纸条递给白叔道：“兄弟，这是我家地址和我老婆的名字，若是我不在了，请你帮忙照顾他们。”白叔接过纸条，郑重地揣在怀里，还用手按了按。他也拿出一张纸条，递给宋营长道：“营长，这是我家的地址。”顿了顿又说，“要是能找到我爹我娘，就让他们告诉小菊别再等我了。”小菊是白叔的未婚妻，解放战争胜利后，白叔回家探亲，父母帮他说了亲，只是没来得及结婚。

两个战友在那天清晨的阵地上，相互托付了身后事。他们都不知道，新的一天战斗打响时，谁还能够幸存下来。这十几天，他们看到太多战友躺在他们面前了，有的前一秒还在和自己说话，一扭头的工夫，便倒在了自己的面前，甚至来不及说完一句话。

宋营长在身上摸索了一阵，掏出皱巴巴的烟盒，从里面掏出两支同样皱巴巴的香烟，递一支给白叔，笑一笑，哑着声音说：“兄弟，这是最后一支烟了。”说完他又笑了笑，露出一口白牙，烟熏火燎的周身，只剩下一口白牙还算是干净的。两人还没把烟吸完，敌人的炮弹就排山倒海地在阵地上炸响了。

宋营长把烟头扔在脚下，扯着哑嗓子喊了一声：“白副营长，你带人守左边的阵地，我上右边。”两人甚至都没来得及再握一下手，便带着剩余的人冲上了各自的阵地。炮弹的爆炸声、刮风一样的枪声搅和在一起，宛如世界末日来临。

最后一天的战斗，宋营长再也没能站着离开阵地，他们坚守到第十三天时，接到司令部撤退的命令，白叔把宋营长背下了阵地。宋营长的身体被炸成了血糊状，只有皮肉还粘连在一起，伏在白叔的背上软软的、轻轻的。

战争结束后，白叔做的第一件事便是去宋营长的老家。没人能说清事件的经过，总之再回来时，他带着李婶，李婶怀里抱着一岁半大的大川。我父亲说，白叔回部队后，便打了和李婶的结婚报告。李婶先是不同意，白叔就跪在李婶面前，一句话也不说，看着孤儿寡母不停地流泪。李婶一遍遍地说："俺就是带孩子到部队来看看，俺不能呀。"白叔抬起头，把身子挺了挺说："我答应过老宋，要照顾你们娘俩，你不同意我就不起来。"

这样的场景感动了所有的人，白叔情真意切，铁了心要娶李婶，众人就劝李婶，包括我父亲也冲李婶说："嫂子，你就答应老白吧，我们军人说过的话，就像射出去的子弹，是收不回来的。"

这样的场景僵持了三天，李婶最终无奈地答应了白叔的请求。

婚前，李婶向白叔提出的唯一要求，就是让大川继续姓宋。李婶含着泪说："让老宋在这个世界上再留下一个念想吧。"李婶说这话时，白叔一边流泪一边点头道："姓宋，大川永远姓宋。"

宋营长血肉模糊的尸体被白叔背下阵地后，就被运回到了国内，又被辗转运回了老家，被葬在家乡的一个山坡上。我父亲和白叔他们曾结伴去看过宋营长的坟茔。父亲还珍藏着他和宋营长墓地的合影。那是一张黑白照片，父亲还很年轻，他以立正的姿势站在宋营长的墓前，目光严肃地望着前方。我多次研究过父亲这张照片，揣摩着他那时在想些什么。

李婶快不行了，白叔就提出李婶百年之后，把她送到宋营长的身边。李婶躺在病床上，氧气面罩影响了她的表达，她的目光定在白叔的脸上，没有人知道她在想什么。白叔温和地给李婶做思想工作，他一遍遍地说："老李呀，你都陪我几十年了，老宋在那边孤单呢，你再陪陪他。我知道你心里一直没有放下他，你陪我几十年，还生下了立春，我老白知足了。”白叔老泪纵横地说。李婶的眼泪顺着眼角一点点地流下来，滴落在枕头上。

二

我上小学时，从白叔的女儿白立春的嘴里得知我母亲曾经是白叔的恋人，确切地说，白叔在老家曾和母亲订过婚。我得知这个消息后，跑回家向母亲求证，母亲没有直接回答我，而是摸着我的脑袋，叹了口气说：“大人的事，你们小孩不懂。”但从那之后，我发现白叔和母亲的关系似乎笼罩着一种神秘的气氛，如果在院里，白叔见到母亲，总会主动搭讪，母亲则用最简单的字句回答，比如“嗯”“是”。在别人眼里，白叔是受了冷落的，但白叔一脸热情，有些讨好的意思。

父亲总和白叔凑在一起喝酒，每次喝酒必提铁原阻击战，提宋营长。当时父亲和白叔在一个营里，只不过父亲在另一块阵地上，也是火线提拔为连长的。父亲从阵地上撤下来时，整个连只剩下他和一位班长了，他俩抱头痛哭，相互搀扶着，磕磕绊绊地往回走。

我们家和白叔一家的关系很微妙。我直至离开家去参军，才真正参透我们家和白叔一家关系的真谛。

白叔娶李婶的传奇故事，我从小就知道，在铁证如山的事实面前，我对他们的故事深信不疑——

从朝鲜战场回来后，白叔拿着宋营长交给他的那张带血的纸条来到李婶的老家，李婶此时已经拿到了当地政府送来的烈士证，还有一块烈士之家的牌子，牌子被端端正正地钉在门楣上。李婶在心里已经接受了宋营长牺牲的事实，伤痛已经平缓了许多。面对着远道而来的白叔，又接过白叔递来的那张带血的纸条，仔细辨认了，确信就是自己丈夫的字体。再望向白叔时，眼里就起了一层雾。白叔说："上面的血是宋营长的，我是从阵地上把他背下来的。"

白叔这句话又触动了李婶已平缓下来的悲伤情绪，她捂着嘴，放声痛哭。

那天，白叔当着李婶和大川的面铿然地说："我答应过宋营长，以后的日子要照顾好你们娘俩。"白叔这句话说得很含混，最初李婶以为是组织照顾的那种，比如当地政府送来烈士证、烈士之家的牌子等，有一次，当地政府还给她送来了十斤小米。

白叔要把李婶和大川接到部队。李婶又错误地理解为，这是组织对他们孤儿寡母的照顾。临走前她还郑重地和左邻右舍告别，当时她怀里抱着一岁半的大川，兴高采烈地冲人们说："俺带大川去部队上了。"又冲其中一人说，"马婶，孩子他爹部队上派人来了，要接俺娘俩去部队……"她兴奋又骄傲地和乡亲们告别。

李婶到了部队才明白，白叔是要娶她。白叔把部队开具的结婚登记介绍信递到她手上，她才回过神来。她抵挡着，抗拒着，嘴里一遍遍地说："白同志，这可使不得，俺和你素不相识，这是从何说起呀？"

部队回国后就进行了改编，此时，白叔已经是副团长了，父亲也调到三营当了营长。朝鲜停战协定已经签署，在朝鲜的作战部队陆续回到了国内。许多单身的大龄军官掀起了成家立业的热潮。在朝鲜战争期间，《谁是最可爱的人》一文火遍大江南北，拥军支军的热潮席卷神州大地。许多青年学生报名参军，女学生把自己要嫁的对象也定为最可爱的人。那会儿，部队三天两头有军官结婚，他们的结婚对象，不仅年轻漂亮，还有文化。

李婶原本认为，白叔把他们娘俩接到部队是组织对他们的抚恤，她做梦也没想到，年轻的白副团长竟要娶她为妻。她了解真相后，就闹着要从部队离开，白叔自然不会让她离开。两人僵持着，最后师首长都出面了，做李婶的思想工作。李婶和师首长说的话不多，只强调一个道理：白副团长这么年轻，又有前途，理应找一个年轻貌美又有文化的女性当老婆，自己年纪大，还带着个孩子，配不上白叔，不能耽误白叔的大好前程。任凭师首长磨破嘴皮子，李婶就是不答应。

眼见着已无计可施，师首长甚至私下里跟白叔说："要不行就别勉强了，你对宋营长的老婆孩子好，以后隔三岔五地给他们寄些钱，心意也尽到了。"白叔那时一定想到了铁原阵地，在那个清晨，他和宋营长在阵地上吸着最后一支烟，两人交换老家地址，互相承诺的情景。他又一次流下了泪水，送走师首长之后，他转身找到李婶，"扑通"一下跪在了李婶面前，声泪俱下地说："我答应过宋营长，要照顾你们娘俩一辈子，你不答应，我后半辈子做人都不踏实。"

李婶一边拍打着怀里哭闹的大川，一边冲白叔说："白副团长，你别这样，你这一跪让俺们娘俩如何是好。"

白叔抻着脖子说："你不答应，我就不起来。"

李婶抹了下眼泪："白副团长，俺知道你和老宋是生死战友，这情俺领了，以后你想对俺们娘俩咋好，俺们也领受。"

白叔仰起头坚定地说："不是好，是要和你结婚，我以后就是大川的爹，我不能让老营长的孩子没爹。我答应老营长的话，就像泼出去的水，收不回来了。要是我牺牲在铁原，老营长也会这么对我的。”

白叔说得情真意切，跪在李婶面前不起身。

李婶似乎对白叔的强攻硬打有些招架不住了，她抹了下眼泪，冲白叔问了几个问题。

李婶问：“你不嫌俺比你大？”

李婶比白叔大两岁，在接李婶来部队的路上，两人谈论过年龄，当时李婶还亲切地称白叔为“大兄弟”。

李婶问完，白叔头摇得跟拨浪鼓似的。

李婶又问：“俺还带个孩子，你不嫌？”

白叔眼含泪花地说：“大川是老营长的儿子，以后就是我的亲儿子，老营长地下有知，他也会含笑九泉的。”

李婶深吸一口气：“以后，你不后悔吧？俺们娘俩是从农村来的，你还这么年轻，以后一定会大有前途的，你当了大官也不会后悔吧？”

白叔又一次泪流满面，哽咽着说：“我要是当陈世美，老天爷不会答应我，九泉之下的老营长也不会放过我。”

说完这句话，还把头磕在了地上，他再抬起头时，李婶看见白叔的额头已经有血渗出了。她闭了一下眼睛，随之眼泪从她眼角滑落，她叹了口悠长的气。

李婶在白叔真诚又热烈的攻势面前，无奈地答应了白叔。次日，两人登记结婚了。后来听父亲说，白叔和李婶的婚礼是全团最热闹的。

如果说，小菊没有找上门来，白叔和李婶的婚事就算画上了一个完美的句号。可就在这时，小菊来部队了。

小菊，也就是我的母亲，在老家时和白叔订过婚。那是解放战争之后的事，当时身为排长的白叔回老家探亲，白叔从参军之后便没了消息，他的突然出现，让全家又惊又喜。大难不死的白叔让全家人大喜过望。在这之前，他们没敢奢望白叔还能活着回来。白叔是趁部队休整的机会请假回老家的。他父母便给他张罗婚姻大事，小菊是白叔邻村的姑娘，比白叔小几岁，那一年刚满十六岁。在媒人的撮合下，小菊和白叔见了一面。白叔望着眼前含苞待放、花一样年龄的小菊，很满意。小菊偷偷瞄了两眼人高马大、身背匣子枪的白叔，也含羞带怯地冲媒人点了头。按白叔父母的意思，三天后就让两人成亲。可白叔是趁部队休整路过请假回了家，根本待不上三天。父母退而求其次，让媒人给小菊家捎去三升稻谷，就算是定亲礼了。

白叔第二天就要归队了。他走到村口时，看到了来给他送行的小菊，两个涉世未深的男女，立在村口的小河边，一时不知说什么好。

小菊望着自己的脚尖，把两只手贴在裤子两侧摩擦着问："你这就要走了？"

白叔"嗯"了一声。

小菊说："我等你。"

白叔又"嗯"了一声。我想，白叔那时一定想过去拥抱一下小菊，可他在此之前压根没有单独接触过女性，不仅没经验，也不敢。他应完就不知说什么了，憋了半晌才说："部队还有任务，我必须得走了。"

这回轮到小菊"嗯"了一声。

白叔迈开大步向前走了几步，想起什么似的回过身冲小菊说："我会回来娶你的。"

小菊早已羞红了脸，头低垂下去，两条辫子从身后垂到胸前。白叔这回真的走了，走了几步，身后突然传来小菊的声音："我会等你。"白叔又一次回头时，看见小菊正朝自己挥手。他心里一热，收回脚步冲小菊敬了个军礼，然后转过身，迈开大步踏上了归队的征途。那会儿，白叔在心里一遍遍地说："小菊，我记住你了，一定会回来娶你。"

白叔归队后，随着队伍跨过了鸭绿江。

白叔娶李婶前，也曾无数次想起小菊，在朝鲜战场上，他还和小菊通过几封信。两人都识字不多，信写得简明扼要，诸如一切都好之类的。有信件往来，小菊就知道白叔还平安。

白叔回国后，便断了和小菊的联系，他脑子里装的都是老营长的嘱托。他娶李婶时，又一次想到了小菊，他躲到没人处，点燃了一支烟，一边吸烟一边想：小菊你把我忘了吧，我不能再回去娶你了，你还年轻，就当我在朝鲜战场上牺牲了。他想到这，还冲家乡的方向鞠了三个躬。在白叔心里，几年前和小菊一共就见了两次面，说了几句话，只要自己不提这件事，小菊一定会把他忘了。小菊那么年轻，以后一定会找到好人家，结婚生子，然后幸福地开始新的生活。

三

然而，小菊并没有忘记白叔。在一天清晨，她风尘仆仆地到了部队。

白叔做梦也没想到小菊会到部队来找自己。自从解放战争胜利后，他回家匆忙地和小菊订婚，后来又入朝作战，部队一直在迁移中。在朝鲜战场上，他确实在战斗间隙匆匆忙忙地给小菊写过几封信，但他也不知道自己的这些信能否送到小菊手里。白叔知道，这些信得通过后方的运输车队带回国内。美国人的飞机不仅把炮弹投到他们的阵地上，还有更多的飞机，飞到他们的身后，去轰炸那些从国内开出来的运输车队，经常弄得前线部队弹尽粮绝。上级曾经通报过，后方车队运输艰难。他也收到过小菊的两封信，信件都是通过国内到朝鲜的慰问团捎来的，又辗转送到他的手里。小菊的两封信内容大致相同，关心地让他保重自己，说全国都在支援朝鲜战争，一定会取得胜利之类的。信中还告诉他，自己担任了村里妇女支前队的队长，在纳鞋底、做军鞋……

白叔在前线的战壕里读着小菊的信，心里暖暖的。闲暇时，他的思绪就会回到故乡，那里有记忆中的炊烟，有鸡鸣狗叫，当然，还有匆匆见过两面的小菊。日子久了，小菊的音容笑貌已经模糊不清了，但他还是想。

自从朝鲜战场进入第四次战役后，战争就陷入胶着状态，部队不断换防、穿插。前线的部队远离后方，所有的战士只能把对亲人的惦念装在心里，白叔也不例外。尤其是第五次战役打响，部队穿插到了“三七线”以南处，更是和后方脱节，别说信件，后方运输来的弹药都显得捉襟见肘。直到铁原阻击战打响，在最后的阵地上，他和宋营长相互托付，再到他从阵地上背下被炮弹炸得血肉模糊的宋营长，他脑子里装的就全都是对宋营长的承诺了。他当时只有一个愿望，那就是不辜负宋营长的嘱托，照顾好李婶和大川。

直到小菊找到部队，白叔才如梦初醒似的，拍着脑袋，呼啦一下，把小菊这茬想起来了。此时的小菊，在他眼里是那么熟悉又那么陌生。他还想到自己与小菊告别时敬的那个军礼，心里是别有一番滋味了。

小菊来了后，最先反应过来的是李婶。经过一系列的思想斗争，她终于同意和白叔结合在一起。可还没过上几天好日子，小菊的出现，让她从梦中清醒过来。

是通信员气喘吁吁地跑来报告李婶要走的消息，白叔才从临时来队家属招待所里赶回去。那会儿，有不少干部战士围在招待所门前一惊一乍地打探着消息。白叔拨开人群，火急火燎地往家跑。那时，部队从朝鲜回来，统一居住在临时军营里，家属安置在军营外的一排小平房里。白叔赶到家门前时，李婶已经收拾妥当，右手挎着一个布包袱，左手抱着大川，像她刚来时一样。

白叔堵在门口，喘着气问：“你这是要干啥？”

李婶冷静地说：“白大刚，你不该瞒俺，小菊那闺女刚才俺在招待所门口看到了，她年轻，长得又俊，你们在一起才般配，是俺不配。”

白叔焦急又绝望地说：“你现在是我老婆，我是你老公，咱们才是一家人。”

白叔强行把李婶拉到屋里，删繁就简地把他和小菊定亲的经过说了。在这之前他不是没想过小菊，但在和李婶结婚的前一天，他甚至想，自己早就和小菊断了音信，也许小菊等不及，早就找人家嫁了。

李婶理智地问："人家找上门来了，你打算咋样对待人家？"

李婶这句话把白叔问蒙了，也问清醒了。他拍拍脑袋说："我和小菊见过两次面，加起来还不到一个时辰，她就是到部队替我父母来看看，过几天人家就回去了。"

白叔说完就要往外走，他急着去见小菊，劝小菊早点回老家。李婶堵在门口，盯着白叔的眼睛说："告诉你，白大刚，你要是对不住小菊，俺带着孩子立马从这里离开。"

白叔胡乱地点着头，此时，他脑子里已经乱成了一锅粥，他喝醉了似的从家里撞出来，迎头碰到等在门口的我父亲。父亲和白叔是最好的战友，两人前后脚参军，又一起当排长，见证了生死。朝鲜战争结束后，他们死里逃生，又一起回到了国内，整个军剩下的骨干屈指可数，一批新兵加入部队，他们又恢复了建制。这些大难不死的部队骨干，都得到了提升。白叔当了副团长，父亲当了营长。白叔和父亲之间私下里没有上下级关系，只是生死战友。白叔一从屋里撞出来，等在门口的父亲就一把揪住了白叔的衣领子。白叔面对父亲更蒙了，他张口结舌，不知说什么好。

父亲的手上用了些力气，咬牙切齿地说："好你个陈世美，你就这么对待远道而来的小菊。"

白叔用力掰开父亲的手，白着脸说："我这脑子都要爆炸了，你就别添乱了，什么陈世美，这哪跟哪呀。"

之前父亲并不知道白叔和小菊有过这么一段，白叔自从探亲归队后，一直忙着打仗，压根没倒腾出时间向父亲和其他战友叙说小菊的这段插曲。从朝鲜回来后，白叔就忙着娶李婶。白叔和李婶结婚的前一天，父亲提着一瓶酒，找到了白叔，两人喝着酒，就想起了铁原阻击战，想起了被炸得血肉模糊的宋营长。白叔又掏出宋营长留下的那张沾着鲜血的托孤纸条。宋营长是白叔背下阵地的，宋营长趴在白叔的背上，血流了一地，也流了白叔一身，最后浸湿了那张揣在白叔怀里的纸条。父亲看到那张纸条，仿佛又见到了他们的营长生龙活虎地站在他们的眼前，一边吸着烟，一边和他们开玩笑。父亲和白叔抱在一起，大哭了一场。父亲一边哭，一边拍着白叔的后背说："大刚，你做得对，要是营长把老婆孩子托付给我，我也会这么做。"

白叔娶李婶之前，父亲坚定地站在了白叔的立场上，白叔在父亲心里的分量又加重了许多。白叔这么做，代表了他们所有幸存者的心声。父亲坚信，换作他们任何一个人，都会像白叔这么做。可小菊的出现，让父亲和白叔翻脸了。

那天，白叔把父亲拉到一棵树下，简明扼要地把自己和小菊的事说给父亲听。说完，白叔红着眼睛盯着父亲说："我不这么做，你说我怎么做?"说完便蹲在父亲面前，抱住了头。

父亲看了眼蹲在地上的白叔，又望了眼灰蒙蒙的天空，跺了下脚说："你这么做是代表咱们营活着的官兵，为了老营长。不能让你为难，这样吧，小菊就交给我。别让嫂子操心，她失去了宋营长，不能再失去你了。"

父亲说完，甩甩衣袖大踏步地走了。后来我听父亲回忆，他当时这么说完其实脑子里一片空白，他不知道接下来要怎么面对小菊，更不知道小菊会做什么。他只是觉得该替白叔承担点什么，因为白叔已经替宋营长承担了。父亲怀着一颗悲壮的心来到小菊面前，觉得应对小菊动之以情晓之以理。他蹲在小菊面前，小菊欠着身子坐在临时搭建的床上。父亲先是说到了他和白叔的生死情谊，又说到了朝鲜战场，说到了铁原阻击战，说到了在最后的阵地上宋营长的那张纸条，说到了宋营长的牺牲……父亲不知是紧张，还是觉得揽下这个任务压力过大，总之说得颠三倒四，但小菊还是听懂了。她一边流泪一边听父亲叙说，父亲说完，仰起脸求救似的望着小菊。小菊抹一把脸上的泪，冲父亲说："白大刚这么做我理解，换作我，我也会这么做。可是我来部队前，全村人都知道我这次来是找白大刚结婚的，婚没结成，就让我这么回去，怎么有脸见父老乡亲？"小菊打小读过几年书，也识些字，还当过村里妇女支前队的队长，说起话来有根有据。父亲听了小菊的话，就蒙了，他知道替白叔揽下这件事，眼前的小菊就是烫手的山芋，吃又吃不下，扔又扔不得。

那些日子，小菊住在临时来队家属招待所里愁肠百结，父亲也头昏脑涨，他恨自己不该一时冲动就大包大揽，但他不揽过这事，又觉得对不住白叔。总之那些日子父亲又焦虑又矛盾，但他对小菊尽心照料着，一日三餐送到小菊屋里，小菊要么不吃，要么只吃一点，父亲见了，愁眉苦脸地说："人是铁饭是钢，你得吃饭呢。"小菊张开嘴，伸出泛黄的舌头说："你看看我这火上的，怎么还吃得下？"父亲就蹲在小菊面前，又说到了朝鲜战场，他说："我们在战场上经常吃不上饭，后方断供，别说一碗热饭，就是连炒面都没有。有一次打冲锋，部队已经连续三天没吃上饭了，在战前动员时，队列里有战士提出的唯一要求，就是想每人能吃上一把炒面，那样就是死了也值了。可是部队没有，我对战士们说，等打完了这场战斗，咱们就吃一顿白米饭，还有猪肉炖粉条，想吃多少吃多少。战士们带着吃顿饱饭的理想投入了战斗，可是许多战士再也没能回来。”

父亲说到这，又一次泪流满面，哽咽着说：“有许多人是饿着肚子走的呀。”父亲流泪，小菊也流泪。她看着剩下的饭菜，犹豫着蹲到父亲的面前，艰难地吃了起来，她一边吃一边哭着说：“我替那些牺牲的战士吃。”父亲看着小菊痛苦的吃相，夺过小菊的碗说：“妹子，要不你别吃了，你吃得我难受。”小菊又把碗夺了回去，像在打一场冲锋。

许多年过去了，每每提起往事，父亲都会说：“我就是从那时开始心疼你妈的。”记得从小到大，父亲从来没说过爱我的母亲，他偷偷地把“爱”换成了“心疼”二字。

父亲每次这么说时，母亲就会翻着白眼说：“别听你爸胡咧咧，我是可怜你爸，那么大岁数了还没说上媳妇。”

我知道，父母的话都是他们的游戏，他们在这种斗嘴中相濡以沫，从年轻到老。

那次小菊在临时来队家属招待所里住了几天，其间，白叔要掺和，他不想把所有难题都抛给父亲，但都被父亲制止了。父亲急赤白脸地冲白叔说：“我看小菊都快想开了，你就别跟着添乱了。”

白叔的眼里布满了红血丝，像刚从战场上下来一样。父亲知道，白叔这些日子也不好过，他一边惦记着小菊，一边又要安抚李婶。李婶好几次提出要回老家，让白叔和小菊重归于好，都被白叔死乞白赖地拦下了。

小菊在招待所住到第五天时，父亲又一次给小菊送早餐，小菊立在门口突然冲父亲说："我想通了，今天我就走。"父亲有些吃惊地盯着小菊，他内心又一次矛盾了。在这几天里，他了解了小菊，知道她是个善良又坚强的好女孩，但她有她的难处，回到村里名声会不好，不了解情况的人会说她被白叔甩了。被甩的理由会有各种版本，无论是哪种版本，都对小菊有百害而无一利。

那天早晨，小菊当着父亲的面痛痛快快地吃完了早餐，一边吃还一边说："你们部队的饭菜真香。"小菊是笑着说的，父亲听了这话却想哭，想着即将离去的小菊，还有她的遗憾。

吃完早饭，小菊把包袱挎上就走出招待所，父亲相送，他一句话也说不出来，也不知说什么好。从招待所到街上，父亲一直跟在小菊的身后，小菊突然停下脚步，回身看着父亲说："你回去告诉白大刚，让他好好过日子，要对得起那娘俩，他们也不容易。"

父亲用力点着头，此时眼泪差不多要从父亲的眼里流出来了，但他强忍着。小菊冲父亲鞠了一躬说："谢谢三营长，你这些天对我的照顾，我会记一辈子。"说完转身走去，走了几步又停下转身，她已泪流满面，最后说了句，"白大刚的部队我来过了，以后我和部队再也没有半点瓜葛了。"说完她扭过身子，捂着嘴小跑起来。父亲追上几步，喊住小菊，带着哭腔说："小菊，你不走行吗？"

小菊吃惊地望着父亲。

父亲大声地说："我娶你。三营长娶你。"在这期间，母亲还不知道父亲的名字，只知道他是三营长。

三天后，小菊和父亲结婚了。

四

白叔和李婶结婚后，到了第七个年头，才生下立春。那时，大川已经上小学二年级了。我和立春是同一年出生的，我们从幼儿园到高中一直是同学。在李婶眼里，我和立春是青梅竹马。

有一次，父亲和白叔在我家又喝醉了，两人又说到了铁原，说到了牺牲的宋营长，两个中年男人又抱在一起痛哭了一回。说到宋营长，又说到李婶和大川，这时父亲态度就变了，他斥责白叔不该在年轻时用那种方式对待李婶。在两人的斥责与辩白中，我听出了点头绪，后来加上母亲的补充，我终于捋清了白叔和李婶刚结婚时，两人并没有相互接纳的往事。

刚开始李婶和白叔名义上领证结婚，成了一家人，但两人并没有真正住在一起。有一次，父亲半夜接到通知，任务紧急，要立即派出一个连去帮警察执行一个任务。那会儿，白叔已经是团长了，父亲是参谋长。父亲觉得有必要立即把这一消息告诉白叔，便来到白叔家敲门，父亲敲得急，白叔开门也急，门一开父亲就发现了白叔在客厅里打的地铺，当时任务紧急，父亲没顾上地铺的事，只是向白叔报告了紧急任务。

事后，父亲找到白叔想问个究竟，没料到，白叔却急了，莫名其妙地冲父亲发火，东扯葫芦西扯瓢地和父亲掰扯，就是不提打地铺的事，弄得父亲一头雾水。

那会儿，李婶和母亲已成了好朋友。父亲和母亲结婚那一天，是李婶为母亲梳的头，她还专门做了一件碎花衣服让母亲换上，也就是从那一天开始，李婶和母亲成了好朋友。她们能成为朋友的基础，也许是两人因为白叔而建立起来的特殊关系，也许还有别的。

父亲发现白叔独自在客厅里打地铺后，便把这事和母亲说了，意思是让母亲出面找李婶谈谈，看看问题到底出在哪儿。

母亲和李婶谈了一次，终于弄清了原委。原来虽然李婶嫁给了白叔，但她一直觉得自己配不上白叔，不仅年龄比白叔大，还带着一个孩子。她认为白叔是可怜他们娘俩，才和她走到了一起。她不想耽误白叔，总觉得白叔有一天会后悔，会抛弃他们娘俩。因此，李婶虽然同意和白叔结婚，但两人结婚前，李婶就对白叔提出了一个条件：两人同屋可以，但不能同房。白叔那时极力挽留李婶，她提出的什么条件，他都答应。

母亲弄清原委后，告诉了父亲。父亲得知真相后，有些同情白叔，但对白叔的谦谦君子做派又有些看不上，于是又一次找到白叔，两人在团部的办公室里，喝了一桶高粱烧酒。酒过三巡，父亲抓过白叔的衣领子，端详着白叔，冷嘲热讽地说："白大刚呀白大刚，在战场上你是个爷们，对战友你也有情有义，在女人面前你咋就这么没出息呢？"父亲的嘲弄让白叔发火了，他抓过马鞭子，用马鞭子的手柄敲了一下父亲的脑袋。父亲当时脑袋上就流出了血，流到眼前父亲才发觉，他抹了一把脸，整张脸就血淋淋的。白叔惊呆了，非要拉父亲去卫生队包扎伤口，久经战争的父亲怎么会把这点小伤当回事，他拉着白叔非要一起去找李婶，把这不清不楚的关系说明白。父亲拉着白叔都快走到团部门口了，白叔突然蹲下身子，乞求着父亲说："别难为我了，我答应人家的事，就要做到底，你不能不让我做人呢。"父亲听了白叔的话，手松开了，他和白叔是战友，一起出生入死，白叔说的话他听。他停住动作，一起和白叔蹲在团部门口。白叔又说："无论如何我要和李桂花把这日子过下去，把大川培养成人。"李婶的大名叫李桂花。

白叔果然说到做到，我父母一直都说白叔不容易，还感慨道："你白叔是个好人！"

母亲和父亲结婚后，先是生了大姐、大哥、二姐，还有二哥，然后才是我。那会儿没有"计划生育"一说，党和国家号召老百姓多生孩子，我父母响应号召，隔上一年半载的就会生一个孩子，父亲的理想是让母亲"生一个排"，母亲生完我之后，终于生不动了，这才打消了父亲"生一个排"的念头。父亲有些遗憾，但也只能接受。

我出生后不久，立春也出生了。这是白叔和李婶生的第一个孩子，也是最后一个孩子，这已经是他们结婚七年之后的事了。父亲为白叔而遗憾，但终于盼到白叔和李婶真正走到了一起，他还是为这一家人感到高兴。

母亲跟我说："你白叔和你李婶都没红过脸。"母亲说这话时，还叹了口气。在我的记忆里，父亲经常和母亲吵架，每次吵架都是父亲先挑起事端，然后不分青红皂白地和母亲争吵。父亲不论是在家里还是在外面，都非常大男子主义。每次吵架，母亲都会躲开父亲，把自己关在房间里抹眼泪，不知这时的母亲会不会后悔嫁给父亲，如果没有李婶，母亲一定会和白叔走到一起，白叔又会怎么对待母亲呢？我不知道，只能在脑子里胡思乱想。

打我记事起，白叔和李婶就很恩爱，那会儿，我和立春已经上小学了。有时我写完作业，趴在窗子上往院里看，经常看到白叔和李婶一起散步的身影，两人像一对新婚夫妻一样，挨得很近地走，还不时低声说着什么。两人亲密的身影让我想到了父母，我家因为孩子多，每天放学家里就吵成了一锅粥，我们经常为写作业争一张桌子而发生口角，不是大哥把二姐惹哭了，就是二哥和大哥杠上了，总之，只要我们放学回来，家里一定鸡犬不宁。我很羡慕白叔和李婶一家，孩子少，清静，还能经常吃到白叔从机关食堂打回来的饭菜。

每逢过年过节，部队机关食堂都会会餐，比平时多些硬菜，比如红烧肉、炖排骨什么的。每次会餐，白叔总会把自己那一份打回家，热气腾腾又香气扑鼻的样子。母亲看到了，就指责父亲只顾自己。父亲的脸色就不好看了，他的目光在我们五个孩子的头顶上扫过道："我怎么和白大刚比？人家就两个孩子，我把加的餐打回来有什么用？这么多狼，每人还不够一口的。"那会儿大哥和二哥都快长成大小伙子了，正是长身体的时候，母亲有时蒸馒头，一锅刚出来，第二锅还没蒸好，大哥和二哥就把第一锅馒头消灭了，弄得我们家粮食经常不够吃，还没到月底，米缸和面缸已空空如也，害得母亲经常提着一个面口袋，去李婶家借米或借面。也许那会儿的父亲，后悔当年"生一个排"的豪言壮语了。

白叔经常把食堂的硬菜端回家，一家四口其乐融融地享用，父亲只顾他一个人，有时加餐时还喝酒，回来后就脸不是脸、鼻子不是鼻子地冲我们大喊大叫。后来，我们都有点怕父亲了，还有些嫌弃，只要听到父亲的脚步声由远而近，我们就逃也似的躲回各自的房间。父亲看不见我们，就会消停一些。

宋大川在高中毕业那一年选择了参军。拉新兵的卡车就停在部队院内，当大川身着新军装，背着背包登上卡车的一瞬间，我看见白叔流泪了。他冲车上的大川挥着手，哽咽得一句话也说不出来。当接新兵的卡车启动，白叔还从人群中冲了出来，追了一段，不停地冲大川挥手，还喊了一嗓子："到了部队来信。"这让现场的许多人都感动不已。

听母亲说，李婶嫁给白叔后，想把大川的姓改成白。李婶当初坚持让大川姓宋，是想给前夫留下个纪念，后来，两人真的生活在一起，李婶又改变了主意，但这次是白叔坚持不肯。白叔冲李婶说："要让孩子知道他爹是个英雄，是个烈士。"在白叔的坚持下，大川的姓一直没改。

后来我还听说，大川参军时，原本是要去边防团的，因为这批接兵的名额就是边防团的。白叔知道边防团艰苦，就找到武装部，和别的区接兵名额做了调换，让大川参加了空军。

大川一走，白叔家里就只剩下立春一个孩子了。白叔的神情有些落寞，经常抬头望天，我们不知道，此时的白叔是思念大川还是另有原因。

一年多后，大川第一次回家探亲，白叔把自己的吉普车派到火车站去接，大川是坐吉普车回家的。有人就私下议论白叔搞特殊化，白叔梗着脖子说："大川是烈士的儿子，他爹是英雄。搞点特殊又有什么不妥？"人们似乎这时才发现大川姓宋，议论一阵也就不说什么了。

记得大川参军后，白叔带着李婶专程去了大川的部队，除了看望服役的大川，还和航空兵师的领导见了一面，向空军领导提出了要求，烈士子女要特殊照顾，否则对不起烈士。不知是白叔的要求起了作用，还是大川自己努力，总之，大川当了三年兵之后，便提干了。他的职务是航空兵某场站的机械师，通俗地说，就是一名维修飞机的空军干部。

似乎直到这时，白叔才松了一口气。不论什么场合，一有人提起大川的进步，白叔就眉飞色舞，然后一口一个“我们家大川”地叫。

了解白叔的人私下里说：“老白这人真可以，为了老营长的孩子，什么事都愿意做。老宋在天有灵，也会幸福地笑开花。”

李婶也是幸福的，人前人后总是把笑挂在脸上，经常拉着母亲的手说：“白大刚是个好人，当初俺没看错他。和他在一起，俺知足。”

每每这么说完，李婶便反应过来，伸出一只手安抚我母亲说：“对不住了妹子，要不是因为俺，白大刚就是你的了。”母亲换上笑脸道：“他李婶，这都是八百年前的事了，还提它干啥？这都是命。”

李婶便又补充道：“老石这人也不错。”

母亲就强打精神冲李婶又笑了笑。

五

从我记事开始，李婶总称呼我为“俺家女婿”，每次见到我，她总是笑眯眯的，脸上绽出一抹喜色，然后深情地说：“俺家女婿又长高了。”

记得上小学时，我每天都要站在李婶家的楼门前等立春出来。不一会儿工夫，立春就会随着李婶从楼门里走出来，李婶一手提着饭盒，一手牵着立春。见到我后，李婶又一次把笑绽在脸上，变戏法似的从饭盒里拿出半块饼或一个馒头，塞到我手里。起初我不肯接，李婶就摸着我的头说：“李婶给你，你就拿着。”李婶是长辈，我觉得应该听长辈的话，就接过来了。从那以后，李婶总是隔三岔五地塞给我一些吃食。李婶待我接过去，又用手抚摩着我的头轻轻地说：“吃吧，吃饱了，俺家女婿就该长高了。”我一边吃着李婶给我的食物，一边和立春走上去学校的那条路。李婶冲我们的背影挥挥手，转到另一个方向去上班了。李婶的上班地点是部队院门口的军人服务社，也就是院里的商店，专门对院内的军人开放。

我家孩子多，大哥、二哥已经人高马大了，正是“吃穷老子”的年龄，我家细粮总是不够吃，母亲每月去粮站买粮，经常用米面换玉米糁子或高粱米这些粗粮。母亲说，一斤细粮能换一斤半粗粮，这样一倒腾，从斤两上每个月能增加不少，能从月初勉强吃到月末。我们家的伙食大都是粗粮，每次吃饭时，大哥和二哥就唉声叹气，向母亲提意见：“妈，咱们家能不能蒸一次细面馒头？”母亲就板着脸说：“咱们家的粮食不够吃，你们又不是不知道，想吃细粮，你们就快点长大参军去。”大哥、二哥听了这话，便不再多言了，埋下头，艰难地吃着粗粮做成的饭。

每天去接立春上学，总能得到李婶的馈赠，久了就成了我接立春上学的动力。有一天在上学途中，立春红着小脸问我：“你知道我妈为什么对你这么好吗？”我看着立春不假思索地说：“因为咱们两家关系好。”

立春抿着嘴说：“不是，是因为我妈想让你当我们家女婿。”

立春说这话时，我记得刚上小学二年级，对“女婿”这个词还没有确切的理解，我当时以为和干儿子、干女儿什么的似乎没什么区别。父亲有个战友姓马，听说因为战争受了伤，一直不能生育。父亲就领着二姐让马叔认了干闺女，每到周末，马叔的爱人总是来我家，把二姐当宝贝似的接到他们家里吃上一顿饭。每次二姐回来都舔着油油的嘴唇说：“我在干爹干妈家吃肉了，是红烧的。”二姐很幸福的样子，我觉得她有干爹干妈真好。

李婶把我当成了女婿，所以她才对我这么好。我放学回家后，也显摆地冲二姐说：“我是李婶的女婿了，她每天都给我一些吃食，可香了。”二姐就不怀好意地冲我笑，只是当时的我不明白二姐笑容的含义。

后来我又大了一点，突然明白“女婿”的含义了，也就是从那一天开始，我不再等立春上学了。每天早晨从楼门里出来，我头也不回地朝学校跑，见到立春也不敢正眼看她。以前我们这些男生经常和女生玩在一处，什么跳皮筋、踢毽子之类的，不知从何时起，所有男生似乎一夜之间就和女生拉开了距离。女生们似乎也远远地躲着我们。

有一天放学回家的路上，立春和几个女生走在我前面，她不时地回头瞟我，瞟得我浑身很不自在。突然，她蹲下身去系鞋带，我走到她身边时，发现她的鞋带根本没有散开。见我走过来，她立起身，从书包里掏出用一张白纸包着的半块饼，匆匆地塞到我手里说：“这是我妈给你的。”我发现立春的脸红了，她把饼塞给我之后，头也不回地向前跑去，追赶那群女生去了。

后来只要立春拿目光瞟我，我就知道李婶又给我带好吃的了，弄得我俩跟特务接头似的，又紧张又神秘地对暗号。有时下课休息，再回到座位时，我发现书包里就多了一个馒头或半块饼。一次放学回到院里，往我们居住的那栋楼走时，我见立春身边没人，故意放慢脚步等着立春，她走到我附近，我小声地说：“跟你妈说一声，以后不要再给我带吃的了。”说完就头也不回地走了。立春在我后面嘀咕了一句：“你以为我愿意呀，要不是我妈逼我，我才不会给你带呢。”

从那以后，立春果然不再给我带吃的了，每天下课再回到座位上，摸一把空荡荡的书包，心里也空落落的。

有一天早晨，我从楼门里出来，看见了等在楼门口的李婶，我叫了声“李婶”，就想从她身边走过去。李婶却一把抓住我，不由分说地把半张糖饼塞到我的手上，然后说：“立春这个死丫头就是不听话，俺让她给你带吃的，她说什么也不肯。”我说：“是我不让她带的。”李婶认真地盯了我一会儿，在我头上轻拍了一下说：“老三，你咋把李婶当外人了，以后可不许这样。”不知从何时起，李婶不再叫我“俺家女婿”了，而是叫上了我的小名。那会儿每家孩子都多，多到似乎父母连个乳名都懒得起了，就“老大”“老二”“老三”按着排行这么称呼。

有时我路过军人服务社，只要李婶不忙，她总会从里面冲出来，塞给我几颗糖果或者一个苹果什么的。我从李婶的目光中看出了她对我的喜欢和爱怜。

一直到我上了初中，那会儿大哥参军，大姐下乡，母亲不再用细粮换粗粮，我们家经常能吃上细面馒头和烙饼，有时母亲高兴，我们还会吃上一顿饺子，李婶才停止对我的“接济”。但每次不论在什么地方看到李婶，她总是会停下脚步，把我叫到她的面前，出神地看上一阵子，然后拍一拍我的后背或者肩膀，意味深长地离开。

母亲经常和我说：“从小你李婶就喜欢你，以后你不能忘了你李婶。”

我知道李婶对我好，每次母亲说完，我都会认真地点点头。

高中毕业前夕，有一天放学，我看见李婶来我家了，我推开家门进去时，李婶和母亲两人正嘀咕着什么，见我进门，两人都噤了声，把目光投到我的身上，似乎她们刚才说的话与我有关。

那时的我已经长得人高马大了，比李婶和母亲都高出一头，李婶就仰着脸冲我说：“老三一晃都长这么高了，真好！”

我回到自己的房间，刚把书包放下，就听母亲喊：“老三你出来一下，陪你李婶说说话。”我只好从屋里出来，立在李婶面前，此时，母亲和李婶已经坐到了沙发上。李婶把探寻的目光又一次落在我的脸上道：“老三，马上要毕业了，你是怎么打算的？”

我们那会儿毕业，没有更多的选择，就业难，下乡会吃很多苦，参军是最好的一条出路，哪怕不在部队提干，当几年兵，回来按政策也能安排一份工作。我把我的想法冲李婶说了，她眼里一亮，拍一下大腿说：“你要是决定参军，俺们也打算让立春参军，你们最好能在一个部队，相互也好有个照应。”

听李婶这么说，我脑子里马上闪过立春的身影，即将高中毕业的立春女大十八变，长成大姑娘了，身材饱满又结实，和上小学和初中时判若两人。以前立春被同学们起了个外号，叫“小辣椒”。因为她的身子干瘦，就连头发也稀疏泛黄，一副营养不良的样子。自从上了高中，立春似乎换了一个人，不仅长高、长胖了，还越来越漂亮，惹得不少男生偷偷给她塞纸条。我前桌的朱革子和后桌的林小兵，都给她塞过纸条。立春该干吗还干吗，目不斜视地在教室里进进出出，似乎没有兴趣搭理我们这些男生。又有同学给立春起了个外号，叫“大白鹅”，是因为立春长得又高又白，与当年的“小辣椒”不可同日而语。

六

那年秋天，我和立春一起参了军。那一年，部队院里一共有七名新兵，只有立春一个女兵。我们几个人，都是同一届的高中生，虽然不在一个班，但我们也都算熟悉。一路上，我们几个人说说笑笑，唯有立春不搭理我们，目不斜视地望着绿皮火车的车窗外，样子傲气得很。

立春有理由不搭理我们，我们几个男兵都是自己要求参军的，唯有立春，是被李婶逼来的。白叔和李婶只有两个孩子，宋大川七年前已经参军入伍了，在一家空军机场当地勤。我记得大川一共回来过两次，第一次是参军一年多后的一个夏天，大川穿着两个兜的战士服装，提了只土黄色的提包，绿衣蓝裤地出现在我们面前。一年多没见的大川，似乎比以前成熟多了，我们围在大川身旁打听空军军营里的那些事，还有飞机场里那些神秘的飞机。我们虽然生在部队、长在部队，可每天看见的都是清一色的陆军，枪呀炮的都不稀奇了，但对天上的飞机，尤其是战斗机，我们充满了好奇。当我们东问西问时，大川一句话就让我们彻底“断电”了。他先是微笑着面对我们，然后轻轻淡淡地说：“保密。”听他说完这话，我们脸上的笑容都消失了。

白叔为了庆祝大川回家探亲，在家里请了一次客，还特意叫上父亲。那天父亲很晚才回来，酒气熏天，明显是喝多了。他回到家里仍没有睡觉的意思，而是坐在沙发上，还让母亲给他冲了一杯茶。父亲拍着大腿说：“大川这小伙子成熟了，进步快，将来一定是个人才。”父亲那晚把这句话翻来覆去地说了好几遍。

那些日子，白叔也是一副喜不自禁的样子，脸上挂着笑，目光里流露着无尽的幸福，接受着来自四面八方的祝福。这个说：“大川这小子出息了。”那个说：“老白，你教育得好，大川这孩子刚当一年多的兵就出息成这样，你还有啥放心不下的……”战友们越是这么说，白叔脸上的笑越是抑制不住，都快掉到地上了。

大概一年后吧，或许再久些，大川又一次回到了家里。果然出息了，两个兜的军装，换成四个兜的了。我们听说，大川现在是正排职机械师了，而且还是修理飞机的机械师，我们觉得跟工程师和科学家也差不了多少。大川不仅穿上了四个兜的干部服，还穿上了三节头皮鞋，鞋跟钉了铁掌，走在院内的水泥路上，一路嗒嗒作响。白叔的战友们，包括父亲，对大川客客气气的。大川很会来事，遇到会吸烟的叔叔，从兜里掏出烟盒，毕恭毕敬地递上一支，然后说些成年人的客套话。遇上不吸烟的叔叔婶婶，大川也会真诚地客气上一句：“叔，婶，有空到家里坐呀。”

那会儿，我把大川当成自己学习的榜样，希望自己有朝一日也能穿上四个兜的干部服，把皮鞋鞋跟钉上铁掌，然后抬头挺胸地走路。

因为大川已参军，再加上白叔和李婶只生了立春，家里就只有立春一个孩子，按照当时的政策，只要提出申请，立春就不用下乡，也不用参军，是可以直接在城里安排工作的。后来不知白叔还是李婶怎么撺掇的，立春报名参了军，顺利地成了一名女兵。

我们这批新兵出发的前一天，我下午从武装部领回新军装，晚上躲在房间里试衣服。我穿上新军装，虽然还没有领章和帽徽，但看见镜子中的自己，比平时稳重了不少，觉得自己离大川又近了一些。我正胡思乱想着，有人来我家串门，是李婶。李婶和母亲小声地说了几句话，母亲就推开我房间的门把我叫了出去。李婶热情地拉着我的一只手，上下打量着我穿上新军装的样子，嘴里不停地发出“啧啧”声，然后把我拉到沙发上，两只手分上下地把我一只手按住，才说：“老三啊，俺家立春也参军了。”立春从报名到体检，最后接到录取通知书的事我都知道。李婶按住我的手说：“老三，你和立春打小一起长大，到了部队上，你要多帮助她，你是个男孩子，许多事都比她方便。”我望着李婶，想起了小时候，每天在楼门前等立春上学的情景。她奉母亲之命，经常给我带馒头或饼，有时我没有马上吃，就把馒头或饼放到书包里，热热的温度透过书包又传递到我的屁股蛋子上，直到现在，每每回忆起来，那种热乎乎的感觉好像还在。李婶说到立春，我心里就涌出许多仗义豪情，斩钉截铁地说：“放心吧李婶，如果立春有困难，我肯定帮。”直到这时，李婶似乎才松了口气，立起身，又上下打量了我一番，还帮我整理了衣领，顺手又在我手臂上轻拍了几下，才转身告辞。

李婶走后，母亲过来盯着我的眼睛说：“你李婶这么多年一直很喜欢你，她托付给你的事，你可千万不能忘了！”我点点头说：“不会的，哪能呢？咱这个院里一起参军的，谁有困难我都会帮的。”母亲又强调了一句：“立春和别人不一样。”我再看母亲，她就噤了声，不再说什么了。

几年之后我才明白，李婶和母亲一手策划我和立春参军，她们是真心希望我和立春能够走到一起。李婶和母亲从认识到老，一直是最要好的姐妹，她们相互串门，凑在一起说些只有她们自己知道的家长里短。退休后，她们仍然是形影不离的。不知是因为两家的特殊关系，还是李婶特别喜欢我，总之，她们希望我和立春能成为一家人，延续两家人的情谊。

新兵连结束后，立春被分到军部的通信连，我则被分到警卫连。虽然我们都在军部大院里，但通信连在军部一旁的配楼里，与我们警卫连营房还有一段距离。

立春到通信连之后，当了名话务员，负责接转电话。因为她们的总机在军部大楼里，平时总是在军部大楼里进进出出，所以我见立春的次数明显少了。

不知怎么了，立春自从参军后，就很少搭理我们这些一起参军的同学。有一次林小兵找到我，把我拉到僻静处，翻着白眼说：“立春也太冷了，下午我在军人服务社碰到她，我上前和她打招呼，她鼻子里哼一声，就像不认识我似的。”

我有些吃惊，追问了一句：“真的？”

林小兵说：“骗你干啥？不信你下次见到她打个招呼试试。”

刚到部队时，我们和立春都在一个新兵连，她在女兵排，住在新兵连后院的平房里，训练时我们在一起，其他时间就分隔在两个院落。女兵宿舍和男兵院落之间还设了一道岗，平时不让我们男兵轻易地进入女兵排驻地。我们训练完之后，很少能见到女兵排的人，当然也包括立春。

我们和立春分到军部时，我倒是见过立春一次。当时我在军部门口的哨位上站岗，立春从军部大院里走出来，经过我面前时，她眼睛都没朝哨位上看。我见是立春，就在哨位上制造出了一点动静，引得她把目光投过来。立春见是我，脸上瞬间掠过一丝笑意，但很快就不见了，轻声说了一句："是你呀。"然后一阵风似的从我面前走过去，空气中留下一股紫罗兰擦手油的气味。

立春回到院里时，我还没下岗，她手里拿着两支冰棍，一支已经咬了三分之一，另一支是完整的。路过我面前时，她脚步停了下来，举起那支完好的冰棍，手举了一半又缩回去，自顾自地说："你在上岗，不能吃东西。"说完就转身走了。

林小兵说完后，我也觉得立春有些冷。这种冷说不清道不明，和上学时的冷还有点不一样，我在脑子里想着词来形容上高中时的立春。对了，那时的冷是高冷。现在的冷，不是高冷，就是冷。两种冷不一样。她似乎在刻意疏远我们。

到新兵连半年后，我收到了母亲寄给我的一个包裹，是一袋枣和一小袋冰糖，包裹里还有一封信，母亲告诉我，枣和冰糖是李婶寄给立春的。当时我不明白，李婶给立春寄东西，为什么要经过我母亲的手寄到我这里呢？我认为母亲有些糊涂，就专门写信把我们军部大院描述了一番，再次强调，立春的通信连就在军部大院的西南角。枣和冰糖寄到我这儿了，我就得把它们完璧归赵。那是我第一次去通信连，通信连的女兵多，她们的宿舍在配楼的二层，这里果然和我们男兵宿舍不一样。楼道进门处，挂了一个白布帘，帘上印着一行红色的字：女兵宿舍，闲人勿进。因为我来之前和立春电话联系过，不是闲人，我便长驱直入了。立春的宿舍在楼道左侧的第二间，我轻敲了几下门，门立马开了，立春睡眼惺忪的样子，她头一天晚上值夜班，白天得补觉，我赶紧把枣和冰糖递到她手上。她歉然地说："班里人都在补觉，就不让你进来了。"说完她就退回宿舍了。门关上的一瞬间，我看见宿舍窗帘是拉死的，房间里有四张床，几个人都在蒙头大睡。

母亲又来信让我多关心立春，说女孩子脸皮薄，让我主动一些，不要等立春上门求我。母亲几乎每封信都会提立春，让我心生反感：她又不是个小孩子，有手有脚的，要我关心什么，我又能怎么关心呢？况且，我能见到立春的次数很少。

有时早晨出操，在通信连的队伍里，我会见到立春的身影，她个子高，在女兵队伍里的第一排。通信连和我们警卫连出操的队伍，经常擦肩而过。每次和通信连的队伍碰到一起时，我们的口号声都异常洪亮，像比赛似的。

直到宋大川有一次在休假时，来到我们部队，我才有机会和立春正儿八经地接触了一次。

七

大川来我们部队那天是个周末，我正在水房里洗衣服，通信员喊我去连队接电话，电话通了才知道是大川打来的。我有些吃惊，好奇大川为什么会来我们这里。我赶到军部招待所时，大川正和立春站在招待所门口的台阶上，他一见到我，便快步迎过来，抓过我的手狠狠地握了一下，我感受到了大川的力气。他上下打量着我，最后把目光定在我的脸上道："老三长高了，也壮了。"大川比我大哥还高两届，我对大川有印象时，他在我眼里已经是大人模样了。别说他平时很少搭理我们，就连大姐、大哥也和他差一两个年级，大哥上高中时，大川已经参军走了。虽然我们曾住在一栋楼里，但平时接触得并不多。大川依旧穿着上绿下蓝的空军服装，在我们陆军院内很扎眼。大川和前两次探亲时相比，更显老练了，他一手拉着我，一手拉着立春道："走，吃饭去。"

我和立春面对面坐在一张桌前，大川忙着冲服务员点菜，我望着对面的立春，突然觉得有些陌生，这种陌生感不知从何而来，总之我觉得她身上散发出一种成熟的气息让我陌生。大川很快点完了菜，扭头问我喝不喝酒，我忙摇头。我说自己下午还有一班岗。

菜很快上来了，大川给自己点了一袋啤酒，啤酒是用塑料袋装的，所以是"一袋"。大川潇洒地把袋里的啤酒倒进碗里，又洒脱地用三个手指头把碗端起来，喝了口酒才道："我休假回家，顺道来看看我妹和你。"

我把目光扫向立春，立春似乎不太高兴，用筷子在菜中间扒拉着，没有食欲的样子。后来大川又和立春说了几句家事，什么父母来没来信之类的。一顿饭吃完后，我们一起往军部走，这时我才问他："大川哥，你能在这里待几天呀？"大川抬起手腕看了下手表，似乎表上写着他离开的时间。在我们部队有资格戴表的人不多，按规定，干部才允许戴表。大川看完时间说："我这次就是路过，我妈来信让我一定来看看立春和你，我看到了，也放心了，我坐明天一早的火车走。”说话间，我们就到了招待所门前。大川立在台阶上，又伸出手，和我握了握，然后把两根手指在太阳穴处挥了一下说：“老三，好好干，那就再见了。”我向大川挥手告别。

这是我这么多年第一次近距离地接触大川。大川一下子走到了我的心里，他的成熟、稳重，以及浑身上下的风范，当时在我的眼里，都显得与众不同。我觉得大川就是立在我面前的一座高山。

从那时开始，我就下决心提干，然后成为像大川一样成熟的男人。大川成了我的榜样，他的谈吐和做派深深地吸引着我。

第二天中午，我接到了立春打到连队的电话，她告诉我，她哥大川走了。我“哦”了一声，立春就挂断了电话。立春是冰冷的。

不久，母亲给我来信说大川回家探亲，她去看过大川，大川告诉她我一切都好，让家人不要惦念。然后母亲又喜气洋洋地在信中描述，大川定亲了，女方是医院的一名护士，当年曾经是大川的战友，后来复员在医院当了护士。母亲还说：“那姑娘我见了，长得可真叫一个俊。”母亲言辞之间透露着羡慕，最后还让我和立春在部队多互相照顾，然后一起回家探亲。在信中，母亲的思维无比跳跃。

立春依旧高冷，走在任何地方都是一副目中无人的样子。渐渐地，从通信连传出了她的外号，不知是谁，给她起了个又贴切又形象的绰号：雪糕公主。我第一次听到她这个绰号时，在心里笑了，又白又冷的立春，真的像块雪糕一样。

我再一次见到立春，是她打电话约我到通信连门口等她，我赶过去时，她已经在那儿了。她见到我，从身后变戏法似的拿出一个包裹递到我面前说："这是我妈给你寄来的。"我想起上次母亲寄来的枣和冰糖。她看了我一眼，说了句："没事我就走了。"我看着她挺直背走到通信连院里，连头也没回一下。我拆开包裹，看到是李婶给我做的几双鞋垫，我又想到了李婶慈祥的笑容，还有她早年间一次次塞给我的馒头和饼，心里就又热了一次。

参军一年半之后，我第一次探亲。早在探亲之前，母亲就一次次来信让我和立春沟通，最好能一起休假。我休假的时间定下来之后，给立春打过电话，她正在值班，做了话务员的立春练就了一口标准的普通话，听起来就跟收音机里传出的声音一样。我说了自己的休假时间，她沉吟了一小会儿告诉我，她休假的时间还没定。

那次我是一个人回去休假的，我回到家里屁股还没坐热，李婶就赶来了，一副风风火火的样子。她急切地说："立春那丫头怎么没回来？"李婶有些生气，又是拍腿又是跺脚的。李婶说去给立春发电报，然后就匆匆地走了。

我的假期还剩下三天时间，立春终于在李婶三封电报的催促下回来了。立春回来当天晚上，李婶就在饭店订了一桌饭，约上我父母和我一同前往。席间，父亲和白叔是少不了酒的，两个人先是感叹孩子们一个个长大了，自己老了。酒又喝得深入一些，他们就一起回忆起当年，某一次战斗，哪个战友牺牲了。父亲和白叔的回忆像电视连续剧，翻来覆去总也演不完的样子。母亲、李婶、我和立春很快就吃完了。李婶和母亲聊着家长里短，看见我和立春无事可干，便冲我们说："你们先回去吧，没事的话就在外面走走。"

我和立春走到外面的街上，一直无话。快走到部队院门口时，立春突然停下脚步，她没看我，低着头，用脚尖碾着地面，半晌才说："我知道我妈和你妈的意思。"我一惊，不知她指的是什么。她突然抬起头，冷静地望着我说："咱们之间没有可能。"我明白她指的是什么了，心快速地跳了几下，一时不知如何回答。

她又说："我和你不一样，你想留在部队和我哥一样干大事，我服役期满后就想复员，然后上班。"

立春从参军之初就不情不愿，要不是白叔和李婶极力撺掇，她一定不会参军。

我和立春慢慢往部队院里走，她在我身边又说："要不是你，我妈不会逼着我参军。"在灯影里，立春还狠狠地瞪了我一眼，然后就快步地向楼门走去，扔下呆若木鸡的我。直到这时我才明白，她把自己被逼着参军的根都归到了我头上。那天晚上，我似乎想了很多，又似乎什么也没想。我始终不明白，李婶和母亲为什么那么希望我和立春走到一起。

那次返回部队之后，连队就把我当成留队骨干报到了上级机关。三年义务兵服役期满，我的同年兵大部分都复员了，立春也在那一年复员了。我去车站送战友，看到了立春。摘去领章、帽徽的立春背着行李，样子跟参军时差不多，但又不一样了。三年过去了，留在立春脸上的是成熟。这次她见到我却异常热情，主动打招呼道："老同学，我走了，有什么话要捎给家里吗？"面对她的热情，我还有些不适应，连忙笑笑说："一路平安。"

立春复员不久，母亲来信说，她复员回去后就去服装厂上班了。从那以后，母亲很少在信中提及立春了。

我提干一年后休假回家，学着大川的样子，找出一身新军装，把部队配发的三节头皮鞋钉了铁掌，嗒嗒响地走回部队院里。走在路上，我的脑海里不断浮现大川成熟老练的样子，不知我在别人眼里又是什么样子。

回到家不久，我就听说立春找了男朋友，是服装厂的一名技术员。有一天黄昏，我还在部队门岗处见过这名技术员，他穿着中山装，衣服兜里别着钢笔，脸孔白皙，戴着一副眼镜，正腼腆地和立春告别。

李婶和我见面时，是在军人服务社门口，她见到我路过，惊叫一声从门里跑出来，看着我，不知为什么竟红了眼圈。她立在我面前，上下打量着我，说了声："老三。"接着，她哽咽了。见李婶这样，我心里就热了，向李婶面前走了两步，盯着她说："婶，你都有白头发了。"李婶声音闷闷地说："老三你出息了，和俺家大川一样了。"我不是滋味地冲李婶笑一笑。

在我休假期间，母亲对我说，立春为了找这个男朋友，和她母亲大吵了几次，最后立春扬言要搬出家，去外面租房子，李婶才妥协。

我回到部队半年后，母亲在一封信中告诉我，立春结婚了，她和父亲参加了立春的婚礼。从此，母亲在信中再也没有提过立春。

八

李婶还躺在病床上，身上插满了管子。她的生命通过各种管子和仪器维持着。母亲告诉我，李婶入院后就这样，已经持续一段时间了。

白叔决定，在李婶咽气前，带大川回一次大川的老家，找当地政府商议让李婶和宋营长合葬一事。白叔的决定是和我父亲说的，父亲不说话，很严肃地望着白叔。白叔拿出烟来吸，吸了几口便把半截烟摁灭，干吐了一口，低声冲父亲说："我这嘴里一点味也尝不出来了，都是苦的。"

父亲终于说："老白，这事关乎两家人，你再想想。"

白叔和父亲都已经不年轻了，花白的头发凑在一起，他们的神情似乎是在商议一场战役。

白叔说："不把大川的娘送回老营长身边，我心不安。这阵子我总是做梦，梦见老营长说他冷，一个人太孤单，连个陪他的人都没有。"

父亲抬起头，两人的眼里都含了泪，父亲下定决心似的说："那就按你的意思办，等咱们有那一天，相互陪着。"白叔听了父亲的话，脸上涌出一片暖色，弯下去的腰还往上挺了挺。

白叔要带大川出发的那一天，母亲冲我说："老三你也跟着去吧，他们爷俩有事，兴许你能帮上忙。"我想到病床上插满管子的李婶，她年轻时的样子连成串地在我脑子里闪现出来，我冲母亲点点头。

白叔先是带我和大川来到宋营长的墓地前。在小县城外的一片山岗中，坐北朝南地修了一座墓，是用水泥修成的，碑上有一列字：宋清河烈士墓。通往山下有条小路，修着台阶，年代久远，台阶已有些破损，两旁长满了蒿草。有几朵变了颜色的纸花在墓地旁的杂草里飘舞。

白叔一上山，便蹲在墓地旁，打开随身带的包，取出一瓶酒，拿出一只碗，把酒在碗里倒满，又点燃一支烟，插在墓地前的土里。然后自己缓缓地坐下去，哑着声音说："老营长，白大刚来看你了，这一晃好久没来了。"

白叔抹了把眼泪，我知道，父亲和白叔以前每隔几年就要到这儿来看看，每次父亲回去都要沉默好几天，经常望着什么地方发呆。父亲离休后，搬到了干休所，有一次他和白叔又来看老营长，回去后他莫名其妙地问母亲："人是死了舒坦还是活着幸福？"这句话让母亲和我都大吃一惊。母亲呆怔半晌，小心翼翼地望着父亲说："咋，你中邪了？"父亲挥挥手，恢复了常态，说："我就是琢磨一下。"过了几天，父亲才从他的魔怔中回过神来。

此时，白叔把手搭在宋营长的墓碑上，似乎扶着宋营长的肩头，喃喃地说："我知道你孤单，没依没靠。我还记得当年对你的承诺，这辈子我没和小花红过脸，大川从部队转业回来了，在民航机场当机械师，他还在修飞机。小花快不行了，我合计着，把她给你送回来，以后你身边就多了知冷知热的人，再也不会挨冷受冻，也有个陪你说话的人了。"

白叔欠着身子，扶着墓碑站了起来，招呼站在一旁的大川，大川低着头走过去。白叔在墓地前让开身子，冲大川说："来，和你爹说几句话。"

大川面对生身父亲的墓，头更低了一些。大川高中毕业那一年，白叔就带大川来过这里，当时我是听立春说的。立春说这话时，语气轻飘飘的，她说："我爸带着大川哥去看他亲爸了。"那会儿我已经知道大川的身世，也能从立春绕口令似的话语中明白来龙去脉。虽然知道大川的父亲成了烈士，但听立春这么说，又总觉得大川的父亲还活着。

立在自己生身父亲墓前，大川叫了一声：“爹。”不知为什么，大川每次都叫白叔为爸，每次都叫得亲切自然。我第一次听见大川这么称呼自己的生身父亲，这叫声有些艰涩，有些难以出口。大川的身子抖了一下，应该是落泪了，半晌他又说：“我爸非要把我妈百年后给你送来，让我讲真话，我不同意。”

白叔听到了大川的话，身子一震，快速地把身子扭转过去，踉跄地走到墓地旁，冲大川叱道：“这是我和老营长之间的事，你同不同意都没用。”从小到大，我第一次见白叔这么和大川说话，像吵架。

大川上高一那一年，在学校里和人打架，他把别人打断了两根肋骨，自己的脑袋也被划破了一道口子。那天，大川捂着脑袋血葫芦似的走回来，只见白叔火急火燎地从楼道里冲出来，大声喊道：“大川你有没有事，脑子还清楚不？”不等大川答话，白叔就跑到自行车棚里推出自行车，驮着大川直奔门诊部。第二天，大川头裹纱布去上学，只见白叔把大川的书包背在自己身上，随着大川一直走到学校大门口，才把书包递给大川。一连几天都是如此，直到大川头上的纱布拆去，大川身后才不见了白叔的身影。

当时立春告诉我：“大川哥不让我爸送，说怕人笑话，我爸非要送。”

后来我又听母亲说，因为那一次大川和同学打架，李婶给被打断肋骨的同学赔了鸡蛋、白糖，还有五斤猪肉。大川闯了那么大祸，白叔都没大声地对大川说过一句批评的话。

大川见白叔这么说，低着头不再说话了，冲他生身父亲的墓地鞠了三个躬就把墓地留给白叔一个人了。大川把我拉到一边，我们俩坐在山坡上，大川嘀咕着：“人死了还争来夺去的有啥意思？”我知道大川说的是病床上的李婶。

大川几年前就从部队转业回来了，他在部队时就是正团级，转业后就到了民航，现在是民航维修站站长。人到中年的大川，鬓角已经能够看到丝丝白发了。李婶没生病前，大川每周都会带着老婆、孩子回到干休所，陪白叔和李婶吃上一顿饭，有时在晚饭后，还会陪着白叔在干休所院里散步。父子俩走在一起，虽然长相相距甚远，但他们的神态却是如此相似。

有一次母亲立在窗前，看着楼下白叔和大川走过，就咂着嘴说：“虽说大川不是老白亲生的，但他们走在一起，一眼就能看出他们是一家人。”父亲正坐在沙发上泡脚，听了母亲的话，把脚拿出来甩了甩道：“别忘了，大川一岁多就和老白生活在一起了。这么多年，老白对他比亲生的还好。”母亲不言语了，把目光从窗外收回来，落到父亲身上，一时间，母亲的神情有些恍惚。

那次我陪着白叔和大川从宋营长墓地回来，还没进家门，大川的手机就响了，我清晰地听见立春在电话里冲大川说：“哥，咱妈醒过来了。”

我们赶到医院时，奇迹真的发生了，李婶不仅醒了过来，她身上插满的各种管子也被医生撤了下去，只有监测生命体征的仪器还连在李婶的身上，医生说：“各项指标都很平稳。”

李婶脸上恢复了红润，她睁着一双眼睛，异常清醒地打量着我们。白叔一个踉跄奔到李婶床前，紧紧抓住了李婶的一只手道：“小花，你可醒过来了。”

九

李婶奇迹般地活了过来，又很快出院了。母亲跟我说：“是宋营长显灵了，在护佑李婶。”

大病初愈的李婶，恢复了往常的状态，最高兴的还是白叔，他似乎年轻了几岁，张罗着全家聚餐。白叔自然又叫上了父亲、母亲和我。

聚餐时，大川不停地起身，端起酒杯敬白叔和我父亲，也敬李婶。现在的他和去他父亲墓前的状态判若两人，似乎心里有什么东西放下了，他的眼里闪着光，还不时地冲我说：“老三，你多喝几杯。”父亲和白叔的酒力明显不支了，喝了几杯后，就红头涨脸，话也稠了起来。唯有李婶安安静静地坐在那儿，不时地把目光定在每个人的脸上，然后笑眯眯地说：“活着真好，因为有你们。”说这话时，李婶的眼里闪着泪光。众人听了李婶的话，就一片唏嘘。大川带着我和立春，以及立春的丈夫，一起敬四位老人，先后说着祝他们长命百岁之类的话。

李婶把目光定在我的脸上，片刻，又把目光定在立春的脸上，她的目光不停地在我和立春脸上游移着。我明白李婶想的是什么，立春自然也明白。我俩除了进门时打过招呼，之后立春便一直低着头，她不时地夹菜，也给身边的丈夫夹菜。昔日的服装厂已改成制衣有限公司，立春丈夫已成副总经理了，虽然人老了一些，但依然是当年的风格，消瘦，戴着眼镜，说话总是慢吞吞的，永远热烈不起来的样子。

见李婶不停地把目光落在我的脸上，我站起来冲李婶端起杯，再次祝她身体康复，然后又说了些“福如东海”之类的话。我看见李婶的眼里又闪出了泪光，半晌道：“俺没想过，老三还能回来看俺。”没等我回答，母亲抢过话头道：“他李婶，老三能不回来吗？从小到大，你对他那么好，老三嘴上不说，他心里记着呢。”

我望着李婶那张苍老的脸，想起小时候她对我的种种好，我的眼眶也有些发热了。我知道在这个世界上，有两个女人对我最好，一个是母亲，一个是李婶。

白叔还意外地站起来敬了我母亲一杯酒，他站起身来时，手里的酒杯颤抖着，有几滴酒还洒了出来。他盯着我母亲，郑重地叫了声：“小菊。”母亲听了就把笑挂在脸上，开玩笑地道：“老白，咱俩咋还客气上了呢？”母亲意外地嫁给了父亲，在家里每每说到这一段，她都以开玩笑的口吻冲我们说：“妈这是傻人有傻福，要是当年没找到部队，我上哪儿能找到你们父亲，又怎么能有你们。”

长大后，我私下里也问过母亲：“你和白叔一共就见了两面，又好几年不联系，你咋想起来部队找人家了？”母亲听了这话，收起脸上的笑，盯着我道：“我们当年是订了婚约的，答应人家的事就要兑现承诺。”

后来我又问过母亲，白叔和父亲两个男人，在她心里谁更好。她拍了一下我的肩膀，脸红了一下说：“你这孩子，有这么跟妈说话的吗？”她没有直接回答我谁更好，只是补充道，“你白叔真心不容易，对你李婶和大川真是一百个好。他是个男人，答应人家的事就得兑现。”

虽然母亲没和白叔走到一起，但母亲理解白叔所做的一切。白叔和母亲两人经常在院里碰到，都会打招呼，母亲称白叔为“老白”，白叔则称母亲为“妹子”。遇到变天时，都不忘提醒对方一句：多穿衣服呀，身子骨可不比年轻那会儿了。有时白叔还热情邀约道：“妹子，去我家，让你李姐做好吃的。”母亲也说：“来我家吧，我给你们整下酒菜。”我一直认为白叔和母亲的关系很友好。

此时白叔抖着手敬母亲酒，母亲也大方地端起杯子，看了眼李婶道：“老白，这么多年你辛苦了，谢谢你对李姐的关心和照顾。”

母亲刚说完这句话，李婶突然用手把脸捂上，放声大哭起来，全桌的人都惊诧地看着李婶，我看到李婶的泪水顺着指缝流了出来。又过了一会儿，李婶才止住哭声，把手掌从脸上移开，红着眼睛站起来，端起一杯水道：“俺当着大家的面，敬老白一杯，这么多年委屈老白了。”李婶虽然比白叔大两岁，但在人前她一直称白叔为“老白”。说完便真诚地把水杯和白叔的酒杯碰了一下，这回轮到白叔手足无措了，他用手指着李婶道：“这是咋了？当着孩子们的面说这话，好像不是一家人似的。”白叔虽然嘴上这么说，心里却很受用，坐下之后，脸上仍带着一种成就感。

离休后的白叔和父亲，更多时候会和战友们聚在干休所的凉亭下。不论冬夏，手里都端着一个保温杯，先是扯上一会儿天高云淡的话，唠着聊着，话题又扯到了当年，最后就说到了铁原阻击战。宋营长是绕不开的话题，每每这时，白叔就戚然地冲父亲说：“也不知咋了，这几年老是梦见宋营长。在梦里他不是说自己渴了就是饿了，要么就说自己冷，他走时，穿着单衣……”每次说到这，就打住了。父亲也戚然，两人的情绪都变得低落，沉默一会儿，不知谁先说一句：回吧，就立起身，端上各自的保温杯，佝偻着身子向各自的楼门走去。以前父亲和白叔是邻居，到了干休所，两家只隔了一个楼门。

我又一次接到母亲电话时，她哽着声音冲我说："昨晚你白叔走了。"我一惊，好好的白叔怎么就走了。后来母亲跟我说，那天傍晚看见白叔还好好的，他在院里散步，碰到母亲还问父亲为啥没出来遛弯，母亲告诉白叔，父亲得了感冒，在家里歇着呢，白叔就嘲笑父亲身体中看不中用。入夜，父亲和母亲突然被救护车的声音惊醒，两人扒着窗子向外看，看见医护人员把白叔抬出楼门，放到救护车上，一溜烟地开走了。父亲和母亲赶到医院时，才知道白叔已经走了。后来李婶说，白叔半夜去洗手间，跌倒在洗手间里……

我赶回去时，白叔的骨灰已经装在骨灰盒里了。李婶整理白叔的遗物时，发现了他的一个日记本。那日记本上记录的都是他这几年做的梦，每个梦都和宋营长有关，两人在梦里有对话，一问一答的，就跟活着时一样。后来我看过白叔那个日记本，白叔记录的是梦又不是梦，他反复地提起自己走了之后，一定要把自己葬在宋营长的墓地旁，说宋营长活着时他没陪够，下辈子一定还要去陪他。

大川、立春遵照白叔的遗嘱，捧着白叔的骨灰盒，安顿白叔。父亲也要送白叔最后一程，被我们拦下了，父亲无奈地冲我说："那你就替我送你白叔最后一程。"

我又一次来到宋营长墓地前，把白叔葬在了距离宋营长墓地不远处的一个山包上，两人相距不远，像邻居，小声聊天都能听到。当我们走上通往山下那条小路时，我回望了眼山顶，宋营长和白叔的墓地一左一右，我突然想起铁原阻击战。当年两人坚守的阵地，是不是这个形状的？时隔多年，两个当年并肩战斗的战友终于又走到了一起，他们在另外一个世界不再孤单了。

白叔走后，李婶总是梦游似的喃喃自语：“他还比俺小两岁，怎么就走到俺前头去了？”疑惑写在李婶的脸上，她逢人就说：“老白这辈子对俺好着呢，没跟俺说一句重话，就连脸也没红过一次，老白是个好人。他对得起他的宋营长，更对得起俺们娘俩。”

白叔下葬了之后，大川拍了一张照片，两座坟在一个画面里。大川把照片放大，冲洗出来交到李婶手上，李婶呆呆地看着两座坟，里面葬着和她最亲近的两个男人。许久之后，泪从李婶脸上流了下来，她指着两座坟中间的空地冲大川说：“俺死后就埋在这儿，到另一个世界俺还要去陪着他们。”

我看见大川的泪从脸上流了下来。

八一学校

八　一

我们学校叫“八一”，入学的第一天，班主任就给我们一年级新生讲了学校的来历。学校的历史可以追溯到延安时期，那时延安有一所“八一学校”，后来四野大军入关，入关的不仅有军人，还有军人家眷。大军入关是解放全中国的重要一步，为了给大军创立一个长期稳定的大后方，延安的“八一学校”抽调了一部分师资力量，随四野大军一同入关。部队走到哪里，学校就建到哪里，学生读书写字，“咿咿呀呀”一片朗读之声。在战斗的炮火声中，能有一片孩童的读书声也算难能可贵。

后来东北解放了，这所叫“八一”的学校终于稳定下来，名字自然也没有改变，仍然叫“八一”，流着延安“八一学校”的血液。

随着东北军区的建立，八一学校不断完善壮大，从小学到中学，各个年级班级一应俱全，约定俗成地成了军区的子弟学校，也兼顾军区周边的一些居民学生入学，但军区子弟占了大多数。

这就是八一学校和其他学校的区别。

中学部，尤其是高中的学生，不论男女，大多穿着父母或者哥姐淘汰下来的旧军装，那些破旧的军装经过裁剪缝补之后又穿在了他们的身上。每逢列队，他们像军人似的站立在操场上，让人感觉恍惚走进了军营。

其他学校上课、下课都用打铃或敲钟的形式预报，八一学校则用军号声代替。当然，军号不是人吹的，而是通过一张唱片播放的。在一间教工办公室里装着一部老式留声机，用来播放军号唱片，再通过扩音器和学校各个角落里的喇叭将军号声传遍学校。军号声音洪亮，上课的号声是行军号，下课的号声是休息号，放学的号声为熄灯号。

军人子弟大都住在军区大院里，睁眼闭眼都是军号声，都习以为常了，但这对其他学校的学生来说，是个例外。经常有其他学校的学生站在八一学校大门外，就为了听听那与众不同的军号声，然后一脸羡慕，甚至敬仰。

八一学校离军区的八一礼堂不远，仅一街之隔。八一礼堂经常有军区文工团的演出，唱歌跳舞什么的，一周还会放一两次电影。看演出或者电影都要凭票入场，军区的干部战士或者家属的票都是发的，其他人要看，就得买票入场。八一礼堂一楼有个小窗口，玻璃上写着“售票处”三个字，字是红漆写的，很显眼。

从八一学校再过一条街，就是军区大院了，大院门口有两个士兵站岗，他们持枪站在大门两侧，每天负责向进出军区大院的轿车敬礼，也盘查进出大院的外单位车辆人员。站岗的士兵在我们孩子眼里权力很大，也很威武。

每天放学回来，走进军区大院前，我们都想逗弄一下站岗的士兵，想问问他们的名字。士兵从来不理我们，甚至都不往我们身上看一眼，目视前方，像个木头人。我们就称站岗的士兵为“木头人”。木头人不好玩，和我们一点交流也没有，我们在大院门口停留片刻，便打打闹闹地走进了营院。

校　长

我们的校长姓刘，叫刘有田。校长的老家在四川。红军长征时路过四川，我们的校长就是那会儿参加军队的，也算是老革命了。他跟着队伍到了延安，搞过大生产，也参加过百团大战。他随四野大军入关，四平战役、塔山阻击战这些战役他都参加过。他又随部队参加了抗美援朝战争，那时的刘有田已经是一名身经百战的营长了。

在朝鲜的第四次战役中，刘有田负了伤，一条腿被炸断，被救护队从战场上抬了下来，回国在丹东一家医院接受治疗，命是保住了，但从此少了一条腿，只能转业到地方工作。

刘有田从小参军，早已适应并热爱部队，部队就是他的家。让他转业离开这个家，他说什么也想不通，一把鼻涕一把眼泪地找领导求情，说什么也要留在部队。可部队有部队的政策，不是说留就能留下的，后来几经辗转，他被留在八一学校当校长。虽说不是军人了，但毕竟沾着“八一”两个字，他勉强接受了。从此以后，刘有田从一名英雄营长变成了我们的校长。

他那条断腿装着假肢，站立的时候一点也看不出来，但只要一走动，就暴露了假腿，他走起路来一摇一晃，受伤的右腿不能打弯，像拖了一根原木。假腿落在地面上的声音铿铿锵锵的，增加了刘校长的威严。刘校长一年四季都穿着军服，军服已经洗得泛白，肘部和屁股的地方都磨烂了，打着补丁。

军人出身的刘校长一直保持着军人本色，讲话时声音洪亮、掷地有声。不走路时，他就像一个标准军人似的站立在我们面前，眼神中流露的威严也像一名指挥官。

刘校长讲话是有口音的，他从四川到延安，又来到东北，然后又去了朝鲜。在部队时，他的战友来自五湖四海，因此刘校长讲话的口音很杂乱，一副五湖四海的腔调。

我们经常可以看到刘校长在操场上溜达，他拐着一条假腿，步履艰难，但又一往无前。他有时会站在操场上发呆。冬天时，他身上会落满雪花，夏天时，有蜻蜓或者蝴蝶落在他头上、肩上，他浑然不觉，眼神里透着不甘和无奈。刘校长的世界我们无从知晓，只知道他是我们的校长，他拐着腿的身影陪伴了我们一年又一年。

刘校长有个外号叫“刘拐子”，这个外号是高年级同学传给我们的，我们又把这个外号传给低年级的同学。后来，有许多同学都不知道刘校长的真实名字，只知道他叫刘拐子，似乎这才是他的名字。

校长刘有田有军人的血性，曾做出惊人之举。

那次壮举发生在我们上小学三年级的时候，我们学校的几个初二学生，被育红中学的一群学生打了。我们八一学校离育红中学不远，只隔两条街，快走也就十几分钟的路程。上学放学时，两校学生时有交集，有一天早晨上学时，我们学校的几个初二男生被育红中学的几个高中生打了。被打的几个学生满脸是血，进学校之前他们显然自己擦拭过了，但并不彻底，他们脸上仍然有血迹，还有衣服上滴染的斑斑痕迹，其中有两个人的衣服也被撕破了，他们灰头土脸地出现在学校门口。我们刘有田校长有个良好的习惯，就是每天早晨都要出现在学校大门口，像军区大院门口站岗的士兵一样，立在校门前迎接到校的学生。鱼贯而入的学生，不时冲刘校长打招呼，刘校长一脸严肃像士兵一样立在那里，仔细地看着入校的学生。自我们入校第一天起，刘校长就是这个样子，无论冬夏，无论风雨，就凭这一点，我们对刘校长也是刮目相看的。

那天早晨，被育红中学打惨了的几个初中生，被刘校长发现了。刘校长先是用疑惑不解的眼神紧盯着那几个学生，那几个人知道做错了事，想靠边溜过去。刘校长鼻子里“嗯”了一声，那几个学生假装没听见刘校长发出的疑问，低着头，准备快步走过去，刘校长就大喝一声：“站住！”

那几个被打的学生身子一抖立住了，刘校长拐着腿，“咣当咣当”几步走到他们面前，脸黑了下来，厉声道：“这是谁干的？”

几个被打的学生低下头，看自己的脚尖，不敢看刘校长。

刘校长几乎咆哮道：“我问你们，这是谁干的？”

其中一个学生见躲不过，小声地嗫嚅道：“育红中学的人。”

“他们为什么打你们？”刘有田用同样的语调接着问。

“他们想抢我们的军帽，我们不给。”学生小声地答道。

刘校长在原地转了几圈，那只右腿“咣当”响着，他没再说话，挺着身子，拐着腿，向办公室走去。

那会儿马上到上课时间了，学校门口只有零星几个学生小跑着向各自教室奔去。那几个被打的学生，低着头在原地默立一会儿，见校长走了，也溜着墙边，向教室走去。

突然，校园内响起了号声，最初我们以为是上课的号声，等军号声响过，我们才发现是紧急集合的号声。我们八一学校的学生，对号声极其敏感，刚入学时，就演练过各种号声，对每种号声是什么意思一清二楚。

当紧急集合的号声响起时，我们班主任正把教室门关上准备上课。先是高年级的班里有了动静，他们训练有素地分男左女右向操场跑去，然后我们班主任才反应过来，转身把教室的门开大一些，变了声音道："紧急集合。"这种集合我们演练过多次，因此我们并不慌张，也不混乱，有条不紊地冲出教室，在操场上集合。

我们的刘校长从办公室里走出来，身上多了两样东西：一是腰间的武装带，二是扩音器。武装带是军队叫法，其实就是一条巴掌宽的腰带。别小瞧这条腰带，扎在刘校长腰间，似乎让刘校长年轻了几岁，他看上去更像一个军人了。他右手提着一个扩音器，站在操场主席台上。操场的主席台显得庄严神圣，学校每次开运动会，或宣布重大事情时，学校各级领导都会在主席台上就座，俯视着我们。

刘有田那天早晨很神圣地站在主席台上，把扩音器放到嘴边，先是冲扩音器呼呼地吹几口气，接着大声地说："奶奶个熊。"这是刘校长的口头禅，他生气了或者发火前，开场白永远都是这句话。那天我们的校长刘有田说："奶奶个熊，育红中学几个小流氓把我们的学生削了，嗯，这是什么行为？抢我们学生的帽子，这就是流氓行为。我们八一学校，都是军人子弟，你们的老子出生入死，别说流血，死都不怕，你们不能白白让人给削了，这丢八一学校的脸。听我的命令，高中部的同学，向右转，目标，育红中学，把育红中学给我围了。”

刘校长下达了命令，把扩音器丢在主席台上，拐着身子就往台下走。

刘校长讲话时，几个副校长，还有教导主任，正一脸茫然地站在台下，他们做梦也不会想到，我们的校长会下达这样一个命令。待他们反应过来，先是教导主任冲上来，拉住校长的袖口。教导主任是个中年妇女，姓金，短发，眼睛挺大，她冲校长说：“刘校长，这样不好哇，弄不好会出大乱子。”

刘校长此时已怒发冲冠了，他甩开金主任的手，回身冲几个副校长道：“我是这个学校的校长，出了问题，所有的责任由我负责。”刘校长把话说到这个份上了，其他人就不好说什么了。论资历，谁也不如刘校长老，平时他们都很敬畏刘校长。他们眼睁睁地看着刘校长拐着腿来到高中部的队列前，高中部的学生快二十岁了，男生们的唇边已生出茸毛，此时鼓着小胸脯，正准备听刘校长调遣。刘校长看着这些朝气蓬勃的学生道：“你们老子枪林弹雨拼杀过来，啥都不怕，老子英雄儿好汉，你们要当缩头乌龟，我瞧不起你们。你们知道你们现在是什么吗？你们是战士，听我的命令，所有的男生，跑步包围育红中学。”

在刘校长的鼓动下，高中部的男生已经热血沸腾了，他们握紧拳头，挺着胸脯，训练有素地跑出八一学校的大门。我们的刘校长拐着腿跑在队伍的最前面。

学校的其他领导和所有老师都流露出绝望的眼神，我们留在原地的学生，羡慕地看着高中部的男生像军人一样跨过学校大门。他们绝尘而去的身影让我们羡慕不已。

许久之后，教导主任才反应过来，让各年级的班主任把操场上的我们带回教室。我们坐在教室里，但魂早已随着高中部的男生飘走了，都想知道此时育红中学是怎样的一个场景。

第一节课结束，第二节课正上课时，我们的刘校长带着排成几列纵队的高中男生回来了。他们迈着整齐的步伐，唱着洪亮的军歌，像得胜的士兵一样凯旋。所有年级学生的目光都被高中男生吸引了，他们把一首《中国人民解放军军歌》唱完，刘校长才宣布队伍解散。这些高中男生个个像公鸡似的回到各自班里，学校才回归到日常的平静。

后来我们才知道，刘校长带着高中男生包围育红中学时，育红中学的学生正在上课，面对突然的“变故”傻眼了。他们的校长、教导主任出来询问情况，刘校长只有一个目的，那就是让育红中学的老师把打人的几个学生揪出来，承认错误，并赔礼道歉。育红中学的女校长从来没见过这个阵势，便和刘校长商量，等上完课再查打人的学生，刘校长不依，要命令学生冲进育红中学。育红中学校长怕把事情闹大，只能暂停上课，让各年级的所有学生在操场上集合。那几个打人的学生看见眼前这样的阵势，吓怕了，不仅当着全校师生承认错误，还向我们学校被打的几个男生赔礼道歉。做完这一切之后，刘校长才整理好队伍，迈着整齐的步伐，唱着“我们的队伍向太阳，脚踏着祖国的大地……”，“班师回朝”。

事后，育红中学的校领导把状告到了军区。我们八一学校的人事归军区直工部管理，教学上归教育局领导。直工部部长是位师级干部，长了一脸络腮胡子，他负责处理这件事。

直工部部长来了，带着两个干事，刘校长把直工部领导引到学校会议室里，不知说了什么，过了好一会儿，直工部部长带着两个干事上了一辆吉普车，刘校长拐着腿相送，直工部部长在车里冲刘校长招着手，刘校长在车外给直工部长敬了个礼，车就开走了。从那以后，再也没有人提这件事了。刘校长仍然是校长，每天早晨站在学校门口迎接每个走进学校的学生。我们每天一看到刘校长笔挺的身影，就感到特别踏实和温暖。

从那以后，我们八一学校的名声就传播出去了，无论我们走到哪里，只要听说我们是八一学校的，便有人竖起大拇指，冲我们说：“你们八一学校太牛了！”一脸羡慕。我们的胸脯挺起来，为自己是八一学校的学生而骄傲。

拉　练

刘有田校长在我们学校一言九鼎，他的威信是在一次次险境中树立起来的。每次学校发生大事，不是军区来人谈话，就是他被一个电话叫到军区，我们每回都以为刘校长要摊上事了。然而让人料想不到的是，刘校长又从军区大院回来了，该干什么还干什么，拐着一条腿，“咣当咣当”地出现在校园里，上身笔挺，一脸严肃地思考着什么。

渐渐地，老师和同学之间开始传递一种消息，那就是刘校长上面有人。“有人”的意思大家都明白，就是说军区有支持刘校长的领导。刘有田虽然只是军区子弟学校的一名校长，但他的资历老，从延安到东北，又到朝鲜战场，许多当年刘校长的下级现在都已经是师团级领导了，更不用说他的那些老领导了，在军区有许多人支持刘校长。渐渐地，刘校长成了八一学校的一面旗帜。

我们听着军号上课、下课、放学，似乎少了些什么内容。

有一天，突然响起紧急集合的号声，所有班级训练有素，在最短的时间内列队来到操场。刘校长笔挺地站在主席台上，手里拿着扩音器，他先是冲着扩音器呼呼地吹了几口气，待声音正常后，才说："同学们，咱们八一学校的子弟姓军不姓民，姓军就要干一些和军人有关的事情，我和校领导研究，经军区批准，我们要进行一次长途拉练。今天通知大家一声，明天就开始拉练，我们要活得像一个真正的军人。"

刘校长动员完，我们又回到了班里，班主任和两名学生趔趄着抬进来一个大筐，筐里装着行军水壶。从那天开始，我们每个学生都拥有了一个真正的军用水壶，水壶为草绿色，和战士军服的颜色一模一样。班主任说："这些水壶是军区军需部特批给我们学校的，师生每人一个。"许多学生迫不及待地把水壶背在身上，感觉立马就不一样了，仿佛身上背着一支沉甸甸的枪，小脸涨得通红，小身板不由自主地变得挺拔。

班主任发完水壶，还做了另一项动员——选拔旗手。野营拉练，每个班级都有一面旗帜，此时那面旗帜就在老师的手里，旗是红色的，插在一根结实饱满的竹竿上。虽然教室里没有风，但我们似乎听到了红旗迎风猎猎飘舞的声音。许多男生已经血脉偾张，呼吸急促，激动得浑身发抖，他们举起了手，请求老师让自己当班级的旗手。

班主任就依次把举手的学生叫起来，询问他们为什么要当旗手。有的学生答："红旗是用烈士的鲜血染红的，我们要保护它。"

还有的学生说："红旗是革命的象征，红旗不倒，革命一定能够成功。"总之，被老师点名叫起来的学生，回答得都很豪迈，一副与红旗同在、视死如归的样子。

同学朱革子一次次举手，他几乎是最后一个被老师叫起来的。朱革子说话有些结巴，他站起来后，就结结巴巴地说："报……报告老老师，我……我……我要当……当旗手。"

因为紧张，朱革子比平时更加结巴了，他结结巴巴地说完，引起班级同学的一阵哄笑。朱革子不笑，涨红了脸望着班主任。我们班的班主任是一个三十多岁的女性，她姓于，长得挺好看的，圆脸，留着短发，每次说话都是一副笑脸模样。她轻声细语地冲朱革子说："不着急，你说一说想当旗手的理由。"

朱革子站在自己座位上，半天没有说话，我们以为他又卡壳了，回头望他时，他脸上却流下了两行泪，泪水顺着他的脸颊和鼻翼缓慢地向下流动着。我们不明白朱革子为什么要哭。

于老师似乎也没有料到朱革子这时会哭，她很有耐心地等待着朱革子阐明自己的理由。朱革子用衣袖擦了一下眼泪，吸溜了一下鼻子，感冒似的说："老……老师，别……别的同……同学的爸，都是……是军官，我……我爹只……只是管……管电的，所……所以我……我要当旗手。"

说到这里，不能不交代一下朱革子的爹。朱革子的爹是我们军区大院的电工师傅，确切地说，是保障军区电台供电的电工。我们上学那会儿，电力不足，经常停电，什么时候停电不知道，什么时候来电也不知道。家家都备了许多蜡烛，有的人家为了节省，还备了油灯，放在触手可及的地方。

停电的时候，朱革子的爹有大用场。在军区作战指挥部的外面，配备一组发电机，发电机一响，指挥部的灯就亮了，电台又可以照常工作。那会儿战备形势很紧张，电台不能停顿一秒，要及时接收党中央和军委的指示，也要把命令准确地传达给部队。确切地说，朱革子的爹是管战备用的发电机的。

说起朱革子的爹，也算是一名老军工了，八一南昌起义时，指挥部的发电工作就是他保障的。那会儿，他是发电厂的一名工人，后来为起义的队伍发电。队伍去井冈山打游击，他也随着队伍去了井冈山。不知为什么，朱革子的父亲一直没有参军，只是一名工人。再后来红军长征，朱革子的爹跟着北上，和人抬着发电机随大部队前行，一直到延安，他仍然是一名发电工人。又后来，他随四野入关，成为纵队指挥部的一名发电工人，又去过朝鲜，给军部指挥所发电。一直到现在负责军区战备用电，转来转去，他仍然是一名发电工人。

朱革子的爹我们见过，瘦瘦高高的，穿着军装却不佩戴领章帽徽，额头光秃秃的。朱革子的爹是个沉默寡言的人，不苟言笑，在军区大院他总是溜着边走，遇到首长也只是点头打招呼。朱革子的爹虽然只是名军工，资历却很老，许多军区一级的首长见了他都称呼“老朱”，客气得很。

朱革子说出自己的理由后，我们都哑了。

于老师是我们军区大院的一名家属，她爱人在军区机关当处长，也是名团职干部，和朱革子家住在一栋楼里，因此于老师对朱革子的家庭情况不能说不熟悉。她听完朱革子的理由，走到朱革子身旁，从兜里掏出手绢细心地把朱革子脸上的眼泪擦去。于老师一脸严肃地走到讲台上说："我觉得咱们班的旗手应该让朱革子同学担任。"

同学们陷入了静默，有两个女生捂着嘴低着头，不知小声议论着什么。

于老师用黑板擦敲了敲讲台道："不同意朱革子同学担任旗手的同学请举手。"

还没等我们反应过来，于老师就很快地说："朱革子同学就是我们明天拉练的旗手了。"

事后我们仔细回想于老师的做法，明白是她有些迫不及待地让朱革子做了旗手，究竟出于什么原因却是个谜。

朱革子顺理成章地成了那次拉练的旗手。

那次拉练是在冬季，元旦刚过，学期已经接近尾声，离放寒假的时间不远了。东北的冬天还是很寒冷的，几场雪积在地面上，远山近路都是白茫茫的一片。我们拉练行军的热情却很高，在早晨出发时，提前一天发的水壶已被家长用开水灌满，平时用的书包也已清空，里面装好了足够吃一天的馒头或者烙饼。总之，每个同学的家长都把家里最好的吃食给我们带上了，毕竟行军拉练对我们学生来说是件大事。

那天我们在学校操场列队，一个个像战士似的挺着胸脯，在彩旗的指引下出发了。走过街巷马路，一直向城市之外的山地进发。

出发时太阳正好，照耀得四周白茫茫一片，雪地的反光甚至让我们有些睁不开眼睛。在队列里，最醒目的是那些漫天飘舞的彩旗。各班的旗手走在队列前，双手把彩旗擎起，彩旗迎着北风猎猎飘舞。我们抬头挺胸唱着《中国人民解放军军歌》，一时间，成了一道景观，所有看到我们的路人都停下脚步来观望，几个卡车司机甚至把车停了下来，摇下车窗扭着脖子一直目送我们。长长的队列，在彩旗指引下前行，非常壮观，我们都被自己感动了。

朱革子走在队列最前面，双手擎着红旗，似乎都不会走路了，身板僵硬得很，没多一会儿他就出汗了，他干脆把棉帽子拨拉到脑后，帽耳有两根带子系在脖子下，风吹起他一缕头发，旁逸斜出地在风中顽强地飞舞着，因为出汗，他的头上腾起一缕缕热气。

起初各年级的队伍步伐整齐、歌声嘹亮。待走出城市，走上郊区的土路，远处已经隐约可见山峦树木时，队伍开始松垮下来，各班级的距离开始拉大。高年级的同学走在最前面，渐渐拉开了和我们之间的距离，班主任动员我们唱歌，于老师起了个头，我们唱得有些力不从心，最后一首歌半途而废，同学们只剩下大口喘息的力气了。太阳也不像我们刚出发时那么明亮了，有些有气无力的样子，到处都是灰蒙蒙的。

这时我们看见了校长刘有田，他拐着腿走在雪地里，因为积雪，他的动作就很夸张，从远处看，似乎是在横着走，鸭子似的在雪地上拐来拐去。一辆吉普车不远不近地跟在校长身后。

我们刘校长是有专车的，当时在我们那座城市学校的校长当中，这可以说是独一无二的了。吉普车是在朝鲜战场上缴获的装备，刘有田到学校当校长时，军区后勤部门把这辆车批给了刘校长专用。

车子有些破旧，机器盖子上还有几处弹痕，车门关不紧，车窗也关不严，跑起来“哗啦哗啦”地响，但无论如何这也是一辆车。那会儿的部队装备不比现在，军区的司令员和政委坐的也只是上海牌轿车，或者一跑就突突响的老式伏尔加轿车，其他首长乘坐的大多就是这种老式吉普车。

这辆吉普车虽然是刘校长的座驾，但很少见他坐过。这次拉练行军他也不肯坐，司机只能不远不近地开着车尾随着刘校长。有时吉普车在雪路上打滑，扭着屁股，但“昂昂”几声还是一直向前，没因为路滑影响前进的步伐。

刘校长把衣服扣子解开，走得热血沸腾、红光满面。他望着长长队列中的学生们，似乎又回想起当年当营长时，带着队伍冲锋陷阵的情景。望着有些脱节的队伍，他嘴里一遍遍地说：“奶奶个熊，加油哇，这要是打仗，还不得让敌人‘包了饺子’?”各个班级在刘校长的激励下，踉跄着移动双脚，磕磕绊绊地向前走去。

再说我们班的旗手朱革子，虽然旗没有多重，但因为有风，他要把旗杆举正、举直，就得费一番力气。一路上他一直跟风较劲，又走在队伍的最前面，此时的他，体力已经明显不支了。我们此次拉练行军路线的终点是王家堡子，这个堡子在一个半山腰上。据前方传回来的消息，我们还要翻过一座山，再爬到半山腰才能到达王家堡子。而此时的我们似乎已经使出了吃奶的力气，装在军用水壶里的水早被我们喝光了，再渴就只能抓路边的雪吃了。有的同学一屁股坐在雪地上大口地喘息，于老师气喘吁吁地鼓励我们：“苦不苦，想想红军长征二万五；累不累，想想流血流汗的革命老前辈。大家别掉队呀，快跟上！”

队伍刚出发时，我们激情四溢，热血沸腾；而此时，我们只剩下大口喘气了。走在队伍前面的朱革子，已经没有力气举旗了，他把旗杆抱在怀里，缩着手，那缕倔强的头发仍支棱着，在他头上顽强地与风共舞。班里有几个男同学，走到朱革子身边提议要换一换朱革子旗手的角色，却不是当初争当旗手的心境了，完全是同情朱革子。朱革子不领情，扒拉开要接替他的同学说道：“不……不……不用，我……我能行。”他把旗杆更紧地抱在胸前，脸贴在旗杆上，用头支撑着旗杆。

风呼呼地吹着，太阳已经西斜了，散发出来的热度和亮度都大不如上午，队伍稀稀拉拉地走着，有几个女生，一边走一边抹眼泪，似乎这一去将不再复返。

各班级已经轮换了好几名旗手，不论换谁都已体力不支，班旗也东倒西歪的，刚出发时彩旗猎猎的样子再也看不到了。唯有我们班，旗手一直是朱革子，他努力把旗举得又高又直，此时，他已经不是举旗了，是抱旗，甚至牙都用上力了。在所有班级里，我们的班旗算是最威武的，一直那么高高地举着。班主任于老师几次动员朱革子去休息，换其他男生举旗，但朱革子的性子和他头上那撮支棱起来的头发一样，无论于老师怎么动员，他就是死死抱着班旗不放。于老师见朱革子心如磐石，便不再劝了，任由朱革子抱着班旗，挺着小胸脯，摇摇晃晃、东倒西歪地走在队伍的最前沿。

各班级的阵线拉得很长，不时有掉队的学生走进另外一个班级的队伍，各班级的队伍也是稀稀落落的。同学们东一堆西一块，双手撑在腿上，大口地喘着气。最初，于老师还跑前跑后地动员着，让大家保持队形，后来她也走不动了，手拄着膝盖，气喘吁吁地说：“大家跟上，一定要走到终点！”

刘有田校长不愧是名老战士，他趔趔趄趄地走在雪地上，每次迈步似乎就要倒下去，但终究没有倒下。他不断视察各个班级，像在视察战情，他眉头紧锁，似乎对眼前的情景并不满意。那辆漏风的吉普车一直跟在他身后，却没见他坐一下。

我们走到王家堡子终点时，太阳快落山了。因为时间仓促，我们在王家堡子没做太多停留，而是啃了几口自带的干粮，就着雪把干粮艰难地咽进肚子里，队伍就往回走。此时已经不能称其为队伍了，只是象征性地排成行，散乱地向山下走去。

唯有朱革子，似乎红旗精神附体了，他的脑袋仰着，和怀里的红旗一样，一直走在我们班队列的最前面。休息的时候，有几次我走到朱革子身边坐下，拍了拍他的肩膀，看着他怀里死死抱着的旗杆说："你不累吗？"朱革子瞟我一眼，戒备地侧过身子，摇了摇头。我笑了一下说："放心，没人抢你的旗，况且让我举，我也举不动了。"朱革子这才转过身子坐好，两眼坚毅地望着前方。我又拍拍他的肩膀问："你为啥非得要当这个旗手？"他涨红了脸，盯了我半晌："我……我在班……班里啥……啥也不是，我……我爸又……又是个军工。"他当旗手的理由让我有些吃惊，我望着他，他已经不再看我了，而是仰起头望着头顶的红旗。有风吹来，旗面在他头顶上呼啦啦地飘动着。

我们这次拉练算不上是凯旋，队伍进城时，夜已深，昏黄的路灯迎接着我们这群散乱的"士兵"。其他班的班旗早就收起来了，天早就黑了，举不举旗的已经没人看了。全校各个班级，唯有朱革子举着旗，在路灯下黑乎乎的一团，不论他举成什么样，我们已经没有心思看旗了，满脑子里想的都是家，是热乎乎的饭菜，还有温暖的床。我们梦游似的走着。

刘有田的吉普车突然在队伍前停了下来。我们以为校长要训话，他却径直走到举旗的朱革子面前，上上下下地把朱革子看了看，伸出手拍了拍朱革子的肩膀道："你是一个好旗手，在战场上，你一定会是一个好战士！"

朱革子和旗立在一起，直戳戳地挺在校长面前，他双腿并拢答道："校长，人在旗在。"不知为什么，朱革子这次没结巴，很流畅地回复了校长。

校长突然向朱革子敬了个礼，这可把朱革子弄慌了，他手忙脚乱地还礼，不知举哪只手还礼好，最后两只手都试过了。校长没再说话，深深地望了一眼朱革子，扭头上了那辆四处漏风的吉普车，车突突着开走了。

那次拉练是个周六，周日我们休息一天，周一上学时，全校师生又在操场上集合了。这一天，刘校长换了一套干净的旧军装，他手提着扩音器站在主席台上，第一句话就说："请四年级三班的朱革子同学上台。"刘校长的话音一落，我们所有人的目光都落在队列中的朱革子身上。显然，校长突然命令，也出乎朱革子的意料。他傻愣在那里，这看看，那看看，一时不知如何是好。班主任于老师率先反应过来，拉起朱革子的手臂就向主席台走去，从队列到主席台还有一段距离，所有人的目光都被朱革子吸引了，不时地有人议论。朱革子终于被于老师推上了主席台，我们看到朱革子上台的脚步重如千斤，他像做错了事一样小心地走到刘有田身前，半仰起头无措地望着校长。

刘有田把扩音器举到嘴巴前，大声地说："这位朱革子同学，是全校学习的榜样，他是一名称职的旗手，也是一名合格的战士。我宣布，以后全校都要向朱革子同学学习！"

全场静默了十几秒钟，平时不起眼、说话结结巴巴的朱革子，一时间成了学校的标兵，这是我们没有料到的。先是几个老师反应过来，带头鼓掌，接着就掌声一片了，所有人的目光都集中在朱革子的身上。他无所适从，扭着身子，不知如何是好。

刘校长又把扩音器举起来，大声地冲朱革子说："我要代表全校师生向朱革子同学敬礼。"刘校长像那天晚上一样，又一次认认真真地向朱革子敬了个礼。

朱革子慌了，这回他没还礼，而是一下子跪在了校长面前，并且号啕大哭起来。还是班主任于老师先反应过来，跑上台把朱革子扶了起来，走下台，一直走回队列里。我们看到朱革子站在队列里仍然在抽泣，肩膀一耸一耸的，还不停地用衣袖抹眼泪。

后来，校长在台上做了这次拉练的总结，校长讲了什么，我们似乎都没有听进去，完全被朱革子一耸一耸的身影吸引了。

从那以后，朱革子在我们八一学校算是出名了，经常有别班的同学来到我们班，远远近近地打量朱革子。不论朱革子走到哪里，都有人认出他来，并用手指点着说："瞧，他就是朱革子。"

此后，朱革子整个人都变了，总是挺着胸脯走路，目不斜视的样子，头上那缕翘起的头发和他的人一样，展示着骄傲与自信。

也就是从那以后，朱革子很少和我们一起玩了。不再和我们混在一起的朱革子，在学校挺着胸脯，回到家也挺着胸脯。偶尔我们在院里会见到朱革子，他总是抬头挺胸地思考着什么，一副少年老成的模样。

上初中后，我们早就把他当标兵的事忘在了脑后，这几年他一直独来独往，我们已经习惯了。我们给朱革子起了个外号，叫"思想者”，没人知道朱革子到底在想什么。

我们上高中时，高考已经恢复，当兵也没有以前那个热度了。朱革子没能考上大学，也没有去当兵，在家待业半年后，他突然去南方做起了买卖。听人说他刚开始倒卖电子表，后来又做起了服装生意。

那会儿，我们已天各一方，偶尔逢年过节的，昔日同学还能聚一聚，所有关于朱革子的消息都是在聚会中听同学讲上只言片语。我们聚会时，朱革子一次也没参加，他在热火朝天地倒腾着自己的生意。

后来，听说朱革子的生意做大了，在繁华地段的一个著名的商场里，包了一层楼专门做服装生意。有一次，我们几个好事的同学专门去朱革子的服装城参观，果然是一层，服装品牌很齐全，从西装到背心裤衩应有尽有。我们向一个领班的商场服务员打听朱革子的下落，领班告诉我们：“朱老板去南方进货了。”那次，我们因没有见到朱革子而遗憾。

一晃几年过去了，我们突然收到八一学校的一份通知，通知上说八一学校要举行校庆，邀请校友回去参加。

当时我身在外地，没能参加校庆，不久，我收到了八一学校寄来的一张碟片，在碟片里看到了那次校庆的场面。让人意外的是，朱革子又一次站到主席台上，宣布他要出资两千万元重建八一学校的校舍。他宣布完，我看到刘有田老校长被人搀扶着哆哆嗦嗦地走上主席台，瓮声瓮气地冲着麦克风说：“朱革子同学，你是八一学校的骄傲。”刘有田校长老了，头发稀疏了许多，风吹起他头顶上的几根白发，一飘一扬的。朱革子显然见过了大世面，这次他没跪也没哭，而是抱住了老校长，也站到麦克风前，平静地说："我朱革子是八一学校培养的学生，无论做出多大成绩，都不会忘记八一学校，不会忘记老校长。"

我突然发现，朱革子已经不结巴了，他讲完话，拥抱了老校长，并搀扶着老校长走下主席台。

又过了一阵子，我们去参观母校，昔日破旧的八一学校已经焕然一新，门窗都换成了塑钢的，教学楼也被粉刷一新，操场的沙石跑道也被塑胶跑道代替了。

教室里传出孩子们琅琅的读书声，一切都是那么的祥和美好，看着修缮一新的八一学校，我们又一次想起了朱革子。在若干年前的风雪天，他举着班旗，挺着胸脯走在队列前。

耿立志

我们知道耿立志的名字时，是在一年暑假过后，刚开学不久。耿立志那年开学已经上高一了，和我二哥同一个年级。

耿立志在那年暑假做出了一个非同凡响的举动——他游过鸭绿江，到了朝鲜。事后我们了解到，他先是坐火车到达丹东。丹东有连接朝鲜的火车，火车来来回回地奔忙着，大部分是货列，拉的都是支援朝鲜人民的物资，也有一列从北京到朝鲜平壤的国际列车，丹东算是经停站。耿立志是个学生，又没有护照，他坐不上国际列车。后来他想了个法子，坐江边打渔人家的小渔船，没人知道他是通过什么办法上船的。暑假期间是东北的汛期，江面开阔了不少。当年志愿军雄赳赳地赴朝鲜时是冬季，江面没有汛期宽，在冰面上就能走过去了。

小渔船驶近鸭绿江中心线时，谁也没注意，耿立志一个猛子扎进江里，逆着湍急的江水向对岸游去。这可急坏了捕鱼人，千呼万唤也不见耿立志回来，眼见着耿立志被几个江浪吞噬，又顽强地从浪里钻出来。捕鱼人亲眼见到耿立志爬到对岸还招了招手，便消失在对岸的草丛中。

一个学生未经允许踏上别国的土地，无论在什么时候都是件大事。捕鱼人忙把小船划回岸边，匆匆忙忙地向边防部队作了汇报。边防部队不敢耽误，又马不停蹄地向上级汇报，最后上级把这一情况向对岸的朝鲜人民军作了通报。朝鲜人民军开始寻找这名十五岁的中国男孩。

三天后，朝鲜人民军把耿立志送了回来。

这个事件闹大了，牵扯到了国际问题。

军区保卫部的一名处长和刘有田校长一起专程到了丹东，不知他们通过什么办法和手段，把耿立志接了回来。

一开学，耿立志独闯鸭绿江的事就传开了。

因为耿立志出名了，我们也了解了耿立志的一些家庭情况。

耿立志从小就没见过自己的父亲，父亲在母亲快要生产时赴朝作战，只来得及给儿子起了个名字。那会儿，耿立志的父亲是名副营长，在战争中，营长牺牲了，耿立志的父亲火线代理营长，队伍已经插入到敌后的纵深，想给敌人来一场“包饺子”式的歼灭战。因队伍迷路，又和大部队失去了联系，反被敌人包围了。那是一场艰苦的突围战，成功突围的战士寥寥无几。耿立志的父亲就是参加了那场战役。

耿立志的父亲和许多人的父亲一样，再也没有回来。朝鲜战争结束后，队伍上许多战友回来，对耿立志父亲的命运说法不一。那会儿耿立志还小，正被母亲抱在怀里，耿立志母亲抱着他四处打听他父亲的下落。问完战士又去找部队领导，部队刚回国，战争遗留下许多事务需要处理，领导也说不清耿立志父亲到底是生是死。总之，生不见人，死不见尸。

又过了一阵子，许多被俘的人员通过朝鲜人民军被送回国内，这些人当中也没有耿立志的父亲。总之，耿立志父亲的生死成了一个谜。父亲不在了还有母亲，耿立志的母亲是部队被服厂的一名工人。耿立志也住在军区大院，他家就在靠院墙一侧的一排平房里，那里住着军区部队的许多职工和家属。

那年夏天，耿立志独闯鸭绿江跑到了朝鲜境内，这是件大事，一开学同学们便议论纷纷，等着校长给一个说法。以前有违反学校纪律的同学，不是被处分就是被开除学籍，不知道学校会给耿立志怎样的处罚。

耿立志个子不高，长得很结实，穿一件海魂衫，一条肥大的军裤。我们注意到耿立志时，他的上唇上方已经长出了细细的茸毛，他把手插在军裤的裤兜里，一副桀骜不驯的神态，我们探究地望他，他却不看我们，目光越过我们的头顶望着远处。他目光的可及之处究竟有什么，我们不得而知。

那年新学期开学不久，学校开了一次全校师生大会。刘有田校长拖着假腿，手提扩音器"咣当咣当"地走上主席台，他的身后不远不近地跟着耿立志。耿立志仍穿着海魂衫、绿军裤，这次他没把手插在裤兜里，也没有望着远处，而是低着头。

刘校长走到主席台中央，耿立志低着头站在刘校长的身后，后来刘校长示意了一下，耿立志又向前迈了两步。刘校长把左手搭在耿立志的肩膀上，用右手把扩音器举到嘴边。我们知道耿立志的命运马上就要揭晓了。

果然，刘校长呼呼地冲扩音器吹了几口气之后说：“下面说一说耿立志同学。经军区领导指示、校革委会讨论，耿立志同学这次越境去朝鲜是为了寻找他的父亲，出发点是没错的。耿立志同学爱自己的父亲，爱自己的国家，这没什么错。从今天起，同学们和老师们就不要再议论耿立志同学的事了。”

刘校长讲完这些话之后，左手用力揽了揽耿立志，似乎是在拥抱自己的儿子，又鼓励地在耿立志后背上轻拍了几下，说：“下面让耿立志同学表个态。”说完便把扩音器递给了一直低着头的耿立志。耿立志接过校长手中的扩音器没有立马发言，仍然低着头，刘校长又在他肩上拍了两下，说了几句什么，因为校长没了扩音器，他具体说了什么，我们已经听不到了。

过了半晌，耿立志把扩音器举了起来，他也扬起了头，冲扩音器带着哭腔说了句：“我要找我的爸爸，把他带回家。”

他说完便把扩音器塞给刘校长，转身朝台下跑去。

那一瞬间，我们开始同情并理解耿立志了。

刘校长提着扩音器，一直望着耿立志跑下主席台，回到班级队列里。刘校长许久没有讲话，最后他只是挥了下手，我们就被班主任带回班级教室里了。

大会之后，耿立志事件似乎告一段落，我们再见到耿立志时，他的神情又恢复到了原来的样子，书包吊在脖子上，两手插在裤兜里，望着远方。

后来我们还发现，自从那次事件之后，刘校长经常出入军区大院内那排平房之中的耿立志家里。每次刘校长去耿立志家，耿立志的母亲都会搬一张小凳子请刘校长坐，刘校长有时坐，有时站。耿立志的母亲是个中年妇女，梳着齐耳短发，显得很精神也很干练，据说她还是被服厂的一名组长，手下领导着十几个妇女同志。刘校长一家访，耿立志母亲就陪着校长，她坐在另一张小凳子上，要么择菜，要么拿出一件没干完的针线活，一边陪刘校长说话，一边忙着手里的营生。刘校长和耿立志母亲说了些什么，我们不得而知，反正，刘校长每次离开耿立志家时，身子都很沉重的样子，背着手，拖着假腿一晃一晃地离开，校长的背影沉重而又无奈。

后来我们听说，我们的校长和耿立志的父亲是一个军的，两人相互认识，但不熟。我们理解刘校长对战友的感情。从那件事情以后，耿立志也会经常被刘校长叫到办公室里去，刘校长和耿立志说了些什么，没人知晓。

关于耿立志的父亲，坊间有各种传说，有人说他在那次战役中牺牲了；也有人说，他成了俘虏，留在了韩国。众说纷纭。说是烈士，耿立志家里一直没有收到烈士证书；说是被俘虏了，也没有证据。

当时，军区群工部和保卫部的干事，多次调查走访，也没个结论。耿立志父亲的去向就像个谜。

自从耿立志偷渡鸭绿江之后，耿立志成为我二哥的好朋友。虽然两人不同班，但他们是同一年级的，两人能成为朋友也顺理成章。耿立志成为二哥的朋友之后，经常来我家，他每次来都会去二哥的房间。以前大哥和二哥住一间房子，一年前大哥参了军，二哥便一人住一间了。

有一次二哥领着耿立志走进自己的房间，“砰”的一声把门死死地关上了。我出于好奇，用力推开了二哥的房门。二哥的房间里有一张双人床铺，大哥睡上铺，二哥睡下铺，窗前放了一张学习用桌。大哥参军之后，上铺就一直空着。我推门进去，见桌子上摊着一张地图，二哥和耿立志头挨头地凑在一起商量着什么，见我进来，二哥用手臂把那张地图盖上，但一只手臂并不能把一张地图盖严实，我还是看到了。那是一张朝鲜全境的地图。二哥已经上高中，开始学习世界地理了，他完全有能力看懂那张地图。我傻乎乎地问：“你们还要去朝鲜吗？”

二哥白了脸，挥了下胳膊，忙把那张地图卷起来，塞到书包里道：“小孩子不懂，快出去。”二哥粗鲁地把我推到门外，又严严实实地把门关上，我听到二哥在里面还把插销插上了。

那一阵子二哥和耿立志两人显得很神秘，后来我发现二哥开始关心起日历来了。他拿着一支红笔不停地在日历上标注着什么，他走后我研究了一下，寒露、霜降、立冬这些预示天气寒冷的重要日子，都被二哥标记上了。依据我的观察分析，二哥和耿立志是在等待着冬天的到来，冬天一到，鸭绿江就会封冻，那时候过江就容易多了。依此结论，我猜测二哥是要帮助耿立志再次去朝鲜。我把自己的发现和分析结果告诉了母亲，母亲当时正站在锅台边做饭，她听了我的话，叹了一口气，喃喃地说了句：“你二哥太不让人省心了。”

那天晚上，我的父亲石光荣大声地把二哥叫到面前。父亲把一张朝鲜地图和日历拍在客厅的茶几上，手里还握着一把火药枪。那把枪做得很精致，枪把是枣木做的，刷了油漆，亮闪闪的。枪管是钢制的，枪口黑洞洞的，差不多跟真枪一样威武。以前二哥有一把三八枪上的刺刀，那是他用一套连环画换来的。那把刺刀我见过，刺刀上带着血槽，据说这种刺刀杀伤力很强，扎进人的身体里，血会喷溅出来，刀上却不沾血。后来二哥又制作火药枪，我缠着他要过，我也想拥有一把火药枪，二哥总是把我推开，不屑地说“小孩子用什么枪”。他不给我做火药枪，只给了我一把弹弓。一把破弹弓，哄了我好几年。

看来父亲对二哥进行了“清剿”，人赃俱获，父亲向二哥亮出了“底牌”。

起初二哥想替自己辩白，他梗着脖子，斜着眼睛瞄我，他肯定知道是我出卖了他。我不接他的目光，眼馋地望着父亲手里那把火药枪。二哥的态度显然激怒了父亲，父亲从鼻子里“哼”了一声，“啪”地把那把火药枪拍在茶几上，大声地说：“石小林，你想干什么，嗯？”石小林是二哥的名字，我叫石小山，大哥叫石大林。

二哥还想辩解，但在父亲的威严下，他的态度慢慢地软了下来，说：“耿立志要找自己的爸爸，我帮帮忙怎么了？”

父亲站了起来，背着手在客厅里踱了几步，突然转身手指着二哥道：“他父亲是死是活有组织查访呢，你们小孩子添什么乱？”

二哥又梗着脖子道：“过了年我就十六了，不小了。”

父亲扬起了手，似乎要抽二哥一个耳光，这时母亲在旁边大叫一声：“石光荣……”

父亲把举到半空的手又收了回去，绕着二哥转了几圈，我多么希望父亲的手能落下呀，响亮地抽二哥一个耳光。那样，二哥一定会软下来，向父亲认错，发誓再也不玩火药枪了，那他的枪就是我的了。父亲的耳光没有打在二哥的脸上，那把火药枪仍静静地躺在茶几上。我当时很惋惜。

父亲最后收住脚步，用手指着二哥的鼻子道："这种事你以后少掺和，耿营长的事有军区组织呢。你要是再惹是生非，看我不打折你的腿！"

父亲当着我和二哥的面，把朝鲜地图、日历、火药枪一起收到了一个袋子里。后来，我找过那个袋子，床上床下，柜子内外，就连阳台我也没放过，最后连自行车棚里都找了，仍没发现被父亲没收的那些东西。我不知道父亲把那些东西处理到哪里去了，我实在是喜欢二哥的那把火药枪，它真是太神气了。

从那以后，二哥仍然和耿立志来往，但他们的据点不再是家里，改为军区大院内的那片小树林了。每天放学我都会看到二哥和耿立志两人在小树林里嘀咕什么，只要我一走近，二哥就用眼睛瞪我，嘴里说："你这个叛徒，滚远点。"我没有理由留下，二哥居然骂我是叛徒，我只能远离他们。直到天擦黑了，母亲站在楼上喊二哥回家吃饭，二哥才从小树林里钻出来，梗着脖子往家走。

那年寒假，二哥和耿立志一起失踪了。那天晚上，母亲和我在院里院外喊二哥回家吃饭，也没见到二哥的人影，我见到耿立志的母亲也在四处寻找耿立志。深夜了，还没见二哥回来，我冲母亲说："妈，咱别等了，二哥和耿立志肯定去朝鲜了。他们为了这次的阴谋，策划了一个秋天和大半个冬天。"

两天后的一个下午，二哥和耿立志被两个军人送回来了。

事后我才知道，他们果然去了丹东。他们俩扒火车，在丹东站下车后，直奔鸭绿江。江面早已封冻了，冰面上落满了积雪，封冻的江面果然比夏天时窄了许多，从这岸望向对岸一览无余，只要一个冲刺，不用几分钟就能到达对面江岸。

二哥和耿立志在夜色的掩护下向江对岸跑去，他们没料到的是，边防军早已布下了天罗地网，一个军官在他们身后大喊："回来，快回来！"他们俩已经跑上了冰面，再一冲刺就能闯过中心线了，两人都没有停下脚步，孤注一掷地往前冲，这时他们身后的枪响了。三声枪响之后，二哥和耿立志趴在了冰面上。这三枪是对天鸣放的，以示警告，枪声让二哥和耿立志的腿软了下来。边防军以迅雷不及掩耳的速度把两人擒获归案了。

二哥垂头丧气地被送回来。父亲背着手走在前头，二哥勾着脑袋跟在身后。进门后，父亲坐在沙发上，二哥站在父亲面前，父亲拍了一下茶几大吼道："朝鲜那地方是你去的吗？"

二哥的脖子又梗了起来，他斜着眼睛望着父亲道："耿立志要去找他父亲，我就帮下忙，我这也是志愿军。"

二哥的话差点让父亲刚喝到嘴里的水喷出来。父亲立起身拽着二哥的膀子，把他推搡到房间里，"砰"地关上门，并在外面把门锁上了，冲母亲大吼道："谁也不要管他，三天不给他饭吃，让他尝尝当志愿军的滋味！"

父亲被二哥气得在屋里团团打转。

二哥的戏演到这儿已经落下了帷幕，我知道父亲一走，母亲一定会把二哥放出来。我离开家门，直奔耿立志家那排平房，想看看耿立志那边的情况。

那会儿正是傍晚，许多军人家属已经下班，耿立志家门前围满了人，有军人也有家属。我挤在人群里看到耿立志的母亲正举着个鞋底子一下下地抽打耿立志，耿立志不躲，抻着脖子任凭母亲抽打。耿立志的母亲一边抽打他一边说：“你咋那么不让人省心，你爸没了，你还想让我失去你吗？”打不动了，她就把鞋一扔，一屁股坐在地上，无望地哭着冲天花板喊：“耿连成啊，你管管你儿子吧。”耿连成就是耿立志的父亲，我们听刘校长说过这个名字。

这一哭，众人也动容了。梗在那儿的耿立志率先受不了了，他上前把母亲抱起来，粗声粗气地说：“妈，你这是干啥？别人都有爸，可我没有，我就是想把我爸找回来。”他母亲听了这句话，一下子把耿立志抱在怀里，爱恨交加，含混不清地哭诉道：“你爸是死是活都不知道，你上哪儿去找哇！”

母子相拥着，两人都已泣不成声，围观的人也都流下了眼泪。耿立志关上了家门。人群渐渐散去，最后只剩下一个人站在耿立志家门口，他并没有走的意思，坚定地立在雪地里。

路灯亮了，我才看清，一直站立在那里的是刘有田校长。他脸上有泪，此时已经在鼻翼旁结了冰，在路灯照耀下，亮晶晶地闪烁着，我不知道刘校长为什么不走。

过完春节后，我们开学了，我听到了一个惊人的消息——刘校长当了耿立志的干爹。我不知道这消息是真是假，向二哥求证，二哥看了看我，认真地说：“耿立志有个爹也很好，他以后就不用惦记着去找他亲爹了。”这话从二哥嘴里说出，验证了那些小道消息。二哥是耿立志的死党，二哥的话不会有错。

从那以后，耿立志和以前不一样了。有一次在校园里，我们看到刘校长把一个饭盒递给耿立志，还听刘校长说："这是你干妈做的煎鱼，你尝尝。"耿立志欣喜地接过饭盒，一耸一耸地向班级走去。耿立志认刘校长当干爹之后，他脸上多了许多阳光，经常笑。

耿立志和二哥高中毕业那一年，两人一同参军，二哥去北部边陲找大哥去了。耿立志去了成都军区，奔了大西南。

二哥当了三年兵后复员了，耿立志在成都军区没有复员，他成了扫雷英雄，却因为扫雷牺牲了。

当了连长的耿立志是替战友牺牲的。对越自卫反击战期间，中越边境埋设了大批地雷，各种型号制式的都有。后来，耿立志所在的部队接到了排雷任务。在排雷时，一个战士踩到了地雷，为了救战友，耿立志用双手去替换战友的双脚，战友安全离开了，在排雷时，引线发生了短路，耿立志牺牲了。他被成都军区追认为烈士，并荣立一等功一次。

耿立志的骨灰被成都军区送回来时，迎接骨灰的是刘有田校长和耿立志的母亲。

刘校长那时马上就要退休了，他明显地老了，头顶不多的几缕头发迎风飘扬，他郑重地从成都军区的干部手里接过耿立志的骨灰盒，紧紧地抱在怀里，似乎在拥抱干儿子耿立志。良久，他又把骨灰盒递给耿立志的母亲道："老嫂子，咱们儿子是英雄，他回家了。"耿立志母亲抱着骨灰盒号啕大哭。刘校长也湿了眼眶。

耿立志的追悼会是在八一学校召开的，那是他的母校。我们已毕业离开了母校，但都回去参加了耿立志的追悼会。那天去了许多校友，包括我二哥。

我们又一次站在了八一学校的操场上，即将退休的刘校长艰难缓慢地走上主席台，他的身后是布置好的灵堂。照片中，苍松环绕着穿军装的耿立志，一张桌子上放着耿立志的骨灰盒，上面盖着八一军旗。

刘校长缓慢地举起扩音器，一字一顿地说："同学们，八一学校的校友们，耿立志同学是我们八一学校走出去的英雄，他是我们八一学校的骄傲。我说过，我们八一学校走出去的学生个个都是英雄好汉，因为他姓军，身体里流淌着军人的血液……"

台下响起了掌声，并伴有轻轻的啜泣声。

刘校长讲完话，挥了一下手，校园内四面八方安装的喇叭里突然传出了《中国人民解放军军歌》："向前向前向前！我们的队伍向太阳，脚踏着祖国的大地……"歌声雄浑而又嘹亮。先是刘校长唱了起来，接着是台下众人跟唱，大家肃穆而立，面对着英雄耿立志。军歌之声石破天惊，唱得人血脉偾张。那一次唱军歌，是我有生以来唱得最带劲的一次。

时间一晃进入了20世纪90年代，中国与韩国建立了正常的外交关系。后来，韩国陆续向我国归还志愿军烈士的遗骸。后经过比对，其中就有耿立志父亲的，可惜耿立志已经不在了。

耿立志父亲的遗骸和众多烈士的遗骸一起安葬在了烈士陵园。

耿立志的母亲已经老了，走路一摇一晃的，在清明节的晚上，军区大院门前的十字路口，耿立志母亲抱着一沓纸钱，蹲下身子烧纸钱，她一边烧一边说："连成啊，立志啊，你们在那边团聚了。立志哇，你爸回家了，见到你爸了吗？"

一声声呼喊在风中飘散，连同那些纸钱的灰烬。

二哥石小林

在我的记忆里，二哥石小林初中时候就是个人物了。

石小林上初三那年，大哥石大林参军离开了家。石大林参军走时，刘校长组织师生为大哥等参军的学生送行。八一学校门前彩旗飘扬，还有标语，例如，“一人参军，全家光荣”“好男儿志在四方”等。

高年级的女生为即将参军的大哥等人胸前佩戴上大红花。刘校长手里举着扩音器，站在主席台上自然要讲几句：“你们参军光荣哇！不论你们走到哪里，别忘了你们是八一学校的学生，你们是军人子弟，身体里流淌着军人的血液……”刘校长的话，让大哥等人胸脯鼓胀、热血沸腾。最后，大哥等人在锣鼓喧天的奏乐声中，坐上军区派出的卡车，去了火车站，踏上了从军的行程。

每年有学生参军入伍，刘校长都要在学校为即将入伍的学生组织一次隆重的欢送会，这已经成了我们八一学校的惯例。

大哥坐着运送新兵的专列北上那天，二哥也消失了。大哥出发时是晚上，二哥在那天也一夜没回，父亲和母亲不停地给二哥同学家打电话，以前二哥在同学家借宿过，但他都会提前说一声，这次他却没有打招呼。父亲拿着机关家属电话本，几乎把认识的人电话都打遍了，仍没有二哥的消息。最后是林大斌的一句话，透露了二哥行踪的蛛丝马迹。林大斌是二哥的同学，他的弟弟林小斌和我一个班。林大斌说他看见二哥去了火车站，他以为二哥是去送大哥，所以并没多留意。

我父亲听了林大斌的这句话，放下电话，就像磨道上的驴一样，不停地在客厅里走来走去。母亲靠在沙发上，拍着腿说：“这个石小林太不像话了，这么不让人省心。”

父亲喘着粗气，挥了下手，似乎要说什么，结果什么也没说，只是把手重重地拍在自己的脑门上。

那天晚上，一家人谁也没睡好，都在暗暗地等二哥的消息。凌晨时分，电话突然响了，是吉林境内一个兵站打来的，原来二哥到了吉林，他是被送兵的专列清理下车的。

父亲听完电话，“咔嗒”一声把电话重重地扣上了，粗门大嗓地说：“小兔崽子，净给老子惹事！”

第二天晚上，二哥石小林坐火车回来了，他是被兵站的人送上火车的。二哥身上穿着改造过的军衣，腰上还扎了武装带。这些都是大哥留给他的。他把自己打扮成新兵模样，混进了大哥他们的新兵队伍。列车开动前，他躲在角落里，列车开动后，他开始挨个车厢找大哥。

大哥在家时，二哥跟大哥的关系很好，不论大哥干什么，二哥都屁颠屁颠地跟着。我也想跟着大哥玩，可每次，大哥都拿眼睛瞪我，二哥在一旁也装腔作势地说：“石小山你回去。”我不回去，死乞白赖地缠着他们。大哥瞪完我之后，甩了一下头发，转身就走，我就拉住二哥的手，希望他能把我也带上。二哥见大哥走了，不耐烦地把我推倒在地上，头也不回地去追大哥了。我就在地上号哭，一边哭一边骂：“石大林、石小林，你们两个王八犊子，有本事你们就别回家。”他们每次这么对我，我都会向母亲告状。母亲拍拍我满身的土，安慰道：“你别跟他们学，你这两个哥不让人省心。”然后塞给我一块饼干或一颗糖，我就暂时忘记了仇恨，玩自己能玩的去了。

大哥当兵前，从武装部领回新军装后，便把之前的所有家伙都给了二哥。除那身改造的军装外，还有火药枪、军刺，甚至还有三节棍，这些东西以前都是大哥的宝贝，现在成了二哥的宝贝。我碰一下，二哥就拿眼睛瞪我，跟大哥一样。

二哥处处模仿大哥，他就是大哥的傀儡、走狗，我只能在心里这么骂二哥。

在运送新兵的军列上，二哥还是被人发现了，在吉林一个兵站被接兵干部押送下了车。二哥被两个军官拖拽着离开车厢时，还不停地喊：“大哥，我要跟你去当兵。”大哥在车厢里也冲他挥手喊：“小林，等你高中毕业，大哥在部队等你。”

那次回来，二哥被父亲关了三天禁闭。父亲在二哥和大哥的房门上装了一把挂锁，在外面严严实实地锁上了。每天吃饭时，父亲就从腰上解下钥匙开锁，母亲把饭菜放进去，然后父亲把门锁上。

二哥在房间里不哭不闹，似乎没他这个人。二哥被关到第三天时，母亲在吃饭时小心地冲父亲说：“要不把孩子放出来吧？”父亲“啪”的一声把筷子拍在桌子上，皱着眉头冲母亲道：“这次一定要让他长记性，不然他狗改不了吃屎！”父亲铁嘴钢牙这么说，母亲也没再多说什么。在我们家里，父亲是一家之主。

那天晚上，我去敲二哥的门，里面一点动静也没有。我隔着门小声地冲里面喊：“石小林，这回你不嘚瑟了吧，告诉你，石光荣说了，要关你一年禁闭。”石光荣是我们的父亲。我说完后，里面仍然没有动静，我轻踹了一脚门，幸灾乐祸地走了。

要不是校长刘有田来我家，二哥的禁闭还不知被关到猴年马月。

二哥被关的第四天晚上，刘有田校长敲开了我们家的门。那会儿我们刚吃完饭，母亲正收拾桌子，父亲戴着老花镜坐在沙发上看《解放军报》，他颠来倒去地拿着报纸，似乎怎么拿都不顺手，一张报纸被他翻得哗哗响。

门被敲响了，我去开了门。刘校长站在门口，一脚门里、一脚门外地问父亲："首长，在家呢?"

父亲抬头见是刘校长，起身道："刘校长，啥风把你刮来了?"

父亲和刘校长熟悉。父亲让刘校长坐，刘校长不坐，军人似的立在父亲面前，父亲见刘校长不坐，便也立在那里。

刘校长说："石小林好几天没上学了，他是不是病了?"

他说完到处撒么（"撒么"，东北方言，意为四处张望），也没发现二哥。

父亲说："那啥，关禁闭呢。"

显然刘校长也听说二哥扒火车的事了，听父亲这么说，刘校长笑了一下道："首长，别动火呀，小孩子哪有不犯错的，况且，他想参军，参军干什么，他是想保家卫国呀，这是好事呀。总比那些贪生怕死的人强，对吧首长?"

父亲似乎把刘校长的话听进去了，冲刘校长笑了笑，伸手把刘校长拉到沙发上，道："老刘哇，说说你离开部队的心情，在学校当校长，感觉咋样啊?"

刘校长叹了口气，陈芝麻烂谷子地和父亲说起了部队上的事，最后他总结似的说："首长啊，我现在做梦都还在部队。等下次打仗，你说啥也得让我回部队，别看我少了一条腿，打起仗来不比那些新兵蛋子差。”父亲又拉过刘校长的手，两人哈哈大笑。

那天，刘校长临走前还没忘记被关禁闭的石小林，小声地冲送到门口的父亲说：“石小林是块好材料，历练历练，一定是块好钢。”父亲笑着把刘校长送走。

母亲趁机打开锁，门开了。好几天没见石小林，我急于见到他被关了这几天之后的熊样。结果我错了，他没开灯，黑乎乎一团坐在椅子上。母亲打开灯，他还是回家时那副装扮，军衣军裤穿戴整齐，腰上还扎着武装带。他把大哥给他的那把火药枪插在腰间，一副随时出征的模样。

突然亮起的灯光，似乎让他极不适应，他闭了会儿眼睛又睁开，梗着脖子冲母亲说：“我想我哥。”

母亲望着石小林，半晌，眨眨眼睛，泪水噙在眼睛里。石大林走了几天了，母亲又何尝不想自己的儿子呢？

那次关禁闭，因刘校长的到访暂告一个段落，石小林又恢复了自由。

大哥和二哥的感情果然很好，大哥刚到部队不久，就给二哥寄来一架苏联造的单筒望远镜。大哥在信中说，望远镜是和苏联士兵用一瓶酒换的，军用的。

二哥有了苏联士兵用的单筒望远镜之后，人立马变得不一样了，那架望远镜成了他不离手的玩具，时时刻刻带在身上。为此，他的身边聚拢了许多崇拜者。他举着望远镜，像一名作战指挥员。放学后，我经常看到二哥左手提着望远镜，右手挥动火药枪，在军区大院小树林里做出打打杀杀的样子。

我们八一学校经常组织防空演习。那会儿，全国军民都经常搞这样的演习，城市里到处都在挖防空洞，被称为人防工程，从军区到地方还设有专门的指挥部。目的只有一个，就是防备美苏两国的原子弹。二战时，美国在日本广岛和长崎投下过两颗原子弹，日本顶不住，宣告投降了。美苏两国制造出了许多原子弹，那会儿和中国正交恶着。我们国家虽然也有原子弹，但数量很少。这些都是刘校长告诉我们的。因此，我们要时刻提防美苏两国的原子弹在我们头上炸响。全国军民齐挖防空洞，我们学生也要经常进行防空演习，时刻准备着。

我们学校有一台手摇式防空警报器，就放在我们教学楼顶上。防空警报声和军号声不一样，叫声特别凄厉，一声紧似一声，像狼嚎一样。防空演习何时进行，我们事先并不知道，有时在上课时，有时在课间休息时间。总之，防空警报一响，不论我们人在何处，都要往操场上跑。每个班级都有规定的位置，我们衣兜里装着手绢。防空演习的基本要领是：以最快的速度到达指定地点，然后趴下，用手绢堵住口鼻，闭眼，头部努力扎在地面上，接下来就等原子弹在我们头顶爆炸了。这种方式防原子弹到底有多大效果，没人实验过，反正我们每次防空演习都是用这种姿势和办法。

刚开始，防空警报一摇响，我们都非常紧张严肃，心脏像只老鼠似的在胸膛里乱撞。我们不知是真是假，用求生的本能防备着美苏两国的原子弹。后来，次数多了，时间久了，就很少有人太当回事了。防空警报响了，大家都嘻嘻哈哈地跑到操场上，把头扎下去，屁股撅起来，然后相互不时地挤眉弄眼，有人还放屁讲笑话，很不严肃。

刘校长自然很生气，举着扩音器站在主席台上冲我们厉声道："演习要严肃，平时多流一滴汗，战时就少流一滴血。你们以为美苏的原子弹是吃素的吗，它是要死人的，原子弹一来，别说我们学校，就连整个城市都没了。"听刘校长这么说，我们就在心里想，学校和城市都没了，我们还能活吗？渐渐地，我们开始对这种防空演习不耐烦起来，并产生了深深的怀疑。

高中部的学生比我们还厌烦防空演习，每次演习都嘻嘻哈哈的，有许多高中男生甚至把手插在裤兜里，慢吞吞地向操场跑去。有几个人不再趴下，而是坐在地上，他们怕趴下弄脏了上衣。学生的这种态度，让刘校长非常生气。

学校有好一阵子不再搞防空演习，我们差不多把防空演习的事都忘记了。

那天下午倒数第二节课，上了差不多一天课的我们已经有些昏昏欲睡，美术老师正在教我们画一棵松树，他不厌其烦地在黑板上画着松针。就在这时，防空警报突然响了，美术老师马上扔掉手里的粉笔，冲我们喊："防空警报！"我们班有学生条件反射地站起身往外跑，然而大多数学生认为这都是老一套，收拾好桌上的书本，慢条斯理地向外走。这次警报听起来和以往演习时有点不一样，一声紧似一声，听起来瘆人可怕。不论真假，同学们还是跑下楼，向操场上指定的位置跑去。我们看到跑出来的刘校长摔倒在教学楼的台阶下，校长身后有两个看似上一年级的小学生也摔倒了，刘校长一骨碌爬起来，扶起两个小学生。刘校长脸色苍白，声嘶力竭地冲我们大喊："快趴下，这次不是演习！"我们听到刘校长的喊叫，顿时紧张起来，有许多学生像没头苍蝇似的在校操场上奔跑着，急得刘校长歪着身子一遍遍大喊：“快趴下，快趴下。”那条假肢已不知何时从刘校长的右腿上脱落，他一边单腿在地上蹦，一边指挥跑到操场的学生趴下，后来他干脆趴在地上，匍匐着指挥学生们。

无论高年级学生还是低年级学生，看到刘校长这样，都紧张、害怕起来，有许多女生发出了尖叫，一些平时对防空警报满不在乎的男生也害怕起来，趴在地上，用手捂住耳朵，撅起屁股。我在混乱的人群中寻找着二哥的身影，我想和他趴在一块儿，有他在我身旁，我会踏实一些，可我并没有看到二哥，只能和同学们一起趴在操场上。有人跌倒，还有人号叫，喊声哭声响成一片。

我们的刘校长用单腿艰难地站立起来，挥舞着双手，指挥着同学们。

警报声仍在响着，像哀号，凄厉恐惧。乱哄哄的学生们终于安静下来，整个操场全都是卧倒的学生。

防空警报声停止了，我们突然听到一声高喊：“举起手来，你们被俘虏了！”

我们循声望去，只见二哥带着几个人站在教学楼顶上，他们身穿军装，腰扎武装带，手里举着火药枪，一排黑洞洞的枪口正冲着我们。全校的人这才醒悟过来，原来这次防空演习的闹剧是二哥他们捣的鬼。责怪声和虚惊一场的叹息声传遍整个操场。

二哥他们的班主任是个四十多岁的中年男人，他在草地上摸到掉落的眼镜，戴上后，仰起头冲着二哥等人大叫道：“你们几个快给我下来！”

二哥他们不下来，仍用火药枪指着我们，还高声叫道：“你们被俘虏了，举起手来！”

他们的班主任又喊了一声什么，向教学楼顶跑去。

被骗的学生们责骂着从操场上爬起来，一边拍打着身上的土，一边向教室走去。

我们看到刘校长蹦到自己的假肢旁，正费力地穿着假肢，脸上看不出表情。

站在教学楼顶上的二哥和他的几个同学，被自己的老师“俘虏”了，他们统统被带到了校长办公室。

我们几个好事的学生，挤到校长办公室门前，想看个究竟。

班主任老师站在一侧，替校长拍了桌子，厉声呵斥道：“把你们的武器交出来！”

二哥他们不情不愿地把火药枪放到校长办公桌上。

刘校长不表态，坐在椅子上，望着二哥等几个学生。

二哥的头并没有低下，梗在那里，不看校长，也不看自己的班主任。

他们的班主任又很响地拍了一下桌子：“你们之中谁是头，说，谁是主谋？”

二哥向前一步，盯着自己的班主任道：“是我。”

二哥又回头看了一眼身后的几个同学，其中有耿立志和林大斌等人，说：“和他们没关系，这次行动是我的主意。”

二哥说完这话，梗着脑袋，一副任凭处置的样子。

班主任还要说什么，刘校长挥挥手冲他们班班主任说：“徐老师，让石小林留下，把其他同学带回去吧。”

徐老师领着耿立志和林大斌几个学生出来时，看见了围在门前的我们，冲我们吼了一句：“添什么乱？回自己班里去！”

我们就如鸟兽散了。

刘校长是如何“单挑”二哥的，二哥最后认没认㞞，我们不得而知。

那天放学回家之后，我没敢把二哥闯祸的事告诉母亲，我知道这事要告诉母亲，就等于告诉了石光荣，那二哥一定不会有好果子吃，要么被关禁闭，要么会遭到一顿暴打。那一阵子，我一直求二哥给我做一把火药枪，他已经答应我了，我要是出卖二哥，火药枪的事肯定也要告吹。

那天晚上我们都吃完饭了，二哥才溜回来。母亲冲二哥说：“又去哪疯了，怎么才回来？饭菜在锅里热着呢。”

二哥只回了一句：“我吃过了。”

石光荣坐在沙发上，颠来倒去地看报纸，他从老花镜上方白眼仁多黑眼仁少地看了一眼二哥，二哥就老鼠见了猫似的进房间了。二哥进去不久，我也挤进了二哥的房间。

二哥四仰八叉地躺在床上，球鞋脱了，脚横在床头，二哥的脚又臭又腥，我忍受着，凑近二哥道：“哥，刘校长怎么着你了？”二哥审视着我问：“你没当叛徒吧？”我忙摇头，讨好地道：“咱们是一伙的，你的事我没跟妈说。”

二哥一笑：“刘校长表扬我了，说我备战的警惕性高。”说完这话，二哥还咧开嘴，得意地笑了好久。

我认为二哥是在吹牛，打肿脸充胖子。刘校长怎么弄二哥我不关心，我只关心他的火药枪，就问：“哥，你的枪呢？”

二哥从腰间把大哥留给他的那支火药枪掏出来，在我面前晃了一下，就塞回到枕头底下了，还得意地冲我吹了一声口哨。见二哥高兴，我又问：“哥，我那把火药枪你啥时帮我做?”

二哥不耐烦地说：“有空就给你做。”

我不知二哥啥时有空。

那件事二哥还真没吹牛。

两天后，刘校长把全校师生召集到操场上，他手提扩音器，冲台下招了招手，那天闯祸的几个学生，以二哥为首走上了主席台，站在校长身后。

我们都认为，校长这是要宣布处分他们了，接下来肯定是二哥等人当着全校师生的面做深刻检讨。

结果却让我们深感意外，刘校长举起扩音器，呼呼地吹了几下道：“石小林等同学为我们学校防空备战很好地上了一课，以前我们的演习都是假的，只有两天前的防空演习才是真的，这应该感谢石小林等同学，他们为我们全校师生上了一次演习课……”

那天，刘校长隆重地表扬了二哥等人。二哥没有吹牛。

我们的校长不按套路出牌，关键时刻总是峰回路转，若干年之后，我们才理解了校长的大智慧，不愧是身经百战的老革命。

千禧年前，刘校长永远地离开了我们，在殡仪馆告别仪式上，来了许多八一学校历届的学生，有的已到中年，还有扎着红领巾的小学生，所有的人都是为了向我们的刘有田老校长告别。

他安静地躺在那里，身上盖着党旗，下半身的一截是空的，那条跟随他多年的假肢就放在他身边，假肢已经成了他身体的一部分。刘校长走了，假肢也跟着去了。看到假肢，我们又想起当年防空演习那一幕，他的假肢落在操场上，他全然不顾，仍在指挥我们防原子弹的空袭。

我们流着眼泪，真心实意地向可亲可敬的刘有田校长告别。这是一段刘校长的历史，也是我们八一学校的历史。

那天告别仪式结束后，在殡仪馆门口，二哥点了支烟，红着眼睛冲我说：“刘校长是个好校长，没几个人能和他比。”

二哥忍了许久的眼泪，在告别完刘校长之后才落下来。

二哥从初中到高中就没让人省心过，他除了在八一学校折腾，还组织年级同学和育红中学的学生打了几次群架，每次打架的起因，都是我们低年级的学生被育红中学的人欺负了，二哥等人打抱不平，替我们出头。育红中学也有一些愣头青，总是不服我们八一学校，见我们许多同学穿军装戴军帽，他们心里不舒服，故意找碴儿挑衅。二哥等人一次次地去应战，有时打大架，有时打小架。父母的心都为他们操碎了，刘校长也是一次次出面，约人家的校长和家属在中间讲和，他拖着假肢，一次次奔波在育红中学和被打学生家长中间，他的头发越发稀疏了。

二哥在参军时，遇到了大麻烦。二哥打了几次群架，在派出所留了案底，政审时，派出所出具的证明对二哥极为不利。刘校长出面，坐着他四面漏风的吉普车，一次次去派出所据理力争，说明事情的原委，最后二哥的政审总算过关。

二哥参军走前，八一学校又一次热烈地为二哥等人送行。除了鲜花、锣鼓声之外，刘校长还专门拉着二哥走到一个僻静之处，拍着二哥的肩头说：“小林，我一直看好你，你一定能成为一名好军人。”

二哥两眼泛潮地冲刘校长敬了一个军礼道：“我一定不辜负校长

的期望!”

二哥当兵走了，他去北部哨卡找大哥去了。二哥走时把他的军装、军帽，还有火药枪都留给了我，像当年大哥走时一样。

二哥本来是有机会在边防团入党提干的，他当满两年兵时，已经被连队列为提干的苗子了，但由于二哥一时冲动，闹了一场不大不小的外交风波，提前被处理复员了。

那会儿，二哥已经是班长了，他带着班里的战士在边境线上巡逻，那时我们边防部队装备差，巡逻完全靠走。邻国的军人则坐着吉普车巡逻，他们的士兵经常来挑衅，不是冲边境线上扔酒瓶子，就是吹口哨，总之是一脸的不屑。二哥对邻国的巡逻士兵早就憋一肚子火了，那天二哥他们巡逻时，又有一个对面的士兵坐在吉普车里，不仅对二哥他们吹口哨，双手还做出下流动作，二哥忍不住了，举起枪把子弹射向对方吉普车的轮胎，对方的车翻倒在雪地上……

外交无小事，二哥受到处分，复员回到了家里。已经退休的石光荣见到回来的二哥没有暴跳如雷，而是背过身去，望着窗外对二哥说：“你的事，你大哥来信告诉我了。从哪跌倒就从哪爬起来，未来，你的天地还很广阔。”在我的记忆里，父亲第一次这么心平气和地和二哥说话。

二哥挺直身子站在父亲的身后。

二哥说：“我们是八一学校的学生，是军人子弟，身体里流淌着军人的血液……”这话是刘有田经常对我们说的。许多年过去了，我们八一学校的学生都记得刘校长说过的话。

李庄呼叫黄河

一

军区大院里的孩子从记事起，就认识李庄叔叔。李庄叔叔个子不高，圆头圆脑，他和别人不一样的地方有很多。别人都穿军装，戴军帽，军容仪表整齐；他很多时候，只穿着军装，脑袋被一块白布从脑门到后脑勺死死地勒住，那块布在李庄叔叔的头上一定勒得很紧，以致他的五官都变形了。最突出的是他那双眼睛，不勒这块布时，眼睛是圆的，勒上布之后，一双眼睛又细又长。后来我们知道，李庄叔叔是因为经常头疼才不得不在头上勒这块布。造成他头疼的原因是，有一块日军的弹片飞到他脑子里了。当时做手术没有取出来，后来部队进城，李庄叔叔又去医院检查脑袋，医生说还是不能取出来，因为那块弹片离大脑中枢神经太近了，取出来弄不好人就瘫了。李庄叔叔不想后半辈子瘫在床上，就决定把那块弹片留在脑子里，结果就是李庄叔叔经常头疼。每次头疼他就让小松妈把他的头用布勒紧，似乎这种方式能缓解头疼。哦，对了，小松妈是李庄叔叔的老婆。

小松是我们的学弟，每天拖着鼻涕，鼻涕在唇上方慢慢地流，攒够了，又吸口气把鼻涕吸回去。他天天在我们身边“吸溜吸溜”

的，鼻子下方总没有干爽的时候。小松有两个姐姐，分别叫大灵和二灵，干干净净、清清爽爽的。几年之后，大灵、二灵都成了我们暗恋的对象，这里不提，还说李庄叔叔。

李庄叔叔头上勒块白布条也就罢了，关键是他一头疼就回到过去，忘了现在。他回到哪儿去了呢？不一定，全看李庄叔叔的心情。按现在的话讲，李庄叔叔穿越到了过去。大部分时候，他会回到抗日战争时期。那时，他在冀中平原打游击，是县大队的一名中队长。他经常穿越到当中队长的年代，头上勒着白布条，腰上系条板带，板带上垂一只笤帚疙瘩。笤帚是小松妈扫地用的，年头久了，笤帚的枝条磨秃了，只剩下一个笤帚疙瘩。李庄叔叔就把这个笤帚疙瘩当匣子枪。

对了，忘记介绍李庄叔叔的身份了，他现在是军区军需部副部长，自从他脑子里飞进一块弹片后，他就没任过正职。年轻那会儿，他还不乱穿越，只是头疼，每次头疼他就胡乱找块布把头勒起来，据说在战场上头疼发作时，他还撕过自己的军装勒在头上。在我们小时候，军区机关团以上干部都是有配枪的，配枪意味着可以随身携带枪支，下班带回家里也可以，但不能出岔子，毕竟枪是能杀人的东西。李庄叔叔以前也配枪，他是军需部副部长，有条件也有理由配枪。后来，李庄叔叔穿越了，经常舞着枪去操场上耍，有一次还冲着天空连开三枪，他说这是总攻的信号弹。上级怕他闹出人命，便在他穿越回来时，把他的枪收了回去。我父亲代表组织去收他的枪。李庄叔叔只要不穿越，就是个非常温和的人，懂礼数讲原则。父亲和李庄叔叔是老战友，他们同在县大队当过中队长。两人关系要好，经常在一起喝酒，喝着喝着就喝多了，然后两人抱在一起哇哇大哭，他们为什么哭没人知道。反正哭过后，他们又跟没事人似的。

那天，父亲站在李庄叔叔的办公室里，李庄叔叔也从座位上站了起来。那会儿，李庄叔叔刚头疼完，正坐在椅子上闭目养神，对先前发生了什么，似乎记得又似乎不记得，像做梦一样。父亲就伸出手，李庄叔叔不解地说："咋了？老石，我不欠你啥呀。"父亲就说："你欠我一把枪。"李庄叔叔疑惑着把刚放到桌上的枪递给父亲，嘴里说道："这枪不是你的，是组织配给我的。"父亲接过枪，"哗啦"一声把子弹退出枪膛，然后把枪口抵在李庄叔叔的鼻子下道："你闻闻。"李庄叔叔皱起鼻子认真闻了下，望着父亲，问："刚射击过?"父亲又把弹夹从枪上卸下来，扔给他道："数数吧，还有几颗?"每把枪里原本有五颗子弹，这是每个人的标配。李庄叔叔顿时傻了眼，弹夹里只剩下两颗子弹了。父亲绷着脸道："老李，你不能这么玩呀，再玩就要出人命了。"李庄叔叔木头似的立在那儿，疑惑道："我，我刚才梦游了?"父亲把枪装了起来，握到自己手里："老李，你不仅梦游了，还打了三枪。司令部党委研究决定，没收你的枪。"说完，父亲就把枪别到了自己的腰间。李庄叔叔怔住了，枪是他的伙伴，从参军那天到现在，枪一直陪伴着他，就像自己的左右手，早就习惯了。突然没了枪就像少了左膀右臂，他无措地立在那里，惶恐地望着父亲。父亲不忍，收住脚步说："老李，这是组织的决定。"李庄叔叔一听到组织，下意识地挺直了身子。父亲又说："咱们岁数大了，这东西带在身上不好。万一你再梦游，伤了人，你说该怎么负责?"

李庄叔叔听懂了，挥挥手，有气无力地道："拿去吧。"他努力冲父亲挤出一丝笑意。父亲一走，他就抱住头，坐在椅子上号啕大哭了一场。他一边用拳头敲打着脑袋，一边说："都是你害了我呀。"没有枪的陪伴，李庄叔叔顿时蔫了，总觉得比别人矮了半个头。父亲和黄河叔叔轮番找他喝酒，都被他拒绝了。

黄河叔叔是我们的邻居，住在另外一个单元，长了一脸麻子，听说是闹革命时，被大户人家的散弹打的。散弹击中了黄河叔叔的脸，留下的疤造成了他满脸麻子。小时候我们不懂事，给黄河叔叔编了句顺口溜：黄河叔叔是老登，一脸麻子一脸坑。老登有"老家伙"的意思。当然，我们不敢在黄河叔叔面前唱，他有个儿子和我们同一个年级，和我同班，叫黄长水，听听这名字，一家人都和水干上了。黄长水经常要赖皮，比如说借我们的弹弓或者玩具火药枪，借了又不还，我们就对着黄长水唱这句顺口溜。黄长水心大，不论我们怎么唱，他仍一边笑，一边冲我们做着粗俗的动作骂我们。他长得比我们高，又比我们壮，我们烦他，却没什么好办法。

李庄叔叔的枪被组织收走了，他再穿越或梦游时，只能把笤帚疙瘩插在腰间，然后疯疯癫癫地冲到操场上。操场上装了不少士兵平时训练用的器材，有独木桥，有云梯，单双杠什么的就不用说了。李庄叔叔就把操场当成阵地，挥舞着笤帚疙瘩在那里闪展腾挪地打起了游击。这种游戏，我们从小就爱玩，一边喊叫着一边打打杀杀。很快，我们就成了李庄叔叔的玩伴，他成了我们的指挥官，带领我们十几个孩子，一会儿卧倒，一会儿匍匐前进，然后射击。李庄叔叔握着笤帚疙瘩，他射击的动作标准又潇洒，我们挥舞着手里的弹弓、玩具火药枪，成为他指挥的士兵。我们想起了战争片或者小人书里那些让人热血沸腾的场景，于是"冲呀杀呀"地叫喊着，和李庄叔叔一路拼杀着与想象的敌人做着决战。有时我们也会装死或假装负伤，一个个倒下。这时，李庄叔叔便把身子滚到掩体后方，握着手，做出拿步话机的样子，拼命地呼叫着："黄河，黄河，我是李庄，请求炮火支援！"每每此时，我们的游戏达到了高潮，我们期待着炮火雨点似的从天而降。我们想到了《英雄儿女》中的王成，在生命的最后一刻，喊道："向我开炮……"我们又英勇地从地上一跃而起，向眼前的"火海"冲去。

小松从来不参加这个游戏。每次我们玩得热火朝天时，小松站在一旁，一副似乎要哭出来的样子，他连声地喊："爸，爸，你快醒醒。"李庄叔叔已经穿越到了另外一个世界，任凭李小松怎么喊，就是不回来。他继续呼叫："黄河，黄河，我是李庄，向我开炮，开炮，火力覆盖……"往往这时，小松就一边哭泣一边往家跑，书包打在他屁股上，上下翻飞，我们非常讨厌李小松这时的表现，都骂他是叛徒是逃兵。我们都知道，李小松是回家搬救兵去了。果然，没多一会儿，李小松就带着他妈风风火火地从家属院跑来。小松妈叫夏雨，在那个年代是多么时髦的名字呀。夏雨是我们军区门诊部的一名护士。有时她不在家，李小松就去门诊部搬救兵，然后穿着白大褂的夏雨就像只蝴蝶似的从门诊部里飞过来，落到李庄叔叔身边。此刻的李庄叔叔有些愣怔，还没完全清醒过来，仍在呼叫："黄河，黄河，我是李庄……"但他呼叫的气势已经微弱了。我们知道，用不了多久，李庄叔叔就会从穿越中回来。夏雨一出现，我们就停止了游戏，从地上爬起来，看着李庄叔叔一个人仍沉浸在游戏中，我们心不甘情不愿，多么希望这个游戏永远持续下去呀。

果然，夏雨用手按住李庄叔叔的肩，另一只手把他的头扳过来，冲他喊："你看看我是谁？"一句话，李庄叔叔就像被施了魔法一样，准从穿越中回到现实。他像一个做了错事的孩子，从地上爬起来，拍拍衣服上的土，把握在手里的笤帚疙瘩扔在一边。仿佛从另外一个世界走了一圈又回到了夏雨面前，他蔫头耷脑地往回走，脚步还有些踉跄。每每这时，李小松就会跑上去，抓住父亲的手。夏雨站在原地，无声地叹了口气，一阵阵伤心和难过从她那张俊俏的脸上掠过。

自从发现李庄叔叔会穿越后，一起战斗便成了我们的念想。每天放学路过操场，我们都会四下寻找李庄叔叔的身影，只要他处于穿越状态，我们立马和他一起投入战斗，但大多数时候，我们都是失望的。

正常时的李庄叔叔和别人并没有两样，穿着军装，迈着军人的步伐，大步流星地从我们面前走过，他的威严让我们总是退避三舍。李庄叔叔只有穿越了，才是我们的战友和指挥官。每次和他玩得尽兴时，我们都盼着夏雨别来，或者是晚一点出现，只要她不出现，我们就会和李庄叔叔尽情地在一起玩耍。

我们威胁过李小松几次，生性胆小的小松那时却显得英勇无畏，他说："他不是你们爸。"说这句话时，他眼里是浸了泪的。每天放学，只要他发现父亲发作了，就会第一时间去搬他妈这个救兵。只要他妈一出现，总会立竿见影，收到奇效。

以前，李庄叔叔穿越时，他的领导、同事也曾出现在他面前想阻止他，他不仅不听劝，还仿佛看到一帮战友前来增援了，这让他更加亢奋。每每这时，他总是把自己所扮演的角色放到绝境之中，呼喊着："黄河，黄河，我是李庄，阵地上就剩下我一个人了，请求增援。"黄河叔叔站在一旁，似乎被李庄叔叔带回了战争年代，为此，黄河叔叔总会流下眼泪。领导、同事们都出现之后，仍不能让李庄叔叔清醒，只有夏雨的到来才能扭转局势。

二

李庄和夏雨是在部队入城后不久相识的。抗美援朝前夕，李庄是三六九团的一名副团长。部队进城后曾掀起一股大龄军官集体结婚的热潮。可以想象，这些为共和国打下江山的男人，终于盼来了全国解放，他们最初的理想就是解放全中国，建立新社会。新社会是迎来了，自己的小家还没建立，这可急坏了这些单身汉。那会儿，部队经常组织各式各样的联谊活动，地方上参加联谊活动的女同志有纺织厂的工人，也有即将大学毕业的学生，还有一些政府机关的女同志。那时部队和地方都很热闹，有许多个傍晚，部队出动一辆辆卡车，把一批又一批青春年少的女性拉到部队营院，条件好的在房间里联谊，条件差一些的就在露天，扯出一根电线，安上几盏两百瓦的电灯，也算是灯火通明。大龄军官和这些女性联谊，为的就是擦出爱情的火花。那一阵子，每天都会有几对新人结婚，接亲的都是马匹，一拨又一拨的马蹄声在城市的大街小巷响起，踏出了对新生活的向往。

同是大龄军官的李庄参加过两次联谊会，他看上了一个地方机关的女青年，李庄硬拉着那女青年跳了一曲舞，结果发现那女青年比自己高出半个头。他只来得及问清人家的姓名，那女青年告诉他自己叫王丽，然后低下头大胆地望着他。跳完一曲之后，李庄便再也不邀请王丽了，他为自己的个头感到自卑，他心里一遍遍想：太高了，这么高的女人当自己老婆不合适。正当他犹豫的工夫，黄河捷足先登了，邀请王丽跳舞。黄河身材高大，足足压了王丽一头，这次是王丽仰视着黄河了。看到黄河和王丽跳舞，李庄的头又疼了，他跑出去，在街边搂住一棵树，头抵在树上，一次又一次用头去撞树，那棵树便发出簌簌的声音。李庄每次犯病，身边所有物件都成了他的头攻击的对象，似乎把头撞在物件上，疼痛就会得到缓解。李庄一边撞头一边想：以前和小鬼子拼刺刀时，再高的小鬼子自己也没放在眼里。有两次反“扫荡”，县大队掩护群众撤退，他们县大队和一个中队的小鬼子交火，子弹打完了，他们就挺着刺刀和小鬼子肉搏。他记得有一次，三个小鬼子同时向他攻击，一个抱他腰，另外两个挺着明晃晃的刺刀向他刺来。他不知哪里来的力气，硬是把身后抱他腰的小鬼子甩到了身前，正好两个小鬼子的刺刀过来，结结实实地刺在了那个小鬼子身上。趁两个举刺刀的小鬼子愣神的工夫，李庄大叫一声，猛扑过去，把两个小鬼子都压在了身下……

当年他有一身力气能把小鬼子干倒，而今一个高个子女人却让他自卑了。他想不通，闹心得头疼欲裂，便一次次去撞那棵皮糙肉厚的树，结果他眼冒金星，皮开肉绽，满脸是血，头疼得到了缓解，可伤口却血流如注。他的样子吓坏了两个巡逻的哨兵，以为自己的副团长受到敌人攻击了，不由分说地架起他来到野战医院。那会儿，野战医院的医生也刚进城不久，驻扎在一个戏院里。这次到医院让李庄意外地结识了夏雨。夏雨刚参军不久，她是护士学校毕业的，野战医院进城，她便被征召到了医院。李庄被两个战士架到野战医院时，夏雨正站在戏院门口吃冰棍。和平年代了，部队进城了，野战医院也闲了下来，她晚上值班，天热，就跑出去买了根冰棍，准备吃完再进去。就在这工夫，她看到了满脸是血的李庄被两个战士架过来。夏雨扔掉手里的半根冰棍，惊呼一声扑过来。两个战士喘着气冲她大叫道："快给我们副团长包扎！"夏雨从两个战士手中接过李庄，把他带到戏院里面，让他坐在观众椅上，又找来纱布、酒精棉什么的，为李庄包扎伤口。夏雨穿着新发的军装，外面披了件白大褂，值班前刚冲过澡，头发还是湿漉漉的。她围着李庄忙前忙后，李庄嗅到了女性散发出的阵阵体香，他有些迷糊，情不自禁的那种。头被她包扎好了，他望着眼前这个小巧玲珑的女护士，心想自己一定比她高。想到这儿，他就站了起来，果然比她高了有两寸的样子，失去的自信又找了回来，他把手背在身后，用副团长的口吻问："小鬼，多大了？"夏雨立正站好道："报告首长，我今年二十。"李庄心想：自己今年已经三十有五了，差十五岁。他点点头，这才感觉到头上缠的纱布不紧不松正合适，此时头疼已经过去。李庄正常时候的头脑还是十分清晰的，他又问："贵姓？"夏雨差点笑出声，她只能用手捂住嘴答："我叫小雨点。"话一出口便知道自己答错了，一分神把小名说出来了，忙又补充道，"小雨点是我小名，我的名字叫夏雨。"李庄已经被"小雨点"这个名字吸引了，他觉得这个名字和眼前的姑娘很吻合，圆润透亮，不是小雨点又是什么？他一边点头一边说："小雨点，我记住你了。"说完就往外走。身后的夏雨见他要走，忙把手举到太阳穴处，给他敬礼。他又回过头问："你结婚了吗？"这一点很重要。夏雨被他问蒙了，手仍做敬礼状，此时的她满脸通红，但还是答道："我刚参军。"虽然她答非所问，但李庄还是听出了弦外之音。

这天晚上，回到兵营的李庄失眠了。他满脑子里都是小雨点的声音和形象，越想越兴奋，越想心里越热，下床喝了两缸子凉水也没浇灭他的心火。天快亮时，他迷迷糊糊地睡着了，还做了一个梦，梦见自己站在大太阳底下，却被雨水淋了个透，他抬眼望着四处都是晴天，哪来的乌云呢。起床号响了，李庄的梦醒了。

他起床后的第一件事就是去找师长金大牙。金大牙是他们给师长起的外号，师长姓金，以前并不叫大牙。有一次战斗，一块炸飞的石头，没伤着师长别的地方，却不偏不倚把他两颗门牙崩飞了。师长后来找了一个郎中修理，牙是镶上了，却比别的牙长了不少，嘴总是闭不严，于是他们给师长起了个外号"大牙"。金师长是李庄的老领导了，当年他们在冀中打游击时，金师长是县大队的大队长，后来日军投降，部队整编，金大牙带着他们参加了八路军。那时，金师长已经结了婚，早已老婆孩子热炕头地过上了日子。

李庄手提马鞭走进金师长办公室，以前总是打仗，手里不是刀就是枪，现在不打仗了，手里没个抓手，很不习惯，于是他整日里手提根马鞭，手里有了抓手，心里踏实了一半。金师长进城后，把老婆孩子从老家接到城里，前些日子老婆又为他生了个儿子，走进师长办公室，李庄仍能隐约地嗅到师长身上的尿布气味。不等师长让他落座，李庄便大模大样地自己坐下了。金师长看着他头上纱布渗出的血迹心疼地问："李庄，你的头又疼了？这是又往哪撞了？"李庄的老毛病，全师上下熟悉李庄的人都知道。李庄答非所问："师长，我的个人问题你管不管？"

金师长一怔："这几次联谊会，你没参加？"

他梗着脖子说："参加了，但我一个都没看上。"他又想起了王丽，那个高个细腰的女人，想起她被黄河搂住的样子，头又隐隐地有些疼。

金师长就摊开手说："你没看上，我能有什么办法？你看上人家，人家看上你才行，我一个师长总不能为你去抢亲吧？"

"不用你抢，我看上了一个，但我不知咋跟人家说。"李庄求救似的望着金师长。

金师长俯下身问道："谁呀，哪里的姑娘？"

李庄就说了，他没记住夏雨的名字，却记住了"小雨点"这个小名。说完瞪着师长说："我都三十五了，是全师的'老大难'了，这事你不管可不行。"

金师长一拍桌子道："好你个李庄，自己没本事还赖上我不成？是你自己搞对象，又不是我！"

李庄开始服软了，一边笑一边说："师长哇，求你了，你又不是不了解我，让我打仗一个小时拿下一个山头，我连眼皮都不眨。可让我搞对象，我也不会呀。狗咬刺猬，不知从哪下嘴呀。"

他的话把金师长逗笑了。

那天上午，许多人看见金师长坐着自己的吉普车，带着手提马鞭的李庄一起离开了营区。

金师长先是拜会了野战医院的院长老唐，他们是老熟人了。然后又把李庄介绍给老唐，并说明了来意。老唐扶着眼镜说："李团长，你看上我们医院谁了？"

"小雨点。"李庄说完又补充道，"我头上的纱布就是她为我包扎的。”

唐院长说：“你说的是夏雨吧？昨天晚上是她值班来着。”

李庄点点头，回忆道：“好像是这个名字。”

唐院长有些犯难地说：“夏雨和别的同志不一样，她刚参加工作，家就是本地的，她的父母还在，就是她同意，她父母能不能同意我可说不准。”说完打量着李庄。李庄努力把胸脯挺起来，接着把脚跟也踮起来了。

在唐院长的精心安排下，李庄和夏雨单独见了两面，唐院长又做了夏雨的工作。后面的事果然和唐院长预料的差不多。夏雨松了口道：“和李团长结婚不是不可以，不过要是我父母不同意，那我可没什么办法。”

唐院长又带着李庄去见了夏雨的父母。夏雨的父亲思想很开明，撂下一句话：“只要我闺女同意，我本人没啥意见，不过还得问她妈的意思。”

夏雨的母亲在城里也算是大家闺秀，她父母都是做生意的，父亲还当过商会会长。她上上下下地打量李庄，左手握着右手道：“现在是新社会了，女儿嫁给什么人，按理我们做父母的不应该干预。”说到这，话锋一转，盯着李庄道，“你学过知识、读过书吗？”李庄脸就红了，他的确没读过书，十五岁就加入了县大队，先是当通信员，后来又进入中队的战斗班。他红着脸说：“我在县大队时上过识字班，认识一些字。”

夏雨的妈妈就叹口气，左手握紧了右手。在她的观念里，没有文化的人是不讲道理的人，她怕自己的女儿受委屈。她这一声叹气，让李庄的心凉了半截，他马上补充：“我以后可以学习文化。”

部队进城后，掀起了文化补习的热潮，办了各种班，每次学习他头就疼，总是找借口溜走，提着马鞭四处转悠。李庄不仅脸红了，心脏也快速地跳动着。

夏雨妈缓了口气又道："学文化不是一朝一夕的事，你要是能答应我三点，我就同意夏雨嫁给你。"

李庄忙不迭地说："您老吩咐，别说三件，十件八件的我也依您。"

夏雨妈就说："首先，不能让我女儿受委屈，凡事都要懂得谦让。"

李庄点着头说："中，以后啥事我都听小雨点的。"

夏雨妈又说："不能把外面那一套带到家里。我女儿不是你手下的兵。"

李庄把挺起的胸脯收回去，腰也塌下去一点，努力让自己看上去还有些温柔的地方。

夏雨妈又说出最后一条："夏雨是我们老两口唯一的闺女，从小到大宠惯了，你比她大十几岁，当她父亲都够格了，你要宠着她，让着她。"

李庄就差跪下了，连声说："以后我就把小雨点当成闺女养。"

李庄是这么答应的，也是这么做的。对夏雨，他不仅疼着让着，还总是言听计从。随着年岁增长，每次头疼穿越时，他认不出别人，但只要夏雨走近，一句"该回家了"就能立马让他清醒过来。许多人都不理解，只有他自己知道这一切是为了什么。

因为他头疼的毛病，组织上曾几次研究他转业的事，都被金参谋长拦下来了。金大牙那时已经是军区参谋长了，他的话在军区党委会上都有分量。一次研究李庄转业的事时，金参谋长说："李庄的毛病是在战争年代落下的，他在部队头疼，难道转业到地方头就不疼了？他头疼是不假，但他从来也没耽误过工作是不是？他十五岁就参军，在部队干了大半辈子，咱们组织不能干那种卸磨杀驴的事。李庄这个人我保定了，以后谁再提这事，我就和李庄一起转业。"

金参谋长带着情绪发言后，便没人提出让李庄转业了，但李庄的晋升还是受到了影响。抗美援朝之后，李庄就是副师长了，后来又平调担任军区机关的军需部副部长，还是副师级。为此，金参谋长找李庄谈过话，李庄自然知道能有今天都是金参谋长对他的力保。他站在金参谋长面前说："参谋长，只要把我留在部队，干啥都行，啥职务不职务的，我现在是个废人了，组织不嫌弃，我就心满意足了。"他的话让金参谋长眼泪汪汪的。

三

李庄叔叔之所以在穿越时一遍又一遍地呼叫黄河叔叔，是因为他们之间有过多次过命的交情。黄河叔叔参军时和李庄叔叔并不在同一支部队，黄河叔叔是八路军的一名排长，有一次在押运医疗物资路过冀中时，遭到了日本鬼子的一个小分队的攻击。医疗物资当时在八路军队伍里那可是稀罕物，这批物资是爱国华侨捐赠的，战士们知道这批物资的重要性，都拿命去保护这批物资。一个排的八路军战士被日本小分队包围在一条山路上，最后只剩下五六个人了，黄河叔叔的右臂也被子弹打穿了。县大队接到增援的命令时，黄河叔叔所在的排已经弹尽粮绝，是县大队的人马把黄河叔叔救了出来。就是在那一次，黄河叔叔和李庄叔叔认识了。李庄叔叔带着县大队二三十号人，把黄河叔叔和他们的物资送出封锁线。两股人马分别在即，太阳初升，黄河叔叔举起左手向李庄叔叔敬礼，他的右臂被撕下的军装缠裹。此时的黄河叔叔脸色惨白，一边敬礼一边说："再见了李庄同志，后会有期。"

李庄叔叔看着黄河叔叔和他们的物资被接应的八路军战士团团围住，又一阵风似的远去。李庄叔叔站在高岗上，很是羡慕八路军。他们穿着清一色的军装，手里的家伙也整齐，不像他们县大队，花色不一，有的能穿件军上衣，有的能分到一顶八路军的军帽，手里的武器也长短不一，都是他们从敌人手里缴来的。李庄叔叔舔舔嘴唇，心有不甘地看着黄河叔叔等人消失在他的视野里。

从那以后，他记住了黄河叔叔。

1945 年上半年，冀中平原遭到了日本鬼子最后一次也是最穷凶极恶的一次大"扫荡"，县大队不仅损失惨重，还被日军一路追杀，他们只能一路后撤，都快跑到黄河边上了。那一夜，县大队被日军包围了，只能决一死战。正在危急关头，一路人马从斜刺里杀出，硬生生地从敌人的包围圈里撕开一道口子，八路军一队人马与县大队会合了。这只是先头部队，后面还有一股大部队，从外面包围了这拨鬼子，里外夹击，不到一个时辰，日本鬼子就全被消灭了。清理战场时，李庄叔叔又见到了黄河叔叔。黄河叔叔头上的军帽被一颗子弹打穿了，还冒着烟，他看见李庄叔叔就笑着说："老伙计，咱们又见面了。"两人在硝烟还没散尽的阵地上拥抱，相互打量着，你捣我一拳，我还你一掌。在战火中，两人结下了深厚的友谊。

日本投降后，县大队如愿以偿地和八路军兵合一家了。黄河叔叔和李庄叔叔又一起接到了进军东北的命令。在塔山阻击战时，黄河叔叔是团参谋长，李庄叔叔是一名营长。著名的塔山阻击战打响了，李庄叔叔所在的营变为尖刀营，一直钉在最前沿的阵地，敌人的飞机、坦克、大炮，把阵地犁了一遍又一遍，李庄叔叔和战士们耳朵被炸得嗡嗡作响，他们几乎听不见对方在说什么，只能大声喊叫。这种喊叫让他们热血沸腾。塔山阻击战关乎东北全局，阻击增援的敌人，才能解放锦州。锦州是东北的战略要地，拿下锦州等于扼住了敌人在整个东北的咽喉。在阻击战打响时，金大牙就是这么给他们动员的。敌人自然也知道锦州的重要性，支援锦州必须突破塔山，两拨军队在塔山展开厮杀。李庄叔叔眼见着自己这个营的士兵一排排倒下，敌人仍在亡命地进攻。和敌人拼了几次刺刀，李庄叔叔他们只剩下一个排的兵力了。敌人还在没完没了地进攻，阵地有失守的危险，李庄只能搬救兵了。步话兵已经牺牲了，他从步话兵的尸体上摘下步话机，他耳朵已经什么也听不见了，轰鸣一片。他接通步话机向团部呼喊："李庄呼叫黄河，阵地要守不住了，请求增援，请求增援！"李庄叔叔知道，黄河叔叔就在不远处的指挥所里，全团还有一个营的预备队。阵地不能在自己的手里丢掉，他呼叫一气，因为耳朵被震聋，不知是否呼叫成功，敌人又蜂拥着上来了，弹药也几乎耗尽，他从地上捡起一把鬼头大刀，冲身边的人大喊一声："抄家伙！"尚存气息的士兵从泥土里站起来，几个伤兵拄着枪跪在阵地上，每个人的眼睛都充满了血丝。李庄叔叔看了眼阵地上仅存的二十几位兄弟，沙哑着声音又吼了句："人在阵地在，铆足劲，再来一次！”他挥着大刀冲出阵地和敌人绞杀到了一起。他已经杀红了眼，脑袋里似乎有一个晶亮的东西在铮铮作响，这种响声让他感觉自己似乎要飞起来了。他挥舞着大刀左劈右杀。敌人上来一拨又一拨，他预感到这是最后一次战斗了，自己不知何时会倒下，脑子里那个晶亮的东西也会熄灭，然后就什么也不知道了。人在无惧死亡时，便英勇无比。抱着必死一战信念的李庄叔叔和敌人厮杀在一起时，突然发现身边的敌人潮水般地退去了。他用余光看到黄河叔叔带领预备队杀上来，他眼眶一热，几乎摔倒，一条腿跪在地上，刀插在地上作为支点才没让自己倒下。他哽咽着大叫一声：“李庄呼叫黄河！”随着泪水落下，人也一头栽倒。栽倒的一瞬间，他看见黄河叔叔大叫着向他奔跑过来。

脑子里隐藏多年的弹片，就是在塔山阻击战时被“引爆”的。被抬到后方医院的李庄叔叔被疼醒了，这股突如其来的剧痛让他从担架上坐了起来，他伸手去摸头，却是完好的。他从一名护士手里夺过纱布，缠在自己头上，远处连天的战火在呼唤着他，他踉跄着脚步又向阵地冲去，全然不顾护士在身后呼喊……

父辈在战争时结下的情谊，直接传到了我们这帮孩子身上。我和黄河叔叔的儿子黄长水，还有李庄叔叔的大女儿大灵在一个班里。黄长水总是含情脉脉地看着大灵，那会儿我们上小学四五年级，大灵已经出挑得水灵灵的了。许多小男生都故意和大灵套近乎，这个男生送给大灵一块橡皮，那个男生送给她一支铅笔什么的，每每这时，黄长水都会冲过去，把男生送的东西在大灵面前抓走，恶狠狠地还给那些男生，弄得大灵尖叫道：“黄长水，你这是干什么？”黄长水也不说话，回到自己的座位上，把自己的铅笔和橡皮一股脑儿地都拿过来，倒在大灵的课桌上，涨红着脸说：“我有，你要用随便拿。”我们一帮孩子就在一旁起哄，一遍遍呼喊着大灵和黄长水的名字，大灵白皙的脸渐渐地红了，突然她趴在桌上哭了。大灵一哭，弄得黄长水手足无措，红着脸说：“大灵你别哭啊，一会儿老师就来了。”

大灵的弟弟李小松那个“鼻涕虫”经常挨同学欺负，好长时间我们都不懂，大灵、二灵长得那么漂亮，为什么李小松那么邋遢。因为他鼻涕不断，让人看着像个没脾气的孩子，就经常被欺负，而黄长水总是能及时出现在李小松身边，把那些欺负李小松的孩子赶跑，然后像守护神似的站在小松身旁，弯下腰说：“小松你别怕，有长水哥呢。”小松就抽抽搭搭地把腰挺起来，仰头道：“谢谢你，长水哥。”

大灵因为长相出众，经常会受到高年级男同学骚扰，在放学路上大灵、二灵经常被一些大男孩拦下，其实这些男孩也没做什么出格的事，就是想和大灵、二灵说说话。每次黄长水看到，就像一头小公牛一样扑过去，抡起书包，没头没脑地向这些大男孩砸过去。这些大男孩自然不把黄长水放在眼里，他们开始反击，黄长水就像打一场阻击战一样腹背受敌，经常被打得鼻青脸肿，但不论他被打得有多惨，他一粒眼泪疙瘩都不掉。跑到远处的大灵和二灵躲在一棵树后看着这惊险的一幕，不知心里在想什么。

有一次，大灵再一次受到骚扰，黄长水又一次及时出现，他没像往常那样抡起书包没头没脑地往前冲，而是不慌不忙地从书包里掏出一把枪。枪是真枪，在太阳底下发出幽蓝的光芒。黄长水举着这团蓝幽幽的光，一步步向那几个男孩子逼近，他们都被黄长水手里的家伙吓住了，一边退一边说："别开枪，别开枪。"那几个男孩子还下意识地伸出手做投降状，像电影里遇到八路军的汉奸，在黄长水真刀实枪的威慑下，他们屁滚尿流地逃跑了。黄长水此时像一个大英雄，他意犹未尽地弯下身子，"哗啦"一声将子弹上膛，又举起枪，冲天空来了一家伙。清脆的枪声在明晃晃的大街上震荡。枪自然是他父亲黄河的，那会儿黄长水的父亲是军区作战部部长，每天上下班都会把枪带来带去。黄长水上学时，就把父亲的枪偷了出来，藏了一天，终于派上了用场。

第二天黄长水上学，我们看见他拐着一条腿走进学校，这肯定是被黄河叔叔打的，而且还打得不轻。黄长水脸上一直挂着胜利的微笑，虽然他挨了父亲一顿暴打，但从那以后，没人再敢骚扰大灵和二灵了。

不久后的一天，中午吃饭时，大灵从书包里掏出半块糖饼放到黄长水桌上，转身就跑出了教室。黄长水看着那半块糖饼，又看一眼教室门口，大灵就是从那儿跑出去的。不知为什么，黄长水竟流出了眼泪。在我们的心里，从那天开始，黄长水和大灵就是天造地设的一对了。

初中毕业的那年暑假，我从家里偷了五元钱，约黄长水去了趟商店，买了瓶果酒——通化产的葡萄酒，还有一袋饼干。我们俩走到一个公园的树林里，你一口我一口地把那瓶果酒喝光了。那是我们第一次喝酒，回味很甜。喝完，我俩晕晕乎乎地躺在草地上畅想起将来。刚毕业的我们似乎已经把自己当成大人了，我说自己的理想是参军，最好是能赶上战争，然后像英雄王成一样大喊着"向我开炮"。这样的场景已经鼓噪得我多少回梦里都成了英雄，一说起自己的理想，就浑身发紧、热血沸腾。黄长水显然是果酒喝多了，歪着嘴红着眼睛说："我的理想就是一直能和大灵好下去。"说这话时，他还盯着头顶上的树梢，一脸幸福状。我虽然对黄长水的理想感到有些遗憾，但从心里觉得他的理想也挺好的。

高中毕业那一年，我和黄长水还有大灵同一批入伍，我和黄长水都被分到了连队，大灵被分到团部卫生队做了卫生员。从连队到团部有几十公里的路，那会儿，每到周末，黄长水都要请假外出，直奔团部卫生队。

如果没有那次意外，我相信，黄长水和大灵一定会结婚，成为相亲相爱的一家人。然而，在卫生队的一次实弹训练中，大灵为了救一名新兵，把新兵没有扔出去的手榴弹压到了自己的身下，大灵光荣牺牲了。

失去了恋人大灵，黄长水痛苦万分，从那以后，他就像变了一个人似的。

四

李庄迎娶夏雨那天，是金师长派吉普车把夏雨接到营区的。夏雨的父母就这么一个闺女，自然是依依不舍，老两口站在门口，冲着吉普车的尾气挥了好久的手。车内的夏雨隔着车窗望着父母，泪水涟涟。李庄就握住夏雨的手，一遍遍地说："今天是大喜日子，你哭啥？"部队那会儿已经接到了集结的命令，李庄知道又有一场大仗要打了，金师长已经把一部分内容传达给了他们团以上的军官。这次打仗要出国，去朝鲜半岛，保家卫国。从抗日战争到解放战争，他们打了无数的仗，可出国打仗谁也没有经历过。他知道上级一声令下，部队就要开拔，在这节骨眼上，却是他成亲大喜的日子。

结婚后的第四天早晨，他听到部队集合号，告别了新婚妻子。部队经丹东进入朝鲜。那是怎样炮火连天的三年啊，吃过草根喝过雪水，一仗接着一仗，炮火连天硝烟弥漫。在那三年里，不知为什么，藏在他脑袋里的弹片引起的疼痛竟然一次也没有发作过。指挥战斗时，他脑子异常清晰，仿佛旧伤已经痊愈了。

三年之后，他和部队凯旋了。在朝鲜时他收到过夏雨的信，先是告诉他自己怀孕了，后来又告诉他自己生了，是个女孩，等他回来取名字呢。可他回到营区，看到夏雨领着两岁多的女儿迎接他时，他还是被惊到了，仿佛自己做了个梦，世界一下子就变了。那之后，他们又生下了二灵和小松。

李庄知道夏雨一个人拉扯孩子不容易，夏雨怀大灵那年刚满二十岁。他掰着手指头算过自己和夏雨的年龄差，三个巴掌，整整十五岁。从那一刻起，他特别心疼老婆。家里的活几乎被他一个人承包了，从早晨做饭开始，到急三火四地送孩子们去上学。中午他吃食堂，夏雨在医院工作，他不知夏雨吃没吃饭，从食堂打回饭跑到办公室，总是先把电话打到医院，他要听见夏雨亲口告诉他已经吃过饭了，他才会踏实，安心吃自己的饭。

昔日的金师长已经是军区参谋长了，经常冲李庄开玩笑：“你把媳妇当姑娘养了。”李庄红了脸低下头，并不多说什么，后来人们说多了，他就急赤白脸地跟人家解释：“人家一个黄花大闺女，嫁给我这个老光棍，人家容易吗？”他这么解释，众人就笑。

在没有仗可打的日子里，李庄头疼的毛病三天两头地犯，只要未来两天要下雨或是阴天，他的头就隐隐地发胀作痛。有一段时间，他成了军区机关天气预报的问询处。人们不时地问他：“李庄，这两天会不会下雨呀？”他不高兴，摸摸自己的头，然后答会或者不会。那会儿的天气预报很不准，有几次军区搞演习，司令员估摸不准天气，还专门派人来问过李庄。有人暗地里给李庄起了个外号，叫“天气预报”。

在别人眼里，李庄是部喜剧，但李庄从来不这么看待自己。那块弹片长在自己的脑子里，当时在冀中打日本鬼子时，他负伤，手术条件差，就在一户人家的牛棚里，给他做手术的是当地有名的老医生。他清醒过来后，老医生告诉他，再有两根头发丝的距离，他的命就保不住了。每次头疼时，他都觉得那块弹片在脑子里生根发芽了，不仅已长出两根头发丝那么长，还长满了他的脑袋。有时疼得他整夜整夜睡不着，吃过夏雨给他带回来的止疼药，开始吃一片，后来吃两片，最后一把一把地吃，还是止不住地疼。夏雨带着他求医问药，部队医院、地方医院都去过，医生都告诉他不能再次做手术了。有医生说，止疼药不能多吃，伤脑神经。从那以后，他索性止疼药也不吃了，每次头疼，就随手抓个什么东西，是布就缠在头上，要是应手的家伙，就用那家伙去敲头。那会儿他还没有穿越，不论怎么疼，脑子都是清醒的。每次头疼发作时，他都认为自己活不长了，要在有限的生命里对夏雨好，对三个孩子好。有许多次，他头疼难忍时，就拉着夏雨的手情真意切地说：“小雨点，我老李对不住你，跟了我这么多年也没让你过上几天舒心日子。”他这么一说，夏雨就心生苦涩，自己是名护士，能照顾别的病人，却照顾不好自己的丈夫。她把丈夫的手擎起来，摸着自己的脸，任泪水在丈夫的手掌间流过。

有几次，我和黄长水一帮孩子打着找小松出来玩的旗号去李庄叔叔家，其实就是为了多看一眼大灵和二灵，小松那个“鼻涕虫”，我们才不爱搭理。有许多次，我们把李小松叫出来，前脚他出了楼门，后脚就被我们打发走了。有一次，我们又敲开了李庄叔叔的家门，看见李庄叔叔在缝被子。在客厅里，拆洗过的被子摊在沙发上，李庄叔叔正一针一线地缝着，夏雨站在一旁打下手。李庄叔叔的举动让我们吃惊不已，在我们的认知里，做针线活都是女人的事。那次，我们甚至忘记了叫小松，更忘记了多看一眼大灵和二灵，匆匆忙忙地跑出楼道。回到家，我把看到的一幕当新闻告诉了父母，父亲叹了口气说：“你李庄叔叔不容易。”

父亲和李庄叔叔曾在一个县大队，一起出生入死，当时两人都是中队长，年龄又相差无几。在军区工作，两人走得最近，另外和他俩走得近的还有黄河叔叔。他们三个人是经历过生死的战友，经常聚会，上周在黄河叔叔家，这周去李庄叔叔家，下周来我家，总之三个人轮流做东。每次父亲出门聚会，都会在裤兜里塞两瓶酒。出去时异常清醒的父亲，回来时就像变了一个人，满嘴喷着酒气，亢奋不已，战友相聚的情绪没有平复，每次回来，就要把我们这些孩子集合在他跟前，讲上一遍和李庄叔叔的生死交情。每次都会讲到李庄叔叔那次负伤。那是一次冀中反“扫荡”，为了掩护乡亲们转移，县大队在一个叫卧牛山的地方打阻击战，父亲的中队和李庄叔叔的中队各守一个山头。那次父亲据守的山头吃了大亏，被日本鬼子的迫击炮几乎炸平了，人员伤亡惨重，最后和冲上来的鬼子短兵相接，眼见阵地就要丢失了，当时父亲和两个鬼子厮打，阵地上没有了枪炮声。就在这时，李庄叔叔带着一个排把敌人打跑了，父亲看见，李庄叔叔手里的鬼头大刀把压在他身上的鬼子砍倒。李庄叔叔拉起父亲，又带着战士们冲锋。就在这时，一颗炮弹落在了李庄叔叔的身旁……父亲把这故事讲了无数次，每次讲我都听得津津有味，浑身的血液都沸腾了，在我心里李庄叔叔是个可亲可敬的人。

有几次，李庄叔叔和黄河叔叔来我家喝酒，他们三个人喝着聊着，最后抱头痛哭。三颗花杂的人头凑在一起，他们像三个没长大的孩子。

因为李庄叔叔的伤病，他从抗美援朝结束后任副师长，后来调到军区任军需部副部长，一直到退休，他的职务都没变。后来黄河叔叔当了军区副参谋长，父亲也做了后勤部部长，两人都成了李庄叔叔的上级，李庄叔叔从来没有说过一句牢骚话。每次喝完酒，他都幸福地望着黄河叔叔和父亲说："能让我在部队待下去，我很满足了。"说完这话，他开心地笑着。

李庄叔叔对岳父岳母就像对自己亲爹亲娘一般照顾。他隔三岔五就领着一家老小去看他的岳父岳母，因为都在一个城市里，来往也算方便。在岳父岳母最后的日子里，他干脆把二老接到了自己的家里，还把房间让给岳父岳母住。

我清楚地记得，在我们上初一那年，李庄叔叔的岳父过世了，在一个星期天的早晨为李庄叔叔的岳父出殡。那会儿还不时兴火化，一口棺材停在楼下，李庄叔叔把他岳父的尸体背到楼下，父亲和黄河叔叔一帮人又把棺材抬到一辆卡车上。已经退休的金参谋长、黄河叔叔、父亲，还有一帮战友都去为李庄叔叔的岳父送行。我和黄长水为了凑热闹，挤到各自父亲的车里去看热闹。不知为什么那次父亲没有阻拦我，而是深深地看了我一眼。

李庄叔叔岳父的坟在郊区的一片山岗上。下葬时，李庄叔叔号叫一声跪在棺材前，张开双臂似乎要把棺材抱在怀里，然后他撕心裂肺地喊了一句："爹呀，你走了，我还没给您尽够孝呢！"他跪在岳父棺材前，哭得真诚而又感人。父亲和黄河叔叔等人齐心协力，把棺材抬到了挖好的墓穴中，李庄叔叔捧起一把土撒在棺材上。最后很多帮忙的人都走了，李庄叔叔仍然跪在他岳父的坟前告别着："爹，我打小就没了爹娘，认识您那一天，就把您当成自己的爹了，孩子还没好好孝敬您，您就走了……"他字字血声声泪地诉说着，听得父亲和黄河叔叔也流下了眼泪。他们又何尝不是如此呢？记得很小的时候，我就问过父亲："别人都有爷爷奶奶，我怎么没有？"父亲别过头，望着房间的某个角落，久久没有回答我的话。再看父亲时，他已经泪眼蒙眬了。后来我大了一些，父亲才告诉我，爷爷奶奶在父亲十三岁那年就不在了。父亲也就是在那一年参了军。听完父亲这话之后，在许多个漆黑的夜里，我想象着爷爷奶奶长什么样子，可每次都很模糊，清晰起来时，却是父母的脸在我眼前定格。

不久后，李庄叔叔又送走了他岳母。他逢人便说："我李庄是个没爹没娘的孩子了。"他说这话时满眼的失落，鬓边还有一缕白发在风中飘荡。

五

大灵牺牲之后，是我陪着黄长水把骨灰送回来的。部队隆重地为李大灵同志召开了追悼会，并追认大灵为烈士。在我们到家前，李庄叔叔一家早就知道了大灵牺牲的消息。黄长水抱着大灵的骨灰盒，我跟在他身后。自从得知大灵牺牲的消息，黄长水没有哭，他像被人打了一闷棍，变傻了，呆呆怔怔的，别人说什么他似乎都没听见。直到部队领导命令我和黄长水护送大灵的骨灰回家时，黄长水的眼睛才活了过来。卫生队队长把大灵的骨灰转交给我们后，黄长水就一直把大灵的骨灰盒抱在胸前，在部队，他们的恋情是地下的，可我们心知肚明。

我们上高二时，经常可以看见黄长水蹬着自行车，后座坐着大灵，大灵双手搂着黄长水的腰。大灵真是女大十八变，上高二时她十六岁，细腰长腿。黄长水也长了一副大高个，留着挺长的头发，一甩一甩的，看着就很文艺，上唇上方茸毛长出了一圈，显得成熟又老到。

黄长水和大灵整日里出双入对，最先发现他俩恋情的是二灵和小松。那会儿，二灵正在读初中，小松也小学四年级了，不再拖着鼻涕“吸溜吸溜”了。小松显得白白净净的，就是骨子里少了些男孩子气概，也许是受两个姐姐的影响，举手投足都像女孩子。两人发现黄长水和大灵恋情的苗头后，就回家向父母汇报了。夏雨本来是反对的，在她的观念里，小孩子家家的不懂什么叫恋爱，这是胡闹。可李庄叔叔却不这么认为，他掰着手指头对夏雨说：“我和黄河是啥关系？是战友，是生死之交！我们在一起大半辈子了。黄河的儿子黄长水，那孩子我喜欢，长得像他爹年轻时候，咱家大灵能和长水在一起，这是子一辈父一辈，亲上加亲呢。”父亲这辈军人，从小参军入伍，又东打西杀了十几年，他们早已把战友视为极亲近的人。

夏雨自从和李庄结婚以来，家里家外都是李庄一个人操持，甚至每天吃完饭，洗碗这种小活，李庄都抢着干，怕伤了夏雨的手。他经常抚摩着夏雨的手道：“老婆，你这细皮嫩肉的小手是给人看病打针的，怎么能干家务活？”夏雨就一身整洁，不沾一丝烟火气，她本来就比李庄小十几岁，又被李庄这么呵护着，人越发地滋润了。有几次两人结伴去买东西，服务员把东西包好，递到她手里说：“你替你爸拿好了。”被人认为是父女，夏雨羞臊得脸都红了，李庄却很高兴的样子，像搂孩子似的把夏雨搂在怀里说：“你本来就是咱家的大闺女。”

认识李庄夫妇的人都私下里对夏雨说：“你这辈子是嫁对人了，瞧李部长对你多好。”每每这时，夏雨并不多说什么，只是幸福地抿着嘴笑。

有许多个夜晚，她幸福地窝在李庄的怀里，嗔怪着问：“你为啥要对我这么好？”李庄让自己的身子躺得舒服一点，伸手拉过夏雨肉嘟嘟的小手道：“我当年答应过咱妈。”夏雨想起李庄求婚时，母亲和他的约法三章。那三章，她早就忘到脑后了，没想到，过去这么多年，孩子都生仨了，李庄还记得。习惯了有人疼有人爱的生活，她的确也把李庄当成了自己的支柱，家里的大事小情都是李庄拿主意。

在大灵和黄长水偷偷恋爱的事情上，夏雨自然也依了李庄的意思，就睁只眼闭只眼的。黄长水高中毕业那一年报名参军，大灵也回家和父母汇报自己要参军的消息。李庄望着女儿不说话，他等待着女儿的下文，眼前高中毕业的女儿已经是个大姑娘了，他望着女儿，就想起第一次见到夏雨时的情景，内心的爱怜自不必多说。大灵见父亲不说话，便跺下脚说："人家长水都报名了。"李庄终于听到了女儿的实话，便笑着说："你去参军，我支持你。"于是，大灵便和我们一同到了部队。

我们参军后，我曾听我母亲说，李庄家和黄河家吃了顿饭，李庄和黄河都喝多了。两人搂腰挎脖地相送，还亲家长、亲家短地热烈地叫着，结果两人都摔倒在煤堆上，爬起来时都成了"煤人"。两家人认可了这门亲事，都觉得幸福和满足。因为有了这层关系，李庄叔叔和黄河叔叔两家人多了些不易察觉的情谊而冷落了我父亲，平时他们三个人是不分彼此的生死战友。有一次，李庄叔叔和黄河叔叔喝酒时，父亲突然闯入，把两瓶酒蹾在两人面前的酒桌上。两人心虚又诧异地望着父亲，父亲大着嗓门说："你们认了亲家就忘了我了，是不是？"两人忙摇头，一脸愧色。父亲大大咧咧地坐下，用牙咬开一个酒瓶盖，给三个人分别倒满酒，举起酒杯冲两人道："你们这么办事可不咋地，我虽说不是你们亲家，但还是战友，是不是？"两人就不住点头，不用多说，那次三个人都醉倒了，又遥想起当年，说得热火朝天，泪水涟涟。从那以后，他们又是三个如影随形的好战友了。

我陪着长水进门时，看见李庄叔叔家中灵堂已经布置好了。大灵一张军装照片披上了黑纱，端正地放到客厅的柜子上。长水一进门，腿便一软，似跪似蹲地伏在李庄和夏雨面前，悲怆地叫了一声："叔，姨，我把大灵送回来了。"说完把怀里大灵的骨灰盒高高举过头顶。李庄和夏雨虽然早就知道了女儿牺牲的消息，但面对女儿的骨灰盒，还是控制不住自己，夏雨大叫一声，瘫倒在地上，李庄伸出颤抖的手把骨灰盒接了过去。我看到李庄叔叔在极力控制自己的情绪，他的头向上仰着，似乎在打量着天花板，一口气屏在胸口，久久，他喷出一口气息，眼泪也随之喷涌而出。他把女儿的骨灰盒摆到柜子上，伸出手一遍遍抚摸着，似乎他抚摸的不是骨灰盒，而是近在咫尺的女儿。大灵牺牲时只有十九岁，父亲的情感投入了十九年。如今女儿不在了，父母心中的伤痛可想而知。

父亲和黄河叔叔也来了，还有一些战友，屋内站不下，他们就站在楼道里，默默地注视着眼前的一切。

长水嘴唇干裂，两眼充血，冲悲痛欲绝的李庄和夏雨大喊一声："叔哇，姨哇，是我没照顾好大灵。"

回过神来的夏雨一把抱住跪在地上的长水，悲悲切切地说："孩子，我谁也不怨。"一老一小就哭倒在客厅中央。

我和长水那次在家里待了一周。临归队前，黄河叔叔张罗着为我们送行，父亲和李庄叔叔也来了。这是我们第一次和长辈同桌，那一瞬间，我们发现自己在长辈眼里已经长大了。最初，席间谁也没提大灵的事，长辈们都克制着自己，说一些鼓励我们的话。喝了几杯酒之后，李庄叔叔的目光就落到我和长水身上，他举起杯子说："长水，小山子，叔叔敬你们一杯酒。"我和长水忙站了起来，李庄叔叔一饮而尽，他咽酒时被呛到了，发出难受的干咳声，黄河叔叔去为他拍打后背。终于缓过气来的李庄叔叔，眼里已泛了泪光。他又为自己倒了一杯酒，这次他把酒杯举到黄河叔叔的面前说：“亲家，我敬你。”话说到这，他声音哽咽，我们看到他在竭力忍着不让自己哭出来。黄河叔叔端着酒杯站起来说：“亲家你说得对，大灵不在了，我们还是亲家。”李庄叔叔把那杯酒伴着自己的眼泪一同喝了下去，坐下时把空杯重重地放到桌上道：“大灵不在了，我还有二灵。”当时，我们以为李庄叔叔说的是酒话。

二灵高中毕业时，李庄叔叔把二灵送到了部队，还是在她姐姐生前的卫生队工作。那会儿，我和长水都已经入党、提干了，长水在司令部当参谋，我在政治处当干事。二灵入伍后不久，黄河叔叔给长水打了一次电话，他在电话里冲长水说：“你二灵妹妹参军了，你要像照顾自己亲妹妹一样照顾好她。”从那以后，长水果真像照顾自己亲妹妹一样照顾着二灵。看到二灵穿着军装的样子，我们就想到大灵刚参军时的样子，姐妹俩长得很像，简直就跟双胞胎似的。二灵后来考上了护士学校，她离开时，我和长水都去给她送行。我们站在火车站的月台上，看着列车载着二灵驶去。自从大灵牺牲后，长水就像多了心事，一下子就变得少年老成了。他望着驶远的列车，眼里闪过一抹难得一见的亮色。不知为什么，长水性格又活泛起来，开始变得爱说爱笑了。

两年后，二灵从护士学校毕业，回到卫生队当护士。从那天开始，我经常能看见长水和二灵出双入对的身影，就像大灵又活过来一样。一年以后，长水和二灵休年假，临走时，长水和我说：“这次休假，我要回去和二灵结婚了。”这突如其来的幸福喜讯，其实早在我的预料之中。我拥抱了长水，并向他祝福。

后来母亲和我说，长水和二灵的婚礼很热闹，李庄叔叔和黄河叔叔的老战友都去了，在酒店摆了十几桌。但不知为什么，本来高兴的两家人，喝着聊着，前一分钟还说着喜庆的话，后一分钟李庄叔叔就抱着黄河叔叔哭了起来，弄得两位新人不知如何是好。最后还是夏雨把两人拽开，冲李庄叔叔喝了一声："今天是大喜日子，别想没用的。"李庄叔叔得了命令似的，这才又破涕为笑，搂着黄河叔叔的脖子，亲家长、亲家短地热烈在了一处。

六

李庄叔叔退休了。

父亲和黄河叔叔仍在工作。其实他们三个人的年龄相差无几，但李庄叔叔只是副师级干部，部队里每个级别的干部退休年龄是有规定的，级别越低，退休的年龄越早。

李庄叔叔从朝鲜战场上归来，就是副师长，后来到军区做了军需部副部长，还是副师级干部。这么多年他的职务一直没有得到调整，都是因为他脑袋里那块隐藏的弹片。那块看不见摸不到的弹片让李庄叔叔吃尽了苦头，发作起来不仅疼得要死要活，还影响了他晋升的空间。

军区领导换了好几届，每届领导都亲眼见过李庄叔叔发病时的样子。随着李庄叔叔年龄增大，他疼痛时穿越的次数也明显增多。有时大冬天头痛欲裂，他会光着膀子从办公楼里冲出来，奔到落满积雪的操场上，在积雪里摸爬滚打，喊着冲锋的号令，那样子让人看了心酸。每每这时，父亲或者黄河叔叔都会把电话打到门诊部。我们就会看到，夏雨从门诊部里冲出来，一直奔到正在自己的幻想中激战的李庄叔叔面前，大喊两声李庄叔叔的名字。李庄叔叔的目光起初是涣散的，他的意念又回到了过去，正杀得兴起，待目光聚焦，他陡然清醒过来，抱着膀子，像个做错事的孩子，灰溜溜地跟在夏雨身后，向家的方向走去。夏雨低着头，不知是因为心疼，还是难过，总之，她每次接李庄叔叔回家时，都会流下两行泪水。

清醒过来的李庄叔叔头仍然很疼，他回到家后，嘴里会咬一条毛巾，双手死死抓住床头，豆大的汗珠从额上渗出。

夏雨站在一旁爱莫能助，她心疼自己的丈夫，却只能看着李庄叔叔一次又一次发作，最初吃止疼药，后来她带着他走遍了城内大小医院，甚至连偏方都没放过，结果没人能够治好他的病。后来有医生说，吃太多止疼药会对脑神经有损伤，从那以后，不论多疼，李庄叔叔再也不吃止疼药了。他被自己吃过的止疼药吓住了，从冀中反“扫荡”那次他受伤开始，每次头疼都吃止疼药，那会儿药品稀缺，金大队长还是想方设法搞来一些止疼药，专门为李庄叔叔留着。从最开始吃一片，到后来吃上三五片都没用了。而且止疼药吃多了，迷糊恶心，李庄叔叔觉得是止疼药烧坏了脑子。他听完医生的话之后，便再也不吃止疼药了，他要有一个清醒的脑子。有时夏雨看他那样，心疼不过,央求他说：“要不打一针止疼针吧？”李庄叔叔咬着毛巾摇头说：“如果我脑子坏了，就得离开部队。”

军区的每届领导都了解李庄叔叔的情况。开始时，他们都想让李庄叔叔转业。金大牙当上军区参谋长后，每新来一届领导，他就向新来的领导介绍李庄叔叔的情况，在党委会上言辞激烈地提出李庄叔叔留队的理由。他说服了一届届新来的领导，李庄叔叔一直没有被做出转业的决定。后来金参谋长退休，李庄叔叔也已五十出头，头疼的次数愈加频繁，又来了一个新政委，看李庄叔叔这样子实属痛苦，也知道前几任领导为什么没有做出让他转业的决定，便召集党委委员开会，提出了个折中的意见——让李庄叔叔早几年退休。当黄河叔叔和父亲还有一些老战友得知这一消息后，他们找到司令员和政委，集体为李庄叔叔求情，理由是：李庄叔叔退休无事可干，对他的病情反而不利。面对这些战友为李庄叔叔求情，领导便把那纸提前退休的命令撤销了。

李庄叔叔在部队干到了副师级干部的最高年限后退休了。这一年，李小松刚读大学二年级，他读的是财经大学。此时的小松和童年时已判若两人，他干净整洁，就是性格还有些软，眼神总是飘忽不定的。那时候，大灵牺牲多年，二灵已和黄长水结婚，家里就只剩下他一个孩子了。他上大学期间基本住校，只偶尔在周末时回家住一两天。

李庄叔叔被宣布退休后，连续半个月都没有出门。夏雨上班后，他把自己关在屋子里，没有人知道他想了什么，干了什么。有一天晚上，夏雨突然敲开了我家的门，一见到父亲，她的眼泪就止不住了，哭着道："快去看看我们家老李吧，他不吃不喝已经三天了。"

父亲披上衣服匆匆往李庄叔叔家赶去，和他一起到的还有黄河叔叔。李庄叔叔躺在沙发上，眼窝深陷，头发蓬乱，一副气息奄奄的样子。

父亲和黄河叔叔一见他这副样子便急了，忙给部队医院打电话，让医院派辆救护车急三火四地把李庄叔叔送到医院。输完液后的李庄叔叔清醒了，看到我父亲和黄河叔叔，他眼泪一下子就流出来了，一边流泪一边有气无力地说："我是个废人了，活着受罪，还不如去找那些牺牲的战友。"

父亲急了，冲他吼道："李庄，你这是说的什么话呀，你还是不是个党员，还是不是个军人？你这是逃兵！"

黄河叔叔捉住李庄叔叔的一只手，一边摇一边说："亲家，咱们都不能当逃兵，谁说退休就没用了？说不定什么时候，国家还会需要我们，又召我们去前线呢。"

在父亲和黄河叔叔的安慰下，李庄叔叔的情绪慢慢平复下来。从那以后，父亲和黄河叔叔就轮流把李庄叔叔叫到家里喝酒。每次喝酒，话题只有一个，就是劝慰想不开的李庄叔叔。父亲喝了几杯酒之后，常常大着舌头说："李庄，我和你亲家过几年也该退了，最后结果都一样，未来是属于年轻人的，我们不能赖着不走。等我们退了，咱们就一起钓鱼去。"

黄河叔叔也说："亲家，千条江河归大海。老石说得对，等我们退了，一起约着去钓鱼，去游山玩水，你要觉得没意思，咱们就结伴到孩子的部队上去看看……"

李庄叔叔摸一摸没了领章的衣领，看了看戎装在身的父亲和黄河叔叔，含着泪把杯中的酒喝了下去。三个老战友，年龄都大了，喝了几杯之后，就被酒拿下了，然后三个人勾肩搭背，踉跄着往李庄叔叔家走。他们在路上有时会哼唱一些老歌，比如《游击队歌》或者《中国人民志愿军战歌》，歌词和曲调被他们哼得支离破碎，但他们都唱得热血沸腾。

李庄叔叔似乎从退休的失落中渐渐地走了出来，他偶尔也会出来走一走，但总是形单影只地沿着墙边走。看到昔日的同事有说有笑地去上班，自己却成了个闲人，他心里发虚。有一次，沿着墙边走的李庄叔叔被父亲发现了，父亲大喊一声：“老李！”又上前捉住他的膀子，热情地说：“老李，到我办公室坐坐。”不由分说便拉着他来到自己办公室。李庄叔叔以前也会到父亲办公室串门，他们虽然不在一座办公楼，但都在一个院里，偶尔相互串串门，喝杯茶说几句闲话。这次却不同，因为李庄叔叔退休了，是父亲的客人。父亲让勤务员倒了茶，还特地向勤务员介绍道：“这是军需部李部长。”李庄叔叔听了脸就红了，但心里很受用，觉得自己还是个有用的人，腰就挺直了几分。勤务员走后，父亲把烟灰缸推到茶几中央，两人一边吸烟一边说话，父亲说：“老李，你以后没事就来我这儿坐，陪我办公。”

父亲陪李庄叔叔并不踏实，不是有电话，就是下属敲门进来汇报工作。每次有下属来，父亲都不会忘记李庄叔叔，总要郑重地把他介绍一番，有许多人认识李庄叔叔，上前热情地问候他的身体，还有退休后的生活。待父亲坐回到桌前忙完手头工作，再抬头时却发现李庄叔叔不见了。父亲走到窗前，看见李庄叔叔走出办公楼，仍沿着墙边走，父亲就重重地叹了口气。

李庄叔叔不仅不习惯没了工作，生活上也转不过弯来。以前上班时，他一日三餐都到食堂去吃饭，自从小松上了大学，夏雨也开始吃上了机关的食堂，两人的一日三餐基本上都在食堂解决。退休后，李庄叔叔不能去机关食堂了，夏雨就把食堂的饭菜给他打回来，李庄叔叔吃了几口，便把筷子放下了。夏雨问：“怎么了老李，不舒服？”李庄叔叔说：“不是那个味了。”夏雨看着饭菜不解地说：“都是你每天爱吃的东西呀，咋就不是那个味了？”李庄叔叔一边摇头，一边无滋无味地坐到了旁边。

以前李庄叔叔对待夏雨就像对待自己的女儿，百般呵护，精心照料，就连刷碗这种小活，他都舍不得让夏雨去沾水，总是亲力亲为。但他退休之后，一切都反过来了，夏雨就像照顾一个孩子一样照顾他。冷了不行，热了不行，咸了不行，淡了不行，总之，一切都不对了。李庄叔叔这种无端的情绪经常弄得夏雨愁眉不展，脸上也阴云密布。有时上班也不放心，怕李庄叔叔在家里又闹出什么幺蛾子，便把电话打到家里，嘘寒问暖叮嘱一番。有几次李庄叔叔没接电话，急得夏雨从机关门诊部赶回来，打开门，却看到他把家里的老物件都翻了出来，一件件摆在客厅的地板上，里面有他的奖状、立功证章……李庄叔叔看着这些奖状、证章，似乎又回到了自己的光辉岁月。他沉浸其中并乐此不疲。有时夏雨早晨出门时，就看到他把这些物件展示出来，下班时回到家，他还在没完没了地端详。他经常把夏雨拉到身边，拿起一枚军功章，讲起那次战斗，还有那些牺牲的、活着的战友。每个故事的主角都离不开父亲和黄河叔叔。

周末时，李小松会从学校回家，他的听众便换成了小松。他一遍遍地讲，小松有时也听得眼泪汪汪的。每讲完一段故事，他就盯着小松的眼睛说："你大姐牺牲了，你二姐还在部队，家里三个孩子，就你没参过军，你要把这课补上。"小松就认真地点头。小松从小到大都生活在两个姐姐的庇护之下，久了，心思就比较细腻。他理解父亲的同时，也担忧父亲的老毛病。

小时候，李庄叔叔发病穿越时，我们兴致勃勃地和李庄叔叔一起冲杀，小松却似乎受了奇耻大辱，满脸通红，憋得眼泪在眼眶里打转，一路跑回家去叫他母亲。

我们每天放学路过操场时，小松都要跑在我们的前面，只有没在操场上看到他父亲穿越的身影，小松的步态才恢复正常，身体也放松下来，又变得有说有笑了。

后来我们大了一些，再也不会参加这样的活动了。只要见到李庄叔叔穿越，我们就在人群中寻找小松的身影，并大声告诉他去找他母亲。有时小松放学晚了，不在我们人群中，我们中间会有人飞跑着奔向门诊部去搬夏雨这个救兵。

小松从小到大一直记得，母亲带着父亲从这个医院到那个医院去看病。前几年，夏雨还带着李庄叔叔去北京、上海看过医生。所有医生的结论都是不再适合做手术了，神经已经把残留在脑子里的弹片包裹死了，手术的结果谁也无法预料。但每次看到父亲又一次发作，小松还是求救似的望着母亲说："我爸这病真的没有办法了？"他看到母亲痛苦又无奈的眼神，只能无助地抹眼泪。在儿子眼里，父亲太遭罪了，从小到大，他看到父亲头疼病无数次发作，但他并没有习惯，每次父亲头疼似乎也疼在他自己身上。有几次看到父亲生不如死的样子，他把自己的衣服都抓烂了。他发誓一定要拯救父亲，可是他又拿什么去拯救父亲呢？他只能做一个孝顺的孩子，父亲不厌其烦地给他讲过去的故事，有的故事他已经听了好多遍，都能复述出其中的每个情节了，但为了让父亲高兴，他还是做出第一次听的样子。醒悟过来的父亲，就摸着他的头说："小松，你虽然不适合当一名军人，但你是个好孩子。"

李庄叔叔对自己的三个孩子都很满意。大灵早早地牺牲了，虽然已过去了好多年，但他有时会突然想起大女儿，想起她的笑、她说过的话，悲从中来。他摇摇头，努力把这种悲伤从心头驱走，可还是忍不住去想。二灵接了姐姐的班，已经结婚成家，经常打电话过来，问长问短，每次自然都要关心他的身体。接到二灵的电话，他总是会有种错觉，以为是大灵在和自己说话。他经常会把大灵、二灵合二为一，他对二灵的情感说不出的复杂。

李庄叔叔退休后不久，干部部的人找到他，想为了照顾他，把二灵和黄长水调回来，他立马制止了，瞪着眼睛冲干部部的人说："这个调回来，那个调回来，基层就没人了。咱们当机关领导的不能带这个头。"从那以后，组织就打消了这个念头。身边有夏雨对他来说足够了，他退休那年，夏雨还是人生中的好时候。退休后的李庄叔叔性情变得古怪，他经常对夏雨横挑鼻子竖挑眼。夏雨都容忍着他，她经常眼泪汪汪地和同事们说："老李之前一直在照顾我，现在我要回报他。"

我们经常看到，退休后的李庄叔叔在夏雨的搀扶下，走在傍晚的林荫路上。他们的身影是那么和谐。

七

几年后，父亲和黄河叔叔也退休了。李庄叔叔似乎又活了过来。三个经历了大半生戎马的战友又站在了同一条起跑线上。

他们又开始频繁地聚会，以前聚会时都轮流到家里，老婆孩子都在场，身边有那么多双眼睛盯着，不论怎么热络，总归是不自由的。退休后，三个人再聚的时候，便会去饭店，有时订一个包间，有时就坐在大厅里。酒是少不了的，两三巡酒下肚，头就大了，舌头也大了，说过去聊现在，现在的一切都在眼皮子底下放着呢，似乎也没有什么好聊的，他们说得最多的还是某次战役或战斗。他们也感到意外，之前对过去已经很模糊了，为了想起一件过去的事而绞尽脑汁，头被拍了又拍，怎么也想不起来。到老了，脑子却似乎一下子就清醒了，过去发生的一切纤毫毕现地在脑子里展示着。最初打日本鬼子，然后是解放战争，最后是抗美援朝，他们当年的阵地是什么样，一场战斗下来牺牲了几个战友，一切的一切，似乎就发生在昨天。他们说着聊着，有时候一瓶酒三个人喝，酒还没喝完，人就被酒拿下了，说话颠三倒四，思绪停在某一处再也过不去了。李庄叔叔想起了抵达朝鲜之后的第二次战役。当时部队深入敌后，不仅被敌人包围了，还被分块切割了。柴副师长带着他们那个团，一路拼杀下来，他们团只剩下一个营的编制了，电台和后方联系不上，只能各自为战。李庄叔叔记得突围前的那个晚上，月朗星稀，他和团长、柴副师长围坐在一起研究突围线路，远处是敌人点燃的篝火，星罗棋布，敌人正等待天明，一举把他们拿下。三个指挥员都知道，这是他们最后的机会了。决心已下，剩下的就是冲锋了，柴副师长叫来警卫员，警卫员手里提着一个铁桶，那里面装着高粱酒。这是战役打响前总部慰问时给的，一路上柴副师长都没舍得喝。三个人在军用水壶里倒上酒，剩下的酒让警卫员分发给士兵。团长、柴副师长和李庄叔叔把水壶碰到了一起，仰起脖子，冲着半轮高悬在天际的月亮，干杯。李庄叔叔每次回忆到这儿都说："满满一壶高粱酒，眼皮都没眨一下，一伸脖子就干掉了。"高粱酒下肚，李庄叔叔觉得自己的身子很轻，柴副师长举起了手里的信号枪，三发信号弹腾空而起，这是他们突围的信号，三个指挥员一跃而起，带领着士兵向东方冲杀过去。子弹、炮弹从他们头顶飞过，李庄叔叔眼睁睁地看着一发炮弹落在团长脚下，一团冲天的火光把团长高高地抛了起来。他喊着："老高，高团长！"一片硝烟，其他的什么都看不见了。跑在前面的柴副师长挥了下手中的枪说："李庄同志，请你接替团长职务，能突围一个是一个。"

高团长牺牲在了他眼前，他眼睛血红，冲身边的战士们喊："同志们，跟我来！"他身轻如燕，两脚生风，跃沟坎，跨溪流，胸前的冲锋枪不停地扫向围堵过来的敌人。那会儿他觉得酒真是个好东西，不仅让他英勇无畏，还让他脚下生风，他几乎冲在队伍的最前面，耳旁飞过的子弹啸叫着，他没有恐惧，心里只有一个念头——带着同志们冲出去，和大部队会合。队伍奔到一处山岗上时，他看见身边的柴副师长脚下一个踉跄，一头栽倒在他的面前。他扑过去，把柴副师长抱在胸前，一股温热的液体从柴副师长胸前冒出来，他用手去捂，柴副师长用微弱的声音说："快……带着队伍突围……"柴副师长死在了他的怀里。接下来，他不知自己是如何带着队伍突围的，他只记得耳边掠过的风声和枪炮声。晨曦微现的时候，他带着仅剩下的百十号人的队伍跑到一片林地里，惊飞一群鸟。枪炮声已经被他们远远地甩在身后了。辗转着和大部队会合后，他们才知道，一个师就冲出来他们百十号人。他们撤到后方，休整两个月，又是生龙活虎的一个整编师了。

李庄叔叔每次说到这一段，总是会泣不成声，上千号人呢，就这么没了。许多年以后，陆陆续续地找到一些尸骨运回国内，可高团长、柴副师长的一直没有下落，他心里就打了个结。每次回忆过去时，到那场战役便画上了句号。每次喝酒，都会到此打住。

父亲这时看了眼桌上的空酒瓶子，英雄气短地说：“咋就喝不动了呢？咱仨才一瓶酒就喝成这个熊样。”

黄河叔叔无奈地笑一笑道：“虎落平阳呀。”

然后两人扶起悲伤中的李庄叔叔，三个人趔趄着向干休所走去。

三个人除了喝酒，更多的时间是下棋，他们退休前也下棋，却总下得心不在焉的，一会儿一个电话，一局棋总是下得支离破碎，找不到感觉。那会儿不论谁输谁赢都相互不服气，便信誓旦旦地说：“等退休后，咱们踏实地下，谁输谁就是龟。”现在他们心平气和地下了，不论谁输谁赢仍然是不服气，吵吵嚷嚷着经常把棋盘掀翻在地。棋子滚得到处都是，三个人反应过来，大眼瞪小眼地说：“这是干啥？不就是一盘棋。”然后三个人弯下身子去寻散落得到处都是的棋子，“啪啪”又放到了棋盘上。有时他们会吵吵嚷嚷地下一整天，直到夏雨从门诊部下班回来，叫上李庄叔叔一起回家。夏雨身材保持得很好，似乎还是年轻时的样子。刚结婚时，李庄叔叔总爱喊夏雨的小名“小雨点”。后来不喊了。现在退休了，他又把老婆的小名挂在了嘴上，只要远远地看见夏雨的身影，便把棋盘一推道：“小雨点回来了，我该回家了。”有时不用夏雨喊，他就乖乖地跟在夏雨的身后回家了。

父亲把视线转回来，望着黄河叔叔说：“看你这亲家。”黄河叔叔笑一笑，拍拍父亲的肩膀说：“还是年轻好哇。”两人感慨着向各自的家走去。

这是李庄叔叔不发病时的样子，可他却经常发病。只要一变天，发病的李庄叔叔就又穿越到了过去的时光，年老的身子又变得身轻如燕了，他把草地和树当成战场，自导自演某一场战役。他做出端枪的样子，蹲下、跃起，在幻想中战斗着。每次都把悲情的角色放到自己身上，大声地呼喊着：“李庄呼叫黄河！”现实中的黄河叔叔就挥着手奔到李庄叔叔面前道：“我来了，咱们一起冲出去。”李庄叔叔对着现实中的黄河叔叔不为所动，仍沉浸在过去的时光里。黄河叔叔见自己入不了戏，便跑回家给夏雨打电话。不消说，只要夏雨的身影一出现，李庄叔叔就会清醒过来，但他的头还是疼，脸色惨白，豆大的汗珠从额头上流下来，只能用头去撞树、撞墙，夏雨一边拉着他一边抹眼泪。

在我们眼里，李庄叔叔的头早已炼成钢筋铁骨了，我们小时候就这么认为。后来近距离地观察过李庄叔叔的头，才发现我们错了，常年不间断地撞墙、撞树，李庄叔叔的头已经变形了。常人很难理解他的痛苦。

父亲和黄河叔叔无数次问过李庄叔叔同一个问题：“头疼的时候，到底在想什么？”李庄叔叔闷闷地说：“七窍升天了。”对于父亲和黄河叔叔来说，他们不全理解七窍升天的感觉。

不知是不是因为头疼的折磨，李庄叔叔似乎从来就没胖过，到老了，身子越发消瘦。他的头显得特别大，脖子又细，我们经常担心，他的脖子支不住那颗已变形的脑袋。

二灵和长水仍在部队工作，此时的长水已经是边防团团长了，二灵在医院里做了护士长。他们三天两头地把电话打到家里。每次接电话，李庄叔叔都冲电话千篇一律地说：“我和你妈身体都很好，你们放心工作吧，不用惦记我们。”

二灵和长水一年总有一两次回来看看他们，住上几天，就又回边防部队了。每次一来一走，李庄叔叔总会去车站接送女儿和女婿。长水过意不去地说：“爸，你这是干啥？”李庄叔叔只轻描淡写地说：“反正我闲着也是闲着。”女儿、女婿离开后，他都会丢了魂似的闷闷不乐好几天，夏雨理解他，知道他又想起大灵了，便说：“我陪你去看看大灵吧。”大灵牺牲后，她的骨灰被安放到公墓里。逢年过节的，李庄叔叔总会去看一看，每次看他都说：“大灵不在这里，她在卫生队。”他的话弄得夏雨一身鸡皮疙瘩，夏雨望着他说：“别胡说，这不是大灵是谁？”沉默好久他才道：“大灵牺牲在了卫生队，她的魂就留在了那里。”夏雨不再说话了，她凝视着大灵的墓，眼睛蒙胧了。

小松也长大了，他是财经大学毕业的，本来毕业能找一份稳定的工作，他偏偏做起了买卖。他在国内的生意越做越大后，还把生意做到了苏联。上大学时，他结识了一个苏联女同学，这个女同学有个中国名字，叫孙小英。上大学期间，小松把这个叫孙小英的苏联女孩领回来几次，女孩很漂亮，个子高挑，又会说话，硬着舌头叫阿姨叔叔。每次孙小英来，都会吸引一些人好奇的目光。她是个外国女孩，又长得漂亮，引起人们侧目是很正常的现象。有一次，李小松把孙小英送走后，李庄叔叔认真地问儿子：“你们是什么关系？”小松说：“是同学，她家在符拉迪沃斯托克，她爸是当地警局的头儿。”

李庄叔叔就把不解的目光投在儿子的脸上，儿子反应过来道：“就是海参崴，苏联人叫符拉迪沃斯托克。”

李庄叔叔说：“海参崴就海参崴，你跟我拽什么洋文呢？”说到这又想起什么似的补充道，“那个孙小英，你们做同学可以，别的可不行。”

夏雨对李庄叔叔说：“我觉得那个苏联女孩挺好的，当咱儿媳妇也不错。”

李庄叔叔挥挥手说：“你不懂。”

再问，他就不说了。

20世纪90年代初，许多人都在和苏联人做生意，把一些日用品、穿的戴的倒腾过去，听说用几吨二锅头酒就能换回一架飞机。李小松就是在这样的大背景下做起了生意，他把货发到符拉迪沃斯托克，孙小英在那边接货。很快，李小松发达了。他有了车，还置办了手机，那会儿没多少人有手机，那时的手机叫大哥大。

后来和苏联的生意不好做了，他又南下广东，弄电子表、计算器来卖，总之，他的生意一直很红火。但不知为什么，李小松一直没谈对象，同时毕业的同学大部分都结婚生子了，唯有他一直单身。

夏雨问过他，他每次都言不由衷地说：“妈，不急。”

夏雨盯着他眼睛说：“你是不是还没忘记那个孙小英？你爸不同意，别听他的。妈给你做主。”

李小松挥下手说：“妈，你别瞎想。”

他不和母亲深层次交流内心想法。

八

做生意发达了的李小松，更加懂事、孝顺了。

有一次他从广州进货回来，风尘仆仆地回到家里，见父亲出门下棋了，家里只有母亲一个人，就郑重地和母亲说：“妈，我想带爸爸去看病。”夏雨自然知道小松嘴里的病指的是什么，惊诧地盯着儿子说：“当年我带你爸北京、上海跑了个遍，去了很多大医院，医生说成功率不到百分之一。”小松的目光很坚定，说：“我认识一个香港朋友，他说香港的医院也许能治爸爸的病。”夏雨被小松感动了，小松是家里最小的孩子，又是唯一的男孩，从小到大胆子小，体质弱，李庄叔叔和夏雨没少为他操心。小时候儿子犯了错，两人都不敢大声呵斥。大灵、二灵被接连送到了部队，小松读了财经大学。大学毕业后小松做起了生意，本来按李庄叔叔的设想，找份踏实的工作、娶妻生子，也就这样了。小松做生意时，李庄叔叔问过夏雨：“咱家还有多少钱？”夏雨拿出两本存折，掰着指头数了存折上的数字，心虚地说：“有几千吧。”这是老两口这么多年省吃俭用存下的钱，李庄叔叔一边敲着脑袋一边说：“你跟小松说，咱们家就这些钱，不能赔多了。”他们对儿子小松的前途充满了担忧。然而小松做生意不仅没用家里一分钱，还逐渐把生意做大了，成立了自己的贸易公司。在这个过程中，李庄叔叔只和儿子提过一个要求——不能娶那个叫孙小英的女孩，此外没再多说过一句话。

晚上吃饭时，夏雨把小松要带李庄叔叔去香港看病的事说了。李庄叔叔看着眼前的饭菜吃不下了，站起身来在空地上踱步。小松此时并不在家，又忙公司的事去了。半晌之后，李庄叔叔停下来，伸出手，“啪啪”地拍着头道：“我脑子里那块弹片，怕是都化了。还能做手术治好吗？”他虽然这么说，但心里对治好自己的病还是充满了期待。这么多年脑子里那块看不见、摸不着的弹片已成了他身体的一部分，疼痛也成了他生命的一部分，虽然他早已习惯，但只有他自己知道头疼起来的滋味。

小松连说带劝，还是带着父亲去了趟香港。给李庄叔叔看病的医生有香港的本地人，也有英国人，各种检查都做了，最后得出的结论和内地医生的结论相差无几。

充满希望而去，又失望而归。儿子心里很难受，李庄叔叔心里却是收获满满，小松不仅带他在香港转了几天，看遍了当地的名胜，还为他置办了一身行头，从鞋子、衣服，到帽子都是大牌的。李庄叔叔穿在身上一下子显年轻了好几岁。回来后见到左邻右舍，就拍着新行头说："我儿子小松带我去香港买的，大牌。"还指着衣服上的商标给人看。

父亲和黄河叔叔虽然退休了，但还有专车和司机。车是上海牌轿车或者老式伏尔加汽车。他们每次相约着外出，或者去郊区钓鱼，三个人就电话里约好，父亲或者黄河叔叔的车准会有一辆开到李庄叔叔家楼下，司机鸣笛之后，李庄叔叔从楼门出来，钻进车里，三个战友会合了，车便一溜烟地驶出干休所。

随着李庄叔叔年龄增大，再次犯病时，除了穿越时的胡言乱语，还多了口吐白沫的毛病，每次犯病都很紧急的样子。有一天夜里李庄叔叔又犯病了，不仅口吐白沫，浑身还伴有抽搐。小松赶紧打电话叫救护车，急救中心回复说所有的救护车都已派出去了，他们得排队等待。小松见父亲这样，便把父亲背到马路边去打出租车，夜半的街上却不见一辆出租车。夏雨想起黄河叔叔，便又跑回去打电话求救，最后是黄河叔叔的专车拉上李庄叔叔一家人去了医院。

那件事之后不久，李庄叔叔家楼下突然开来了一辆崭新的皇冠牌小轿车，小松从车上下来，把楼上的父母叫下来，指着这辆崭新的车说：“爸，妈，这车是我给你们买的，以后就是你们的专车。”一个三十来岁的小伙子，从驾驶室里走出来，穿着一身旧军装，军装上没领章、帽徽，下车就给李庄和夏雨敬个礼，立正道：“首长好。”

李庄叔叔已经好久没有听到这种称呼了，一种久违的亲切感，让他的腰板又挺了起来。事后他才知道，这名退伍军人司机是小松特意挑选的，而且要求他上班时一定要穿上军装。

李庄叔叔退休前，也经常坐小车，军需部就有几辆车，开车的士兵很有礼貌，每次都把车门打开，首长上车后才关上车门，然后跑步回到驾驶室前，拉开车门上车。

李庄叔叔和夏雨绕着这辆车转了几圈，夏雨先开口道：“小松，这车得多少钱呢？”小松说：“爸妈，你们坐一坐，不舒服我再为你们换。”

李庄叔叔看看车又看看站立在车旁的司机，说心里话，车好车坏他不在乎，可眼前的司机让他满意，看着这个以军人姿态站立的小伙子，他似乎觉得自己也年轻了。他又看一眼小松，小松正急切地望着他，等着他的认可。李庄叔叔说：“这车给我和你妈太浪费了，总不能买个菜还开车去吧？”小松说：“想干什么都行，以后这就是你们的专车，和石叔叔、黄叔叔的专车一样。”李庄听儿子这么说，心就沉了一下，他们三个老战友年轻时不相上下，自己就是因头部的伤而落后了，退休时才是名副师级干部，但李庄从来没比过这些，十多岁参军，那会儿他们的理想就是建立一个新中国。

现在理想实现了，退休了还有什么可比的。可每次坐战友的车，李庄叔叔心里还是有些失落，小心翼翼的。

他看了车，来到司机身旁道："小鬼，以前当过兵？"

司机立正站好，声音洪亮地说："报告首长，我曾服役五年，现在复员了，是党员。我叫刘大柱，首长以后叫我小刘就行。"李庄叔叔伸出手在小刘的肩上拍了拍说："好。"

从那以后，李庄叔叔家楼下多了辆小轿车，小刘把一张写有呼机号码的纸条压在李庄叔叔书桌的玻璃板下，只要有事一呼他，司机小刘就会火速地从外面跑到车前。每次李庄叔叔从楼上下来时，小刘已经拉开车后座的车门，另一只手放到车门上方，待李庄叔叔坐舒服了，才关上车门。

有了自己的车之后，李庄叔叔给我父亲和黄河叔叔打电话，约两个人去钓鱼或者去郊外爬山，两个人自然爽快地答应了，李庄叔叔还不忘在电话里交代："这次坐我的车。"

然后他坐着车，依次接上父亲和黄河叔叔，车便一溜烟地驶走了。如此这般几次之后，李庄叔叔对小松说："车我坐了，鱼也钓了，你让小刘把车开走吧。"

小松不解地望着父亲问："爸，你嫌车不好，还是小刘不可心？"

李庄叔叔摆摆手说："我问过你石叔叔和黄叔叔了，他们说坐这车比他们的车舒服好几倍，我不是那意思，这车放我这没用，就是浪费，给谁摆谱呢？"

夏雨也说："我和你爸商量好了，车你开到公司用，家里有事你派车不就结了？让车多点用处，不能这么闲。"

小松听了父母的劝，犹豫着答应了。

李庄叔叔不知从哪找来一张朝鲜地图，挂在书房墙上。没事就长时间站在那儿看，然后闷闷不乐的，还经常自言自语。有几次做梦，还从梦中惊醒，惊醒后的李庄叔叔捂着脸号啕大哭。夏雨问：“老李，你这是咋了？”

李庄叔叔哽咽着说，他梦到了牺牲在朝鲜战场的高团长和柴副师长，他们在梦里冲他说，他们想家了，想战友……年老的李庄叔叔经常做一些奇怪的梦，有时梦醒了，仍分不清是梦境还是现实，零乱地说着梦一样的话。

李庄叔叔有一次孩子似的冲小松说：“你能让我去一次朝鲜吗？我想去看看至今还没回来的战友。”

小松从小就听父亲讲朝鲜战争的故事，在父亲一次次的叙述中，高团长、柴副师长似乎已经成了他的老熟人。他理解父亲的情感，这是迄今为止父亲对他提出的唯一要求。他小时候，父亲是座山，为他遮风挡雨，如今父亲老了，儿子就应该是父亲的一棵树，让父亲累了有个倚靠歇脚的地。他认真地冲父亲点了点头。

那会儿，朝鲜还没开通旅游线路，尤其是李庄叔叔这样的身份，要出国得经过外事部门审批。小松有同学在省政府工作，通过同学关系，联系了省对外办公室。不久之后，终于联系好了，不是以李庄叔叔一个人的名义，而是以志愿军老兵访问团的名义成行的。父亲和黄河叔叔也成了这次访问团的团员。三个人坐着火车又一次跨过了鸭绿江。

十几天后，他们从朝鲜回来了。他们仍然穿着抗美援朝时的旧军装，胸前挂着朝鲜政府赠送的纪念章，就像凯旋的英雄。李庄叔叔比别人多带了一罐土，这罐土是从当年的战场上取来的，他们这次自然没有找到高团长和柴副师长，哪怕任何一个战友的尸骨。

后来父亲和我描述了他们这次朝鲜之行的片段。李庄叔叔带他们来到第二次战役他们深入敌后被敌人包围的山谷，甚至还找到了当年被炮弹炸伤的一棵树。那棵树仍然活着，一半枯枝一半茂盛。李庄叔叔拍着那棵树说，这树就像他自己，虽然受伤了，但还能活下去。临走时，李庄叔叔站在一个高岗上喊起了话：“我是李庄，我带你们回家。”然后伏下身子，在一个事先准备的罐子里装满了土。他抱着土罐说：“回家……”

我在父亲的只言片语中，想象着当时的情景：夕阳西下的山谷里，三个志愿军老兵走在前面，他们的身后是一串不死的灵魂。那些灵魂迷了路，找不到家的方向，是三个战友引领着他们踏上了回家的路。

我相信，李庄叔叔的罐子里装的就是他们的战友。

九

李庄叔叔的头还是隔三岔五地疼。也许是疼痛折磨的，他的身子越发瘦小，像个稻草人穿了件衣服。也许是身体越来越差了，头疼的过程越来越长，每次头疼时，他不再离开家门，而是躺在自家床上，嘴里说着梦呓般的话。他的思绪是跳跃的，一会儿从抗日战争的某场战斗穿越到抗美援朝，说不准什么时候又回到了解放战争，他不断地呼喊着那些牺牲没牺牲的战友的名字。李庄叔叔每次头疼时，父亲和黄河叔叔都会守在他的床前。他呼唤这些名字时，父亲和黄河叔叔听得一愣一愣的，其中有许多是他们共同的战友，时间让他们早就模糊了这些人的名字。在李庄叔叔梦呓般的话语中，他们的记忆被唤醒了，想起曾经的战友，他们的音容笑貌……每每这时，他们都眼里含泪。看着躺在床上的李庄叔叔，他们伸出手，握住李庄叔叔的手，一边抚摩着一边安慰道："我们没忘，都没忘。"不知过了多久，李庄叔叔从梦呓中醒来，疼痛也一点点如纱帐似的从头上揭走。他呆呆地看着父亲和黄河叔叔，起初就像不认识两人似的，渐渐地，眼里又露出他们熟悉的神情。两人这才长吁一口气。

恢复正常的李庄叔叔从床上挣扎着坐起来，一手拉住一个，仔仔细细地把他们看了又看，他的眼神让父亲和黄河叔叔心里发毛。李庄叔叔用力地把他们看了，仍不放开他们的手，哑着嗓子问："老伙计，我要是走了，是不是咱们的缘分就了了？"父亲拍打着李庄叔叔的手臂说："想啥呢，咱们是战友，这辈子是，下辈子也是。"李庄叔叔似乎对父亲的回答很满意，又把目光移到黄河叔叔的脸上，黄河叔叔把身子探了探说："亲家，我们虽没在一起生，我们死了一定还在一起，我们还做亲家，做战友。"

黄河叔叔的一句话，似乎一下子让李庄叔叔想通了，缠绕在他心里的结一下子就解开了。送走父亲和黄河叔叔后，他又把夏雨叫过来，急三火四地说："把咱家的存折拿来。"夏雨不解地问："拿存折干什么？"李庄叔叔着急地说："拿来吧。"夏雨就把两本存折放到了他手上，他们一人一本，李庄叔叔的退休工资和夏雨的工资都按月打到这里。他把两本存折握在手上，一副心事重重的样子。

小松晚上回家时看见父亲心事重重却欲言又止的样子，便问：

“爸，你是不是有心事？”

李庄叔叔低下头想了想问：“这几天你公司的车能不能给我用用？”

小松忙说：“车是咱自己家的，想啥时候用就用。”说到这，他看着父亲又问，“爸，你这是要去哪儿呀？”

李庄叔叔露出不易察觉的微笑，道：“我要找一个地方。”

小松再问，他便不说了。

第二天，一辆轿车拉着父亲、黄河叔叔和李庄叔叔出发了，他们让车子开到郊区，在各种墓地之间寻寻觅觅。

起初李庄叔叔的举动把父亲和黄河叔叔也惊到了。李庄叔叔把父亲和黄河叔叔从车上请下来，一手拉住一个道：“咱们可说好了，找这块墓地可不是为我一个人，你们俩都满意才行。”两人不知如何是好，只能望着李庄叔叔。

李庄叔叔就咧开嘴道：“你们没反悔吧？”

两人怔一下，马上又点头道：“好主意呀，那咱们看一看、选一选，看哪儿适合当咱们的家。”

三个老人拉扯着，在山岭间转悠着。在一个山岗上，李庄叔叔停下来，解开衣扣让风吹着自己，他抹一下额头上的汗说：“你们放心，下辈子你们还做我的首长、领导，我听你们调遣。”他说完便立正站好，还端正地给两人敬了个礼。

父亲忙把李庄叔叔的手拉下来道：“老李，你不要说鬼话，你脑子不受伤，你就是个帅才，你给我们当首长。”三个老战友望着眼前的山山水水，心里是无尽的感慨。

李庄叔叔找墓地的事还是让夏雨和小松知道了。那天晚上，小松找到父亲严肃地说："爸，你们年纪大了，是我考虑不周，这个任务该我来完成。"

李庄叔叔摆着手说："你没当过兵，没打过仗，不懂地形，我要找一个易守难攻的地形，我们才踏实。"

小松站在父亲面前，学着军人的样子立正后说："爸，把这个任务交给我吧。我先找，然后请你过目。"

李庄叔叔说："不是为我一个人找，还有你石叔叔、黄叔叔。"

小松说："我知道。"

几天后，小松亲自开车，接上三个老战友向郊外驶去。李庄叔叔一遍遍地说："你小子别糊弄我们。我们要的是地形，还是地形。"

小松就说："爸，我为你们选了三个地方，保你们满意。"

三个人听了，都莫名有些兴奋，纷纷议论着未来的家园。当初他们搬到干休所的新家时也没见他们这么兴奋。

终于，小松把他们带到了一处高岗上，远处是一个水库，远远望去，水天一色，三面是山，呈倒品字形，鸟在林子里叫着，夏风习习。小松把他们带到山头上，身子撤后几步说："三位首长请过目。"

三个人连连惊叹，如果在战争年代，这是绝好的攻防阵地，三座山岗互为掩护，他们笑着，做着战时的畅想。待他们兴奋过了，才转头问小松："说得这么热闹，政府能允许把这儿当墓地吗？"

小松告诉他们，他已经打听过了，这儿已经规划成墓地了，如果他们同意，马上就可以买下来。

在回去的路上，三个战友商量着如何凑钱买墓地，他们把各自的家底都亮了出来，三个人决心已下，就是倾其所有也在所不惜。正当三个战友还在凑钱时，小松把墓地证分别送到了他们的手上。墓地证上分别写着编号0001到0003，他们的墓地果然挨在一起，就是他们曾经踩在脚下的山岗的最顶端。

为了父亲买墓地的事，我还专门找过小松，一定要把钱给他。虽然小松早已不是那个拖着鼻涕跟在我们身后玩的小孩子了，但在我心里，他还是被我们保护的对象。当我说出把墓地钱给他时，他眼圈红了："哥，咱们的父亲们在一起，生生死死一辈子了，小时候我一挨欺负，你们就帮我，咱们也是从小一起长大的兄弟，只要父亲们高兴，就算我代表几家孩子一起尽个孝还不行吗？"

我参军离开家后，每年都会回来几次，也会经常见到小松，有时在一起吃个饭，回忆起小时候的往事。每次回忆到李庄叔叔穿越后带我们打游击时的趣事，小松就会低下头说："其实那会儿我恨你们……"我当然明白小松的心，拍一下他的肩膀说："李庄叔叔是个坚强的人，他和伤病战斗了一辈子。"每次说到这个话题，小松都很难过。

李庄叔叔不行的消息，是小松打电话告诉我们。之前我们有过约定，我们这些孩子都在外地工作，家里只有小松一个人，不论谁家里有事，一定都要通知到。

当我们赶到李庄叔叔病床前时，这里已经聚集了所有应该到场的人。二灵哭成了个泪人，她蹲在父亲的床前，手一直拉着父亲的手。我看到李庄叔叔更瘦了，几乎脱相了。他在梦境中仍然和病痛战斗着，他又一次穿越到了战场，呼喊了一遍曾经战友的名字，身体抽搐了一阵，他一定是到了最艰难的时刻，用微弱的声音呼叫着："李庄呼叫黄河。"黄河叔叔听到了，他就立在李庄叔叔的床前，此时他身体笔直，大声地应道："黄河收到，支援你一个团，李庄你要坚持住……"

父亲也上前一步，他眼里含了泪："李庄，你给我守住，我们的骑兵营正在向你挺进……"父亲、黄河叔叔庄重地和李庄叔叔一起穿越到了过去。我又想起我们小时候，李庄叔叔带着我们在操场上匍匐跳跃的样子。那会儿，李庄叔叔还年轻，就像一名在战斗中的士兵，动作到位，干净利索。此时，李庄叔叔却瘦成了一张纸，只能在梦境中战斗了。李庄叔叔的呼唤声越来越微弱了，只能听到他断断续续的声音："李庄，李庄——请求支援——"绝境中的李庄叔叔呼叫完最后一声"支援"便头一歪，不动了。

父亲和黄河叔叔举起了手，向他们的战友敬礼。

李庄叔叔被葬在了那个山清水秀、易守难攻的倒品字形"阵地"上。

父亲和黄河叔叔失去了战友李庄叔叔之后，变得孤单了。

他们经常结伴去李庄叔叔墓前坐一坐，有时带着象棋，有时带着钓鱼竿。

每次他们去，离老远两人就喊："李庄，我们来了，是下棋还是钓鱼？你挑。"然后两人或站或坐地停留在李庄叔叔的墓前，他们又像以前一样，说着他们平时说过的话，只不过是，两个人说，一个人听了。

每过一段时间，两个人便都会想起李庄，这个给另一个打电话说："走哇，去咱们新家看一看，陪李庄唠几句。"然后他们就去了，带着酒和茶，大半天时间，他们就会聊到一处。

后　来

后来，我们都老了。——题记

演　习

整个营院的人马似乎是在一夜之间开拔的。第二天早晨，起床号依旧吹响，然而整个营院没了往日的喧闹。出操队伍只剩下稀稀落落的留守人员，口号声也没有了往日的洪亮。

父亲是昨天傍晚时分离开家门的，他出门前把自己打扮成战士模样，武装带系在腰间，那把往日里挂在墙上的枪，此时也挂在了父亲的腰间。父亲收拾自己时，母亲也没闲着，急三火四地拉开抽屉，把各种各样的药塞到父亲的公文包里，一边塞一边交代：“这个是降压的，那个是消炎的……”父亲不时抬头瞟一眼忙碌的母亲。

父亲和母亲收拾停当，站在客厅里道别。父亲脸上不见一丝笑模样，他盯了一眼立在一旁的我，伸出手似乎想在我脑袋上摸一把，手伸到半空又停了下来，侧过身子冲母亲说：“我走了，这个家就留给你了。”不知为什么，母亲似乎要哭出来，她盯着父亲，嘴唇颤动，不知是要哭还是要说点什么。父亲快速地环顾着眼前这个家，表情松弛下来，冲母亲挥手道：“不论发生什么，都要把孩子带大，让他们成人。”

母亲听了这话，眼泪终于落了下来，颤着声音说了个“嗯”。父亲招了下手，我走过去，立在父亲面前，仰着头望他。父亲的手终于落到了我的头上，他的手又热又厚，似乎还用了些力气。他低下头说：“老三，你要平安成长。”说完，父亲不再磨叽，转身打开房门，警卫员立在门外，还是那个姿势。母亲忙把公文包递到警卫员手里，小声地叮嘱道：“小关，照顾好首长。”警卫员小关立正道：“放心吧，我会用生命护首长安全。”

父亲在前，小关在后，二人向楼下走去，我看到了挂在小关屁股上的短枪。父亲和小关在楼道里消失不见，我又扒着客厅的窗子向外望，不仅看到父亲和小关走出楼门，还看见叔叔伯伯们也从自家楼门走出来，他们挥着手打着招呼，匆匆地向机关大楼方向走去。

在我的记忆里，部队经常搞各式各样的演习，每次演习，父亲也是这么披挂整齐地出门，整个营院就空了。三五日之后，最多一个星期，演习的队伍就回来了。整个营院又恢复了往日的生机。

第二天到了学校之后，听高年级的同学说：“队伍这次不是演习，而是被拉到了前线。”前线在哪里，我不知道，但是我明白，前线就是敌我双方交战的地方。许多同学有些亢奋，交头接耳地传递着他们知道的消息，表情神秘。

第一节是语文课，教语文的老师姓张，四十出头的样子，也是我们班的班主任。张老师以前是军人，在炮兵学校当过文化教员，后来转业，就到我们学校当了老师。今天张老师很特别，不仅神情严肃，还穿上了洗得发白的军装。他转身在黑板上写字时，粉笔不时在他手里断开，弄得我们也心烦意乱。

突然，楼道广播里响起刺耳的防空警报声，这种警报声曾多次响起过。每当警报响起，我们全班人就会列着队，顺着班级门口，跑向楼道，再顺着墙角跑向楼下的操场。那会儿我们就知道，我们防空演习是为了防备美苏两霸的原子弹。以前演习都是学校做好计划，定好演习的时间，几个年级依次进行演习，每次都显得有条不紊。这次却不一样了，不仅没有事前通知，还是全校同时进行，场面就有些乱。几个年级的同学同时拥出来，挤在楼道里，有几个低年级的同学还在楼梯处跌倒，发出尖叫和哭喊声。慌乱的情绪像瘟疫似的蔓延，后面的同学不知发生了什么，拼命地往前挤，楼道里乱作一团，张老师站在人群中，一边挥手一边大喊："都别急，听我口令。"其他年级的老师也在拼命喊叫着。

好不容易跑出楼门，我看见操场上已卧倒了一片学生，以前防空演习时，我们要在各班级划出的指定地点，趴下身子，双手抱头，如此这般，就算完成了演习任务。这次来得突然，我们不知道这是演习，还是原子弹真的正朝我们飞来，总之一切都是战时状态。有几个同学为争夺一个趴下的位置，头撞在一起，似乎都能听到清脆的响声。有几个同学一边哭泣，一边卧伏在地上，把手抱在头上，仍止不住哭泣。慌乱一阵之后，我们终于各就各位，伏倒在操场上，我偷眼看去，看见胡八一把一块手绢捂在口鼻处，眼神痛苦又绝望。

这当然又是一次演习。演习结束后，我们以班级为单位，站在操场上，校长隆重地出场了。我们学校是军区子弟学校，校长是军人，平时很少出现在我们面前，我们偶尔路过他办公室门口，从门缝里可以看到身穿军装的校长不是在伏案写材料，就是在读毛主席的著作。校长在我们眼里神秘而又高大。

校长姓于，于校长在这一天，威风凛凛地出现在我们面前，腰间还多了一把枪。看到校长那一刻，我们悬着的心似乎有了着落，场面顿时安静下来。接下来就是校长讲话，从校长的嘴里我们知道，北面一个叫珍宝岛的地方发生了战争。全军区部队，包括机关首长，都开赴前线了。党中央和军委正调集华北、华东的有生力量前去增援……校长讲完话，我们又列队向各自班级走去，我发现自己的腿都是软的。我想起了昨晚和父亲告别的场景，又想到了两个哥哥还在北面的边防团当兵，我不知道珍宝岛离他们有多远，他们是否参战了。大哥参军四个年头，已经当了排长，二哥刚参军不久，才几个月时间。我又想起看过的那些战争题材的电影，炮火连天的场面，虽然我军英勇无畏，但在炮火的猛攻下，还是一片片地倒下。想起两个哥哥，还有昨晚出征的父亲，我鼻子一热，有种想哭的感觉。

在楼梯的拐角处，胡八一拽了一下我的衣角，然后冲我挤眉弄眼，我不知道他要表达什么，他迫不及待地把嘴巴凑到我耳边说："你知道尿是啥滋味不？"我愕然地望着胡八一，奇怪他这时怎么想起了尿的滋味。回到班级，他又凑过来伏在我耳边，说了句："是咸的，还有点苦味。"他的座位在我后面，我回头看他，他一脸神秘，眼神透着亮光，仿佛发现了新大陆。

那天放学，胡八一从后面追上我，从书包里掏出手绢，展览似的冲我说："不信你摸摸它。"我伸手去摸，是湿的。胡八一一脸坏笑地说："这是尿。"我眼前又闪现出演习时他把手绢捂在口鼻处的样子。我眼神里流露出不可思议的神情，胡八一则一本正经地把我拉到一旁小声地说：“知道我姐干啥的不？”我知道胡八一的姐姐胡丽在防化团当兵，和我大哥是一年入伍的，刚开始在团卫生队当卫生员，现在成了护士。胡八一一脸神秘地说：“这招是我姐告诉我的，在手绢上撒尿，然后用手绢捂住嘴和鼻子，这样可以防毒。”我一方面觉得胡八一的话不可思议，一方面又觉得他的话不无道理。

胡八一那天用手绢沾了尿，捂到口鼻处防原子弹爆炸产生的烟尘，我觉得这办法很科学，因为是胡丽传授给胡八一的方法，胡丽是防化团的护士，她的话一定有道理。回到家后，我让母亲找了一块手绢，揣在怀里，以备不时之需。

防空洞

军区家属院搞了一次演习，这是我们第一次进入真正的地道，我和胡八一等人被震撼了。军区地道内不是漆黑的，而是灯火通明的，且四通八达，不仅有厕所，还有上水下水，这里简直就是“地下天堂”。在此之前，我们就知道军区有地道，军区院内隐蔽处有许多铁门，铁门上了锁，用红漆写着“军事重地，闲人莫入”的字样，还经常看见有巡逻的士兵，端着枪在这些门前走来走去。对“军事重地，闲人莫入”的字样，我们早就见怪不怪了，军区门前，也竖着这样一块牌子，我们每天进出军区大门都能看到。我们书包里都装有进出军区的出入证，上面有照片，还有保卫部门的钢印。一开始我们路过门岗时，把出入证掏出来，在警卫战士眼皮子底下晃一下，警卫战士用余光注视着我们，后来时间一长，我们再进出大门时，都懒得掏出入证了，有的干脆把出入证忘在家里了，也能顺利地进出大门。胡八一说："警卫战士都认识我们了，咱们这张脸就是通行证。"说完还用手拍了拍自己的脸，一副骄傲的样子。但有一次例外，我们班的"小炉匠"有一天放学被拦了下来。"小炉匠"是张德旺的外号，我们玩游戏时，他总是当叛徒，见风使舵，墙头草，两面倒，于是我们想起《林海雪原》中的反面人物小炉匠，顺便把这个外号安到了他身上。那天放学，"小炉匠"张德旺因为值日落单了，一个人晃晃悠悠地出现在门岗处，鬼鬼祟祟地冲门岗仰起脸，当下就被门岗警卫战士拦住了，让他出示出入证，他拿不出来，还硬要往里进。最后被门岗警卫战士提着膀子拉到警卫室里，好一顿盘查，最后还是给他爸打了电话，门岗警卫战士才放行。张德旺他爸是组织部副部长，说话有些结巴，但材料写得好，上级就让他在组织部工作。那件事之后，张副部长还特意到门岗处看望了那名警卫战士，我们以为结巴的张副部长要冲警卫战士发火，我们就跟着去了。没料到的是，张副部长当即表扬了那个警卫战士，说他警惕性高，有原则，还给那个战士敬了个礼，弄得那个战士在岗位上手忙脚乱地还礼。最后张副部长一边挥手一边和警卫战士告别道："你……你要……要坚守……守战士的责……责任。"警卫战士又冲远去的张副部长敬了个军礼，样子从容不迫。从那以后，"小炉匠"把出入证用一根绳子套在了脖子上，便再也没有发生进不了大门的情况，但"小炉匠"似乎留下了"病根"，每次走到门岗处都有些紧张，不敢抬头看警卫战士，贼眉鼠眼地从一旁溜过去。

因为有“军事重地，闲人莫入”的字样，我们从来没有近距离打量过地道口。军区演习，那一扇又一扇铁门打开了，我们从军事重地的入口处鱼贯而入。部队是在前些日子的晚上开拔的，整个大院里只剩下一些留守人员，大部分都是家属，这次演习也主要是对我们而设立的。躲进灯火通明的地道，我们说不出来是恐惧还是兴奋，总之，我们走进了一个崭新的世界。望着眼前纵横的地道，遥远没有尽头的样子，“小炉匠”就凑过来，盯着一盏亮着的灯说：“要是永远不出去该多好哇。”胡八一似乎有了心事。

那次我们在地道里并没有待多久，就被负责演习的军官给送了出来。铁门在身后“咣当”一声关上，又被锁上了。我们所有人都意犹未尽，眼巴巴地望着被关上的铁门，怏怏不乐地往回走。我的衣服突然被胡八一拉了一下，他小声地冲我说：“跟我来。”我和胡八一去了他家，他家在一楼，他父母都随部队去了前线，胡八一除了姐姐胡丽，还有两个哥哥，一个下乡，一个参军，家里只剩下他和姥姥。姥姥耳朵有些背，我们进门时，姥姥正弓着身子，把收音机的音量调到最高，把脑袋伸到收音机前，在听广播。广播声音很大，播音员正洪亮地说：“亚非拉的人民要坚定地团结在一起，抵制霸权，保卫我们的胜利成果。”后来胡八一对我说，自从他父母连夜开赴前线，他姥姥的身子就长在了收音机前，天天收听关于珍宝岛前线的消息，有的没的都听，生怕漏掉一个字。我们的到来压根没有引起胡八一姥姥的注意，她的心思都被那台老旧的收音机吸引了。

胡八一示意我把他们家的饭桌移开，脚下是地板，他蹲下身，手在地板上摸索着。他掀开一块地板，一个黑洞洞的入口呈现在我的眼前，我吃惊地问："这是什么?"胡八一激动地打着战说："这是地道口。"胡八一说，他以前看见父亲移动过这块木板，把萝卜、白菜放到里面储存。有一次，他也想去掀动地板，被他爹打了一个耳光，告诉他，这是军事重地。从那以后他爹再也没往里面放过萝卜、白菜。那天我们俩小心翼翼地踩着梯子下到了洞底，这里果然是地道，所不同的是，这里漆黑一片，伸手不见五指。胡八一不知是紧张还是别的原因，在黑暗处空洞地说："灯被关上了，要是找到灯的开关，这里一定一片通明。"

从那一刻开始，胡八一就多了心事，常常眼睛盯着一个角落一动不动，就像走火入魔了一样。一天放学，胡八一找到我，神情严峻地说："我们该做点什么了。"胡八一这句话，让我有些摸不着头脑，我问："做什么?"胡八一的目光从远处收回来，下定决心似的说："我们要成立一支少年敢死队。"我一下子想到看过的电影和小人书里的情节，战斗在危急关头，连队总要召开一次党员骨干会议，然后成立一支敢死队，敢死队的任务就是去完成那些不可能完成的任务，虽然惨烈，但总能在紧要关头让大部队起死回生。每每看到这样的情节，我们就热血澎湃，内心涌出一股不可战胜的力量。胡八一的提议让我的血液往脑袋上涌。胡八一仍一脸严肃地说："我们生在红旗下，长在红旗下，现在国家正是用人之时，该轮到我们了。"说完还伸出手，和我的手紧紧握在一起，我发现他的手心是湿的，都是汗。

胡八一的提议得到了许多人的响应，那一年，我们上小学五年级。自从有了成立少年敢死队的想法后，世界一下子在我们眼里变小了。不过也有例外，"小炉匠"听到这个提议后，首先提出了反对意见，他瞟瞟这个，又瞅瞅那个，小声地说：“咱爸，咱哥，都上前线了，咱们还小，这会儿上前线，会给大人添麻烦的。”他说到这，胡八一就给了他一脚，踢在他屁股后面的书包上，非常生气地说：“你这个胆小鬼，贪生怕死，你知道新中国是怎么来的，没有那些烈士的流血牺牲，怎么会有我们的今天？”经胡八一这一上纲上线，“小炉匠”不再犹豫，他下了决心似的说：“那好吧。”说完站到我们队列里。

后来“小炉匠”随我们下过一次地道，这次我们做好了准备，把家里的手电筒，还有蜡烛什么的都带来了。我们围在光亮周围，就像在前沿阵地上开骨干会议一样，气氛神秘而又悲壮，此时“小炉匠”又提出了一个想法，他望着我们说：“咱们这敢死队咋一个女的也没有哇？”我也想学着胡八一的样子踢他一脚，觉得他这话说得有些不合时宜。他马上又补充说：“我们上前线，一定会流血牺牲，怎么也得有护士、卫生员啥的吧，到时好抢救我们。”我和胡八一对视一眼，觉得“小炉匠”说得有道理。班里那么多女生，让谁参加合适呢？胡八一学着电影里指挥员的样子，一只手托着下巴，另一只手抱在胸前，然后说：“那就让马雅琴来。”马雅琴在我们班女生中个子最高。胡八一的提议，得到了我们一致的认可。

第二天在放学的路上，我们把马雅琴团团围住，胡八一郑重其事地把成立少年敢死队的想法冲她说了。她翻着白眼依次瞟了我们。我怕她临阵当逃兵，便上前一步说：“想想那些在前线正流血牺牲的战士，你好意思见死不救吗？”她又白了我一眼，说：“你怎么知道我贪生怕死，呸，我参加可以，我要叫上张小红、白娟一起参加。”她说的张小红、白娟都是我们的同学。她的提议，得到了我们热烈的掌声。

在马雅琴的影响下，张小红、白娟加入了我们的敢死队。我们又从胡八一家的厨房鱼贯而入，进到地道，人员整齐地召开了一次少年敢死队成立大会。这件事是胡八一挑的头，他理所当然地成了敢死队队长，我是副队长，“小炉匠”是参谋，马雅琴和张小红、白娟是随队护士，再加上其他人，十几个人的敢死队就成立了。

胡八一还从怀里掏出一面红色的旗，展示在我们面前，他擎着那面旗，激动地说：“这就是我们敢死队的旗帜，人在旗在！”我们也齐声附和道：“人在阵地在！”

向 北

北方的四月天，还有些冷。

我们少年敢死队是在一个周末的早晨出发的，之所以选择周末，是因为这个时间不容易被人发现。为了这次北上，我们准备了好几天，出发前一天的晚上，我让母亲烙了两张饼，还煮了几个鸡蛋。我的理由是，明天学校组织野外军训，母亲对我的谎言没有异议，因为之前，学校也不时组织我们学生学军学农什么的，况且，现在整个营区都空了，队伍都上了前线，学校组织军训也属正常。早晨出发时，我把烙饼和鸡蛋装进书包，想和母亲郑重地做一次告别。这是我从小到大第一次出门远行，又是以少年敢死队副队长的身份，想起来就有些悲壮。这次去前线不知还能不能回来，我想说两句感谢母亲养育之恩的话，又怕被她发现而走不出门，于是什么都没有说，打开屋门，冲母亲挥了挥手，母亲抬头说：“别在外面疯不够，现在是战备时期。”母亲还是流露出了担忧之色。我转回头时，眼泪差点流出来，飞跑着向楼梯口奔去。

我们十几个敢死队队员在院外集合，胡八一不知从哪儿弄了条皮带扎在腰上，那把与他形影不离的火药枪此时也堂而皇之地别在了腰间。“小炉匠”戴了顶军帽，我猜这一定是他哥戴过的，虽然有些大，但不失威严，让他看上去也像个意志坚定者。马雅琴、张小红、白娟，她们的头发都扎了起来，比平时干练了许多。胡八一从包里把那面队旗拿出来擎在手上，说了句：“出发。”我们就出发了。胡八一走在最前面，手上的旗帜迎风招展。许多路过的行人纷纷对我们侧目。

在人们的注视下，我的汗毛都竖了起来，竟有了壮士一去不复还的壮烈感。看着眼前熟悉的街道和匆匆而过的人流，我突然发现，他们是那么亲近。我瞪大眼睛，让这熟悉的一切刻在心里，也许以后再也见不到了。

太阳偏西时分，我们才走出城市，胡八一又从挎包里掏出一枚指北针，我们就顺着北方一路走去。爬过了一座山，又踩着即将融化的冰面过了一条河，又爬上一座山时，眼见着太阳在西天滑落下去，暮色便笼罩了四野。

一天的行军，大家都疲惫不堪了，马雅琴她们几个女生东倒西歪地半躺半坐在山坡上，山坡上还有残存的积雪，半融半冻的样子，踩在上面吱嘎声响成一片。胡八一环顾左右道：“咱们应该生一堆篝火。”他的提议，得到了男生的拥护。走了一天，又累又饿，太阳一落山，冷风飕飕地吹过来，直入骨头。我们挣扎着四散开，到林子里去捡干树枝。

篝火燃起来时，四周已经漆黑一片了，有了火，周身就感受到了温暖，早晨各自从家里带来的干粮还剩下一些，我们就着火光大口吃了起来。胡八一还学着在电影里看到的红军长征时的样子，从地上抓起一把半硬的残雪填进嘴里，一边吃一边不忘鼓励我们道："苦不苦，想想红军两万五；累不累，想想革命老前辈。"经胡八一这样一鼓劲，我们似乎又有了力气。马雅琴这时也站起来，两眼晶亮地冲着火光说："我们唱支歌吧。"说完便起了一个头。她唱了《游击队歌》的开头，于是我们一齐唱了起来："我们都是神枪手，每一颗子弹消灭一个敌人；我们都是飞行军，哪怕那山高水又深……"歌声嘹亮，激情而又高亢，从开始的参差不齐到最后整齐划一，我们唱得气势如虹，旁边林地里还有几只鸟都被惊飞了。

半夜时分，篝火渐渐熄灭了，我们东倒西歪地躺在山坡上。半睡半醒中，我被冻醒了，艰难地爬起来，活动着四肢，抬起头时看到远方城市的灯火，心里顿时温暖起来。想起往常这时间，自己睡在热被窝里的样子，想起温暖的家，竟有种想哭的感觉。此时，我又冷又饿，望着星星点点的残火，又想到自己即将奔赴前线的壮烈，刚涌起的软弱就被战胜了。

又过了些时候，胡八一等人也跳了起来，他们也被冻醒了，众人都开始痛苦地活动四肢。既然大家都醒了，再睡肯定也睡不着了，我提议立即出发。我的提议得到了大家的响应，胡八一又掏出指北针，确定方向，我们又一次上路了。

女生的体力明显跟不上男生，没走多远，马雅琴她们就掉队了。胡八一从树上折了根树枝，少年敢死队的旗帜此时被他扛在肩上，山风把那面旗帜吹得猎猎作响。因为三个女生掉队，走在前面的胡八一不时地停下来，让男生的队伍慢下来，等待女生，待她们走近，才又加快步伐向前走去，结果，三个女生又被落下一截。几次反复之后，胡八一就把火气发泄到“小炉匠”的身上，冲他脸不是脸、鼻子不是鼻子地说：“都怪你，什么需要护士，这仗还没打呢，我们都快成担架队员了。”“小炉匠”面子上挂不住，又不好反驳胡八一，就梗着脖子说：“要不你们先走，我等她们，就是拉也不能让她们掉队。”说完慢下了脚步。我和胡八一等人喘了一会儿，向前走去。

身后的“小炉匠”说：“你们还行不行啊，难道想当逃兵不成？”马雅琴说：“你别站着说话不腰疼，我们又不是男生，又没吃的，天又这么冷，我们怎么走？”“小炉匠”软下声音道：“别忘了，你们是护士，战斗打响时，你们是要负责抢救伤员的。”

因为我们走在前面，又逐渐和他们拉开了距离，他们是如何打嘴仗的便听不见了。没多久，太阳从东方的天际冒出了头，不一会儿，整个天地就明晃晃一片了。我看见胡八一的头顶上冒着热气，再看其他人的头顶上也是，整个男生队伍里喘气声响成一片，全不见出发时意气风发的场面了。胡八一走路的身子也歪斜起来，有几次扛在肩上的那面旗险些掉下来，我几次表达要替他扛旗，都被他拒绝了，胡八一咬着后槽牙说：“人在旗在。”胡八一铁了心要与旗帜生死相依。

我们男生又爬上一座山坡，回头望去，只见“小炉匠”和几个女生刚从对面的山坡上下来。“小炉匠”和那几个女生全然没有了斗志，松垮着身子，连滚带爬地从山坡上滚落下来，用“溃不成军”来形容他们一点也不过分。

不知是谁，肚子咕噜响了一声，于是这种咕噜声接二连三地响了起来，我第一次知道，饥饿是会传染的。我们从各自家里带来的干粮早就吃完了，胡八一肚子响成一片，他脸上露出羞愧的神色，一脸的坚定也在摇摆着。

刘振东凑过来，瞅着胡八一的脸说："队长哇，这样走下去不行呀，肚子没食了，就等于战士手里没有了子弹，这仗是打不赢的。"刘振东和胡八一家住对门，胡八一的父亲是部长，刘振东的爸爸是副部长，不知怎么搞的，刘振东在胡八一面前总是摆出弱者心态。我们报名参加少年敢死队时，刘振东本来有些犹豫，缩着脖子，袖着手躲在人群后，不停地用叹气质疑我和胡八一的提议，最后胡八一把目光落在刘振东的脸上，刘振东的腰板才一点点直起来，脸上的神色也坚定起来，大着声音说："去呗，谁怕死呀？"

刘振东的提议让胡八一左右为难，胡八一把插着旗帜的树枝抱在胸前，佝偻着身子倚在一棵树上，等了一会儿，"小炉匠"带着三个女生摇摇晃晃地走到我们面前。马雅琴叫了一声："妈呀，累死我了。"就不管不顾地坐在地上，另外两个女生也随后坐下，张小红一边揉着腿一边说："我真走不动了，你们爱走就走，反正我是不走了。"白娟还抹了抹眼泪，一张小脸寡白着。

刘振东又不失时机地冲胡八一说："胡队长，再这样下去，队伍就要垮掉了。还没到前线，我们就都得'壮烈'了。"

胡八一望向我，显然，他的意志也在一点点地瓦解。于是我提议，先找吃的。肚里有粮，心里不慌。胡八一终于下了决心，挥了下手里的旗帜道："我们下山，去找吃的。"众人听说去找吃的，一下子都振作起来，纷纷从地上站起来，随着胡八一的旗帜趔趄着向山下走去。

之所以翻山越岭，出发前我们想过了，是因为有两点好处：第一点，这样向北走，路最近；第二点，也是重要的一点，就是不容易被人发现。我们都知道，要是被发现，后果意味着什么。我们趔趄着，终于东倒西歪地出现在一个村子里，我们的出现引来了大人小孩的围观。一个四十多岁的男人担着一担牛粪正要出村，见到我们，他一脸诧异，放下担子大声地问："小同学，你们这是要去哪里？"胡八一把肩上的旗帜又向上举了举，虽然声音发虚，还是大声回答："我们要去前线，我们是少年敢死队。"四十多岁的男人的目光在我们七零八落的队伍里扫了一遍，叹了口气。刘振东凑过去叫了声"叔"后就说："我们要去前线，万里长征刚迈出第一步，就断粮了，能不能给我们找点吃的？我们有纪律，不拿群众一针一线，我们可以打借条。等我们从前线凯旋，一定还给你们！"

这会儿已经从村子里涌出来不少人，乡亲们把我们团团围住，一边打探着一边七嘴八舌地议论着。有几个好心的大婶，见我们如此狼狈，当即转身回家，不一会儿工夫就拿来了玉米面饼子，还有的端来了水和煮熟的鸡蛋，递到我们手上。我想起了电影里经常出现的场景——战士们要开赴前线了，老乡们来送行的场面。被一个大婶塞完鸡蛋后，马雅琴哭了起来，她敲碎鸡蛋壳，一边往嘴里塞，一边流泪。我们看着眼前的场面，鼻子也有些发酸。我心想：多么好的老乡呀，绝不能让敌人打进来，就是流血牺牲，也要保护我们的乡亲们！

刚才担粪的那个叔叔在一旁有一句没一句地和刘振东、"小炉匠"聊了起来，两个人很快就把我们学校的名字和我们此行的目的和盘托出。我们又吃又拿地告别了一群热情的老乡，重新北上，我们的目标是前线。我们这两天没听收音机，更没看报纸，不知前线又发生了什么，但根据我们的想象，一定是炮声隆隆，杀声震天。前线的部队一定希望援军的到来，我们就是他们期盼的救兵，我们要马不停蹄地奔赴前线。

我们走出村口，才发现队伍里多了四五个和我们年龄相仿的少年。胡八一警惕地走过去冲他们说："我们要上前线，你们不要再送了。"其中一个人就站在胡八一面前说："我们也要参加少年敢死队，保家卫国我们也有责任。"

胡八一想把他们赶走，他们却不听，一路尾随着，"小炉匠"就替这几个少年求情道："八一，就带上他们吧，这一带他们熟悉，给我们带带路也是好的。"胡八一见赶不走这几个人，也就随他们去了。有了老乡的款待，我们身上有了些力气，胡八一带头唱起了歌："我是一个兵，来自老百姓……"我们齐声唱了起来，后加入的几个少年也和我们一起合唱，有了力气，歌声都嘹亮得很。

我们走走停停，吸取了走山路的教训，这次改为沿着国道走，一是路好走，二是寻找吃食也方便，胡八一不时地拿出指北针校准方向。

大约又走了两个时辰，太阳偏西了一些，我们正坐在路边休息，突然看见几匹马从后面追了上来。等到了近前，我们才发现，骑在马上的几个年轻民兵身上都背着枪，领头的就是我们上午见到的那个担粪的中年男人。他们从马上下来，拦住我们的去路，中年男人从兜里掏出一张纸条说："你们军区子弟学校的校长命令你们马上回去。"我们一听到这消息立马傻眼了。我们最担心的事情还是发生了。

我们被这几个民兵带着，被迫回到了上午途经的村子里。我们垂头丧气，就像从战场上打败仗溃退下来的士兵。傍晚时分，军区的一辆卡车驶来，我们的校长从驾驶室里钻出来，挥了一下手，狠狠地说：“上车。”胡八一还想最后挣扎一番，上前道：“校长，我们上前线有错吗？前线需要战士，我们不怕死。”我们也站在胡八一身后，齐声地说：“我们不怕死。”校长眼圈红了，挥了一下手说：“前线有你们的父母，有你们的哥哥姐姐，你们现在的任务就是跟我回去。”

我们无可奈何，只能爬上了卡车，车便风一样往回驶去。我们的梦破碎了。许多人都流下了眼泪，刘振东蹲在车厢的一角，一边流泪一边抽打自己的脸说：“都怪我嘴欠，是我说出了咱们学校的名字。”胡八一此时已把少年敢死队的旗帜收起来了，他手扶着车厢，目视前方，咬着腮帮子说：“留得青山在，不怕没柴烧。”他说这话时，我看见他脸上流下了两行泪，很快又被风吹干了。

追悼会

天气又暖和了一些，院内的树梢绽开树芽时，父亲在一天夜里突然回来了，他还是离开时的装束，只是长出了满脸胡子，比走之前黑了瘦了。父亲回到家里，卸下身上的行头，梳洗过后，仍然很亢奋的样子，叉着腰站在窗前，望着漆黑一片的窗外。母亲催了他两次，父亲才转过身，两眼还冒着光。母亲盯着父亲问：“老石，你咋了？”父亲皱起眉头道：“还不困，以往这时候，正在阵地上盯着呢。”父亲说完才伸个懒腰，不紧不慢地向卧室走去。

我的眼前又浮现出这样的场景：前沿阵地上，爬冰卧雪的一群士兵，他们的身后是一门又一门竖起来的火炮，还有他们握在手里的枪，成排成列黑洞洞的枪口。一想到这些，我就觉得血往脑门上涌，弄得整个人晕乎乎的。我们去前线的梦想夭折了，可我们的梦想还在心里滋长着。

父亲回来两天后，开赴前线的大部队凯旋，士兵们又填满了院子，军号声和列队的口号声又飘荡在军区大院上空。日子似乎又回到了从前。

周日那天，父亲换了身新军装，我突然发现他手臂上多了一个黑箍，我震惊地望着父亲，母亲告诉我李勤牺牲了，今天军区要给他开追悼会。听到李勤牺牲了，我脑子“嗡”的一声，人就傻在那里。

李勤和大哥是同学，几年前参的军。他父亲是后勤部的政委，一只眼睛看不见了，听说是在抗日战争时，为了突破日本人的封锁，被一颗流弹击中所致。在我们的记忆里，李勤的父亲总是戴一副眼镜，一只镜框是空的，看不见的那只眼睛则被一片墨色的镜片遮挡住了。李勤父亲的形象自然高大无比，我们需仰视才能看见他的脸，他的脸似乎永远都黑着，不见一丝笑模样。李勤随他父亲，从小就长得高大威猛，比我大哥还高出半个头。有一次大哥他们和外校的一帮人打群架，我们远远地躲在树林里看，只见大哥他们号叫着冲了出去，与对方打成一团，李勤是最突出的那一个。说他突出不是因为他个子高，而是他的勇猛。李勤手提两根木棍，如入无人之境，一边大叫一边挥舞着木棍，外校的那帮学生望而却步，很快败下阵去。李勤便有了“野狼”这个外号。

从那以后，只要我们院里的同学被外校的人欺负了，李勤和大哥他们都会替我们出头。李勤和大哥他们参军时，被一辆接兵的卡车拉走了。我们一群大小孩子为他们送行，只见李勤一只手扶在车厢的栏杆上，一边冲车下挥着手，一边大声地喊着：“再见了，我不混出个英雄样，不会回来见你们！”我不知道李勤这话是冲我们喊的，还是冲车下他父母喊的。我在人群中看到了李勤的父母，他母亲踮着脚向卡车远去的方向望着，他父亲转过身，嘟囔一句：“小兔崽子。”

李勤当满两年兵时，回来过一次，似乎长高了不少，身穿着军装，他的眼神和神态已然是个大人了。他是在春节前回来的，大年三十那天，他找到在林子里用弹弓打鸟的我们，把一些鞭炮扔给我们。见我们蹦着高地玩起了鞭炮，李勤冲我们露出满意的微笑，拍拍手就走了。春节期间，他父亲带他拜年，他站在父亲身后，逢人就敬礼，叔叔伯伯地叫上一声，然后很有耐心地听父亲和叔叔伯伯说话。不少叔叔就夸李勤，说他出息了，成熟稳重了，他父亲用目光扫了他一眼，笑着说：“这小兔崽子，还早着呢。”虽然李政委这么说，但我们还是看到了李政委流露出的自豪和骄傲。

大约又是两年之后吧，我们得知李勤已经提干了，成了边防团的一名排长，那时他没有回来。没料到，李勤在这次战争中牺牲了。

我挤进礼堂，看到了挂在礼堂舞台正中间的李勤的照片，那是一张被放大的照片。李勤神情严肃地望向我们，似乎在问我们：“你受谁欺负了？”照片上方还有标语，写着“向李勤烈士学习”

“向李勤烈士致敬”等等。在人群中我看到了胡八一，他不远处还有马雅琴。自从上次我们去前线未遂之后，不知为什么马雅琴对胡八一热情了起来，看他的眼神也有了不小的变化。我们就开玩笑地冲胡八一说：“马雅琴看上你了。”胡八一就一脸正色地说：“别胡咧咧。”我和胡八一短暂地对视了一下，我看到他似乎要哭，我的眼泪已经涌到眼眶处，还是忍住了。

第一个上台讲话的，是李勤的连长。在连长的讲述中，我们了解了李勤牺牲的经过：李勤身背反坦克火箭筒，怀抱冲锋枪，带领一个排的战士，迎击冲上来的敌人。他先是左肩被敌人的子弹击中，但他轻伤不下火线，带着战士们向敌人发起了冲锋。他的腿也中弹了，他爬不起来了，就跪在地上，摘下后背的火箭筒，瞄准敌方冲过来的一辆坦克。那辆坦克被他击中了，燃起了大火。他又拿起冲锋枪向敌人射击，突然一发炮弹在他身边爆炸……李勤的连长在讲述李勤英勇牺牲的事迹时，几度哽咽，在那间隙里，我听到了人群中发出的啜泣声。我的眼泪终于止不住，模糊了视线。

最后是李勤父亲上台讲话，他从台下走到台上的过程中，几度站不稳，似乎随时要摔倒，有两个战士上前欲搀扶李政委，又被他甩开。他用一只眼睛望了眼台下，嘴角牵起一缕笑，说了一句：“这兔崽子，没给我们这帮老家伙丢脸。”说完这句话，再也忍不住，放声大哭起来，他的哭声透过扩音器在礼堂里回荡着。哀乐就在这时响了起来。

人群里有一阵小小的骚动，我泪眼蒙眬地望过去，看见胡八一倒在了地上，马雅琴手足无措地站在他身旁。我挤过人群奔过去，和马雅琴齐心协力地把胡八一拖出礼堂，门在身后关上的那一刻，我仍能听到身后低沉的哀乐。我和马雅琴把胡八一放到礼堂的台阶上，他嘴里“呀呀”叫了两声，长出了一口气，青灰色的脸才有些血色。他戛然止住了哭声，看看我又看了眼马雅琴，愤愤地说：“我为啥不多长几岁呀？”

从那以后，胡八一似乎比以前成熟了，经常把两只手插在裤兜里，目光定在某一处，满腹心事的样子。我们似乎都长大了不少，把以前视为珍宝的火药枪和弹弓都扔了，集体地放弃了嬉戏打闹，变得沉默寡言起来。

胡八一常走神，我经常看见他的头发被风吹起来，他的目光在远处的什么地方游移。在众多的目光中，我看到了马雅琴投向胡八一那与众不同的一束。

保卫北京

我们上初二时，北京有一件大事发生了，我们国家的一个元帅叛逃后摔死在一个叫温都尔汗的地方。军区接到中央军委的命令，又一次进入一级战备状态，军区指挥所再一次开进了防空洞。军区门岗处平时有两个持枪战士站岗，一下子增加了一个班，他们全副武装，戴着头盔，还在大门口拉起了铁丝网，防止外面的车辆进入。

那天上课，胡八一神色不安，不时地偏过头，神色凝重地望向我，我知道他有话要说。果然，一放学胡八一就急急地走过来，把我拉到一边，沉痛又焦急地说：“北京现在有危险了，我们要去保卫北京。”他一说到北京，我心底就生出莫名的神圣和兴奋，在小学课本里，我们学过课文《我爱北京天安门》。从学那篇课文开始，我们就和北京有了千丝万缕的联系，我们知道，北京是我们伟大的首都，伟大领袖毛主席就在那里。

保卫北京就是保卫我们伟大领袖毛主席，我激动不已地望着胡八一，眼前的胡八一上唇上方长出了一层茸毛，一顶军帽歪戴在头顶，他的胸脯起伏着，激情澎湃的样子，我立马拍着胸脯道："保卫北京，就是粉身碎骨也心甘。"我又想起了电影里还有许多文学作品中的那些英雄人物，他们都是大义凛然地走向战场，连头都不回。

那天傍晚，我们和"小炉匠"、刘振东等人，聚集在院内的小树林里，很快达成了一致，那就是，我们要去北京，誓死保卫毛主席。当这次秘密集合快结束时，马雅琴气喘吁吁地跑了过来，她的胸脯起伏着，用一双好看的眼睛在我们每个人脸上扫过，然后问："为什么不叫上我？"我们把目光齐齐地对准胡八一，胡八一把双手插在裤兜里，歪着脖子不看她，而是望向树梢的一只鸟。两年半前，我们去前线未遂之后，胡八一曾经对我们说过："以后有什么事，千万不能带女生，她们事多。"说完这话，他脸上还流露出毅然决然的表情。胡八一把上次去前线未遂的原因都归结到那几个女生头上，如果没有女生，我们就不会从山上下来，就不会进村暴露自己的行踪，就不会被于校长抓回来。那次我们被于校长用一辆卡车拉到军区院里时，天早就黑透了，我们垂头丧气地依次从卡车上爬下来，于校长阴着脸一句话也没说。第二天，我们到学校后才由班主任带着到了于校长办公室里。于校长狠狠地拍了一下桌子站起来，我们以为他要发火，没料到他却说："孩子们，你们初心是好的，但还不是你们报效国家的时候，你们现在还小，等你们长大成人了，有的是机会报效国家。”那天，我们望着于校长伟岸的身躯，听着他激昂的话语，眼泪差点流了出来。

两年半以后，我看到不仅胡八一上唇上方长出了茸毛，“小炉匠”、刘振东的上唇上方也多了层茸毛。我回家照过镜子，在灯下，发现自己也和他们一样，我心头一震：我们终于长大了。

那天，我们离开小树林时，谁也没和马雅琴说一句话，都挺着胸脯从她身边经过。快走出小树林时，我们听见马雅琴在身后带着哭腔说：“你们要是不告诉我你们的行动，我就找于校长揭发你们，让你们什么也干不成。”

走在最前面的胡八一停下脚步，我们也随之立住，扭过头望着马雅琴，她的脸涨得通红，一副鱼死网破的模样。胡八一扯了一下头上的帽子，摆正帽檐，然后说了句：“明天晚上八点在火车站集合。”说完便大步向前走去，我们跟上，浑身上下有一种叫血性的东西在奔涌，心里一遍遍地说：我们是即将出征的勇士。

第二天晚上，我们聚集在火车站售票大厅时，在人群中果然看到了马雅琴，她还是白天上课时的装束，只是腰间多了一条腰带，肩上多了个挎包。

我们身上都带了钱，想通过售票口买票坐火车去北京，结果到了售票口，售票员听说我们要买去北京的火车票，眼睛立刻瞪圆了，伸出一只手来说：“介绍信。”我们立马傻在那里，我们什么困难都想过，就是没想到去北京还要介绍信。

票是买不上了，胡八一把我们带出售票大厅，站在广场上，冲我们说：“买不上票，咱们就是扒货车也要去。”他的话得到了大家的响应。我们绕了好大一圈，才钻进货场，一列列货车卧在铁轨上，我们不知道哪列车是向北京方向开的，胡八一琢磨了一会儿道：“只要车头向南就是往北京方向开的。”不多久，我们发现一辆货车在铁轨上正慢慢启动，方向是向南的，我们不由分说地爬上了车厢。马雅琴是最后一个上来的，拉她的是胡八一。胡八一把她拉上来，没头没脑地说了一句：“你就不该来。”马雅琴喘着粗气，在暗中盯着胡八一说：“你们男生能做到的事，我们女生照样能做到。”列车越开越快，我们这才发现，车厢里装的都是煤，为了不被人发现，我们平躺在煤车上，望着窗外掠过的星星，想着我们去北京的使命，心里不由得又庄重了几分。

胡八一的判断是正确的，天亮以后，火车还在风驰电掣地开着，我们先是看到了山海关站台的牌子，然后又看到了“唐山站”字样。神圣又伟大的首都北京离我们不远了。我们纷纷从煤车里坐了起来，这才发现，我们脸上都是煤灰，胡八一只剩下一口白牙，兴奋地说：“我们就要成功了！”

货车是在夜半时分驶进北京南站的，停在货场上，车站的站牌我们反复确认过，就是“北京南站”的字样。“小炉匠”激动得上牙磕着下牙说：“北京南站也是北京。”车停稳后，我们纷纷跳下来，拍打着身上的煤灰。又转了好大一圈，我们才从货场走出去，找到一间厕所，把自己的脸洗干净。

天亮时分，我们在一个早起遛弯的大爷指引下，来到了一个公共汽车站牌下，我们的目的地是天安门。在我们的印象里，伟大领袖就应该在城门楼里面办公。太阳升起之后，我们终于在天安门广场下了车，远远地就看见了天安门城楼。此时，天安门沐浴在阳光中，金灿灿的，我们还看到了车流与人流。北京的天安门并没有我们想象的那般危在旦夕，似乎什么事情都没有发生，人们如常地顶着初升的太阳去上班。我们有些失望。北京压根不需要我们保卫，它安好如初。

我们一步步挪到金水桥畔，金灿灿的天安门城楼已近在咫尺了。我们仰头凝望着，大气都不敢出，唯恐惊了在里面办公的伟大领袖毛主席。后来，我们看到了一辆拉满学生的校车在我们眼前驶过，那些学生透过车窗也在惊奇地打量我们。太阳又升高了一些，我们还看到两辆挂着军牌的汽车在眼前驶过。

刘振东望着长安街上的人流与车流，失落地说："看来我们这次扑空了。"胡八一一副壮志未酬的模样，领着我们又来到天安门广场，回身再望天安门城楼时说："我们要是有架照相机就可以和天安门城楼合个影了。"我们也觉得无比遗憾。许多年之后，我、"小炉匠"、刘振东，还有马雅琴，我们都站在广场上与天安门城楼合过影，除了胡八一。

我们离开北京时，居然买到了火车票，起初售票员也管我们要介绍信，我们自然拿不出来，我们不想再扒货车了，把几颗脑袋凑到售票处的窗口，高一声低一声地求售票员把票卖给我们。售票员板着脸，一副雷打不动的模样。

后来来了一位警察，把我们叫到站前派出所核实身份，当听说我们来北京的目的后，这位警察眼睛亮了一下，后来又听说我们是军区子弟，态度又好了许多。马雅琴为了证实自己的身份，还从挎包里掏出了军区出入证。那位警察想了想，站起身来说："跟我走吧。"在这位好心警察的帮助下，我们顺利地买到了回家的票，他还一直把我们送到列车上，我们自然是千恩万谢。他却淡淡地说：“我以前也是名军人。”送我们的好心警察走了，我们站在车门口，一起给这位警察敬礼，他停下脚步，给我们还了一个标准的军礼。我们顿时热泪盈眶。

参　军

高中一毕业，胡八一就对我说：“我要去参军。”其实早在几年前，在我们那次从北京回来的路上，他就说过类似的话。这次他说完，盯着我的眼睛问：“你是怎么打算的？”确切地说，我没什么打算，下乡的事似乎没有考虑过，大哥、二哥先后参军，又相继在部队提干。另外一个出路就是接班，可我父母都是军人，不存在接班工作这样的好事。想来想去，似乎也只有当兵这条路。这么想过了，我便对胡八一说：“估计咱们得一起了。”胡八一就咧着嘴笑，拍着我的肩说：“要是咱们能在一个连队就好了。”

马雅琴接了她母亲的班，她母亲在区政府工作，为了马雅琴提前两年退休了。马雅琴有一个哥哥，还有一个姐姐马雅舒。哥哥在部队已经当了连长。姐姐马雅舒前几年和二哥一同参军，当了三年兵之后复员回来了，可她并没有上班，过了不久，就提着行李去了南方。

后来我们才知道，马雅舒是为了爱情离家出走了，她在部队时，爱上了一位排长，有一次他们去营部看电影，在回来的路上，两人脱离队伍，在一条小河边谈起了恋爱。当队伍回到连队发现二人失踪时，连长派人把他们找了回来，他们的爱情暴露了。依据部队条例，干部不允许和战士谈恋爱。结果是，那位排长被宣布转业，马雅舒复员。那位排长的老家在南方，马雅舒从部队回来后，魂不守舍地在家住了几天，便急三火四地去南方寻找她的心上人了。母亲哭天抢地地追到了火车站，仍没能挽留住马雅舒。马雅舒给母亲留下一句话：“妈，等我混好了就回来看您。”马雅舒坐上火车，列车铿锵有力地向南方驶去。

眼见着马雅琴即将高中毕业，母亲再也不想失去女儿马雅琴，便急三火四地提前退休，又忙不迭地给马雅琴办好了接班的手续。我们那些同学中，最先有着落的就是马雅琴。

我们都知道，马雅琴已经爱上了胡八一，从那次去前线未遂回来之后，马雅琴望向胡八一的目光就变了，不再像以前那么清澈，而是变得黏黏糊糊，似乎有两簇火苗在她眼底燃烧。我们经常开玩笑地冲胡八一说：“马雅琴那丫头喜欢上你了。”胡八一当时的表情是不屑一顾的，把手插在裤兜，甩了一下脑袋，让帽子歪斜起来，说了声：“别整那些没用的。”那会儿的胡八一完全是一副没长开的样子，更是一副少不更事的模样。可到了高中之后，胡八一就不一样了，我们经常可以看到，他的目光越过我们的肩膀，千里迢迢地去寻找马雅琴那双让人着迷的眼睛。

高中最后一个学期，胡八一总是躲着我们。刘振东说：“胡八一这小子和马雅琴约会了。”两年前刘振东的父亲离开机关去部队任职，不再给胡八一的父亲当副手了，刘振东在胡八一面前的腰杆子似乎也挺了起来，总是揭胡八一的短。因为他们两家住在对门，总是比我们先一步了解胡八一的“险情”。比如胡八一遭到他妈妈的咒骂，他爹抡了他两皮带，等等。上高中以后，胡八一似乎越来越叛逆了，总是把头发留得很长，好好的帽子总不能正儿八经地戴在头上，还爱斜着眼睛看人，不了解他的人，都会错把他当成二流子。有一次，我们周末去逛市场，一个人的钱包丢了，还叫来警察。警察一眼就看到了人群中的胡八一，上前盘查，胡八一两眼冒火，当即就和人家吵了起来。胳膊拧不过大腿，他被当成犯罪嫌疑人带到了派出所，警察搜遍他的全身也没找到失主的钱包。从那以后，胡八一总是想找机会去找抓他的警察，被我们劝住了。胡八一似乎有许多邪火，在家里不仅顶撞父亲，还和母亲大吵大叫的。他母亲向他父亲告状，他父亲就用皮带抽他。胡八一就像没事人似的，如果不是刘振东揭短，我们压根儿不知道。

高中毕业没多久，我和胡八一、刘振东报名参军了，“小炉匠”则下乡插队去了。我们入伍通知书还没有收到，“小炉匠”就出发了，和他一同下乡的还有班上其他同学。他们大包小包地提在手上，街道为他们举行了热闹而又隆重的欢送仪式，我们也给这些同学送行。他们嘻嘻哈哈地跟闹着玩似的。“小炉匠”还跑到我们面前，做着鬼脸说：“你们参军，几年也不能回家，我们说回来就回来。”“小炉匠”笑呵呵地走了。那天，胡八一红着眼圈认真地冲我和刘振东说：“你看他们多好，下乡也能在一起，咱们仨到了部队上，一定不要分开。”我和刘振东都被胡八一的真诚打动了，冲他用力地点头。

在这座城市飘雪的一天晚上，我们登上了运送新兵的专列。站台上挤满了送行的家长，父母大呼小叫地喊着孩子的名字，然后千叮咛万嘱咐。胡八一、刘振东和我三个人没人送，在我们离开部队大院时，父母已经送过了。我们各自家庭有太多的孩子参军了，似乎一切都习以为常了，他们挥挥手，说几句鼓励的话，就把我们打发走了。我和刘振东像没事人似的，相互打量着各自穿上军装的样子，我们的心态似乎不是去参军，而是去旅行。胡八一坐在靠窗的位置上，不时地把双手拢在一起望着外面。月台上到处都是雪，雪花仍然飘着。我们顺着他的视线望过去，突然看见马雅琴走了过来，她穿一件灰色呢子大衣，脖子上系一条红围巾，雪花落在她头上和肩膀上。她站在站台上左顾右盼地寻找着，胡八一也看见了她，站起身，用力地把车窗打开，探出头冲她喊了一声："我在这儿呢。"马雅琴向前跑了两步，一张脸不知风吹的还是别的什么原因绯红着。窗子被胡八一打开，一股冷气扑面而来，胡八一把头探出车窗外，两人都没有说话，就那么四目相对，目光似乎在冒火，直到接兵的军官登上车，车门关上，列车启动的汽笛鸣响了三声，两人仍然是那个姿势。列车启动了，马雅琴随着列车奔跑着，此时两人仍然没有说话，直到列车加快，驶出站台，我们看见胡八一用力朝车窗外挥了一下手，马雅琴的身影消失在我们的视线里。胡八一的目光还没有收回来，他的目光被拉得越来越远，半晌转过头时，发现我和刘振东盯着他的目光，他才回过神来，冲我们含混不清地笑了一笑。

特务连

入伍后，我和胡八一、刘振东如愿以偿地被分到同一个连队。

胡八一似乎变了一个人，以前身上的那种叛逆感一扫而光，被一种正气所取代，军帽戴在头上总是一丝不苟的样子，眼神中透着坚毅。

我们所在的连队是师特务连。所谓特务连，是指执行特殊任务的连队，平时的训练要求就比其他连队严格许多。我们三个人之所以能够分到一个连队，是因为进入特务连的新兵要求高中毕业，在我们那届新兵中，高中毕业的新兵并不多，于是我们三个人名正言顺地被分到了特务连。

神情冷峻的胡八一一副天将降大任于是人的模样，经常提醒我和刘振东："别忘了我们是特务连的人。"他的话说得我们俩一愣一愣的。平时五公里越野以及各种军事训练，胡八一总是一马当先，不久，他就成了全连训练标兵。胡八一却神情严峻地冲我和刘振东说："养兵千日，用兵一时。"

有一次生存训练，几辆卡车把我们拉到山里，像沙子似的散落在荒无人烟的大山里。我们随身携带的是一把防身匕首、指路的指北针等，还有一袋干粮，我们的任务是要在这荒无人烟的山里待上十天。我们各自为战，一百多号人马散落地被扔到各处。

第二天我和刘振东走到了一起，我发现他时，他正在树林的小溪边往军用水壶里灌水。我们俩相见，都又惊又喜，两个人在一起生存，总比一个人有智慧。到第三天时，我们所带的干粮已经耗尽，以防万一，我们只能依据指北针的指引向山外撤退。我们试过吃树皮、草根，学着当年红军长征时的样子，可树皮和草根我们实在吃不下去，刘振东咧着嘴，把嚼了一半的树皮吐在地上，干呕两声道："我吃不下去。"我又何尝能够吃下去呢？我们空着肚子向山外走去，训练前，连长告诉我们："如果坚持不下去，可以向山外走，山外有几个接应点。"

没料到的是，我们还没走到接应点，刘振东就饿得晕过去了，一头栽倒在草地上。我去拉他，自己也躺在了他的身边，眼前冒着金星，明明太阳就在头上，可我的眼前却是漆黑一片。不知过了多久，发现有人在给我喂水，我挣扎着睁开眼睛，看见了胡八一那张熟悉的脸，他蹲在我们面前，正用水壶给我喂水。我一下坐起来，有气无力地说："咋碰上你了？"胡八一的嘴角微微上扬，用一只手扶起刘振东，另一只手把水壶又喂向他，不一会儿刘振东也醒了过来。胡八一冲我们一人伸出一只手，把我们从地上拉起来，解下腰间的干粮袋递给我们道："拿去吧。"我和刘振东睁大眼睛，不可置信信地望着眼前的胡八一，我们到山林里已经有四天整，现在是第五天了，他的干粮居然没有动过。我问他："你一口干粮也没吃，是怎么挺过来的？"胡八一嘴角上扬，摆一下头说："你们别管我，我自有办法。"说完强行把那袋干粮塞到我们手上，又交代道，"你们已经坚持到第五天了，已经够了不起了，从这向南再走十公里，那里有连队的接应点。"我和刘振东担心地冲他说："那你呢？"他把手竖在嘴上，做出"嘘"的动作，然后说："我有办法。"他陪我和刘振东走过一座山头，站在山头上，给我们指引了一条通往山外的路之后，他才从我们身边消失。因为有了胡八一的干粮，第六天我们走出了大山，远远地看见连队的接应点，那是一顶搭建好的帐篷，空地上支着两口锅，正热气腾腾地做着饭，两个炊事员在忙碌着，远远地我们就闻到了肉的香气。刘振东像头饿狼似的踉撞着向前奔去，其间我和他摔了几个"狗吃屎"，当炊事员把米饭和红烧肉端到我们面前时，我的耳朵里轰鸣一片，端饭碗的手都在打哆嗦。我们吃饱喝足之后才知道，我们坚持到第六天，还不算出来得最早的，有的人在第四天就坚持不住，找到了接应点。后来又陆续有人从山里出来，他们的样子比我和刘振东还狼狈，有的刚走出林子就跌倒再也爬不起来了，我、刘振东还有先出来的一些人成了接应他们的运输者，有的战士在我们搀扶下就能走，有的则需要抬。连长很有经验，先不让这些人吃干米饭，而是给他们喝米汤，待缓过来之后，才允许他们吃少量的干米饭。

到了第九天，几乎所有人都陆续从林地里走出来了，我和刘振东一次次向林地里张望，希望能看到胡八一的身影。可他却一直没出现。刘振东把我拉到一边小声地说："我咋感觉不好呢，胡八一到现在还没出来，会不会出啥事呀？"刘振东所担心的，也是我所忧虑的，只是没敢说出来。他把所有的干粮都给了我和刘振东，如果没有他的干粮，也许我们两人都没有力气坚持到第六天。

连长把我们走出大山的人集合在一起，点了一次名，发现只有胡八一没有出来。此时已经是第九天晚上了，离我们训练任务还差一天。

连长、指导员召集连队干部在帐篷里开了一个会，他们开会的议题就是去不去寻找胡八一。连队的干部分成了两派，以指导员为代表的一派，认定胡八一出事了，一定要去找，否则对不起胡八一。另一派以连长为代表，坚持不找。理由是这次训练任务是十天，期限没到，这时候去寻找，对胡八一是一种侮辱。两拨人两种意见，他们在帐篷里争吵的声音越来越大，我们在帐篷外都听得真真切切。最后指导员那一派妥协了，定在明天中午十二点，如果胡八一还没出来，就全连出动，到山里去寻找。

我们在山外露营，指导员命令我们早早休息，他的理由是，要养好精神，明天去寻找胡八一会很艰苦。我和刘振东好半晌也没睡着，我起来上了一次厕所，看见一个人蹲在不远处，那人在吸烟，烟头一明一灭，我走过去想看个究竟，那人不回头道：“快去休息。”说话的人是连长，我站住脚，转身又向营地方向走。心想，虽然连长坚持不找胡八一，但看来他的心里也没有底。我又躺到铺位上，刘振东翻了个身，冲着我说：“我这眼皮咋老跳呢，胡八一会不会出啥事呀？”我没有说话，想起胡八一毅然决然地把那袋干粮塞给我们的情景，万一胡八一真的有危险，我和刘振东这辈子心里也不会安宁。这么想着，鼻子一酸，眼泪差点流出来。刘振东翻过身子又说：“胡八一要是走不出来，可都是为了咱俩呀。”我哽着声音说：“别乱想了，咱们的任务就是休息好，明天时间一到，胡八一还没出来，咱俩要第一拨冲进山里，就是背也要把胡八一背出来。”说到这时，我的眼泪已经流了出来，刘振东也哽咽着“嗯”了一声。

虽然这么说，但我并没有睡着，想起了上小学时，胡八一带我们去“前线”，还有上中学时我们去北京的往事，我相信胡八一不会有事。

第二天一早，我们不约而同地站在高处，不停地向林地里张望，那是我们训练前约定好的出山路线，当时我和刘振东饿得晕头转向，几乎忘记了出山的路，还是胡八一指引给我们两人的。我相信，胡八一不会迷路。连长不停地看着手腕上的表，看一眼表，又抬头向林地里张望上一会儿；指导员则不停地踱步，样子焦虑不安。太阳又升高了一些，时间离中午十二点越来越近了，连长吹响了手中的哨子，我们快速地集合在一起。炊事班长指挥着炊事员，给我们每个人分发馒头，大家都意识到，胡八一如果还不出来，我们全连将再次进山，不找到胡八一，我们是不会出来的。连长把一把信号枪递给指导员，两人商量着要兵分两路去寻找胡八一，谁先找到就发射信号弹。

正当我们摩拳擦掌，做好了寻找胡八一的准备时，我们看到一个人影从林地里出来，连长快速地登上一个高坡，举起望远镜查看，然后惊呼一声："是胡八一！"听到连长的肯定，我们蜂拥着向林地边缘跑去。胡八一离我们近了一些，他头上戴了顶用树枝做成的伪装帽，表情轻松，只是比平时黑瘦了不少，军装被树枝划了几个大口子，风吹着他的军装，又潇洒又滑稽。他朝着奔过来的我们，还吹起了口哨，脸上露出胜利者的微笑。

胡八一在那次生存训练中，是唯一坚持到最后的一个人，那次，连长在队列前隆重地表扬了胡八一。连长在溢美之词中几次哽咽，我们看到连长竟红了眼圈。

后来我们问起胡八一这十天是怎么过来的，他轻描淡写地说："山里有老鼠、蛇，还有各种虫子，它们都可以吃。"后来他还嬉笑着冲我和刘振东说："蛇血是冷的，老鼠血是热的，你们不知道吧。"他轻描淡写的话，听得我们一愣一愣的。我和刘振东一致认为，胡八一是当军人的料，以后他一定会是名出类拔萃的好军人。在我们当兵满两年后，胡八一当上了班长，又被团里选拔为干部苗子，成了重点培养对象。

出 征

那场南疆战争打响时，我们接到了向北开拔的命令。我们部队在北方漫长的边境线上修筑了工事，我们的心思却被南方战事牵引着。胡八一躲在战壕里，每天都要看上很长时间的报纸，报纸上整版整版地介绍着南方的战况。胡八一一副壮志未酬的样子，他的目光穿越战壕，望着一马平川的前方，眼神里是无尽的失落。

三个月前，胡八一刚被宣布提干。是上次探亲期间发生的意外事件，加速了他提干的进程。当时我们回去探亲，我和胡八一是同一批休假的，刘振东之前就已休假。回家几天后，我就看见胡八一和马雅琴在一起打得火热，他们在一起很正常，有多火热也在意料之中。自打参军起，胡八一就和马雅琴频繁通信，每次马雅琴来信，胡八一读后，都把信放到枕头下。我们参军那会儿，部队不发枕头，而是发一块白布，类似于包袱皮那种，把换洗衣服包上便是枕头了。我琢磨过部队不发枕头的原因，应该是有利于行军打仗，行军打仗时背个枕头肯定会碍手碍脚。随着马雅琴来信的增多，胡八一不断地把垫在枕头下的衣服抽出，最后衣服全被抽出，只剩下信了。有这些做成枕头的信，可见胡八一和马雅琴的爱情有多么热烈。

胡八一和马雅琴在大院里出双入对，在那短短休假的十几天里，已经成为我们军区大院里的风景。十几天的时间很快就到了，我和胡八一归队后没几天，就看到了报纸上的一篇文章，题目叫《英雄就在你的身边》，文章的主人公竟然是胡八一。文章内容说的是，胡八一在一辆公交车上抓获了一个正在行窃的小偷，没料到小偷竟是团伙作案，另外两个小偷上前把胡八一围住，其中有一个小偷还掏出了匕首。自然免不了一番打斗，最后胡八一负伤，三个小偷被胡八一制服，在热心群众的帮助下，把三个小偷扭送到了派出所。正巧，那辆公交车上有一位省报的记者，这个记者以第一人称的形式把胡八一勇斗歹徒的事迹写下来，登在了报纸上。这件事胡八一连我都没有说，直到报纸刊登了他的事迹我才知道。为了验证胡八一的伤口，我让他脱去裤子，我看到他大腿外侧果然有两处还没愈合的刀伤，被纱布缠裹着。胡八一成了名人，团党委研究决定，给他记了一次三等功。不久，他破格提干的命令也随之下达了，他是我们这批兵中第一个提干的。

胡八一趴在北方的战壕里，心思却被南方的战事牵走了。他不停摇头叹气，冲我说："要是当初参军，去南部军区就好了。"我告诉他："咱们这儿也是前线，咱们上小学时，那次集体出走，嚷着喊着要上前线，要来的就是这里。我们此时的前线，距离珍宝岛只有几十公里，我一到达这里，似乎又听到了多年前的枪炮声。"胡八一不说话，眯着眼睛，目光虚虚实实地落在前方某一处，叹着气说："此一时彼一时，我敢料定，咱们这里现在成了后方。"胡八一的话没有说错，半年后，我们的部队撤了下来，又一次回到了军营。南方大规模战事结束了，但仍有零星阵地在争夺着，电台、报纸每天都热火朝天地报道着。部队开始有人写请战书，要求去南方参战。

突然有一天傍晚，全连集合，连长站在队列前却半晌没有说话。他的样子似乎很激动，心绪难平的样子，半晌才从兜里掏出一块布，那是一块普通的白布。连长展开那块布时，我们看到了满眼的猩红，连长激动地说："这是胡八一排长写的血书，是一封饱含着基层指战员心声的请战书。"连长当即把那封信读了，到现在我还记得那份请战书中铿锵的句子：只解沙场为国死，何必马革裹尸还……胡八一的请战书再一次点燃了全连的请战热情，在连长的号召下，我们全连人当即咬破中指，在胡八一的请战书上按上了自己的指印。然后连长和指导员一起，郑重地把这份请战书送到了团部。

那阵子，写这种请战书的又何止我们一个连，整个部队都在请战，但部队有部队的安排，没有上级命令，我们只能按兵不动，战士们就把请战的热情，每天挥洒在训练场上。那些日子，训练场喊杀声震天，烟尘四起，我们在想象的战场上流血流泪。

几个月后，我们团突然接到去南方的命令。先是武器装备运到火车站，用火车把装备运走了。然后，我们在一天夜里接到了去南方的命令，空荡荡的站台，一下子被出征的官兵占满了，我们列队登上列车，所有人都沉默着，我能感受到这种沉默中有一股看不见的力量在涌动着。人们很快安定下来，火车长鸣一声，我们知道火车即将启动了，都望向窗外，和这里熟悉的一切告别。正在这时，我看见一个熟悉的身影从前面沿着车厢跑过来，是马雅琴，她一边奔跑一边朝车厢里张望、寻找。我冲邻座的胡八一喊了一声："找你的。"胡八一也看到了马雅琴，扑到窗前，拼命把车窗打开，探出半个身子喊道："我在这。"马雅琴奔过来，因为奔跑，她的胸脯剧烈起伏着。胡八一惊讶地问："你怎么来了？"马雅琴说："我在这里已经等了一天了，知道你们要上前线。"说完，把手里提着的一个小包塞到胡八一手里，这时火车启动了。马雅琴在车下喊：

“胡八一，我等你平安归来。”列车越驶越快，马雅琴奔跑着，因为整个月台上就她一个人，她的喊声尖锐而又突出，只有一句话：“胡八一，你一定要平安回来。”后来她的声音被铿锵的车轮声吞噬了，身影也不见了。车厢里所有人似乎都被马雅琴那句“平安回来”感染了，有的别过头去望着车窗外一掠而过的灯火，有的眼含热泪。

胡八一打开了马雅琴留给他的小包，里面有一张小纸条，还有三只苹果和一个平安符。纸条上说，苹果象征着平安，胡八一、我和刘振东一人一只。胡八一把平安符挂在脖子上，把另外两只苹果分给我和刘振东。我和刘振东没心没肺地躲在车厢连接处把苹果吃掉了，刘振东一边吃一边说：“这苹果真甜。”然后他咧着嘴笑。胡八一没吃那只苹果，而是揣进了兜里。

生 死

几场小战斗之后，最初上战场的紧张感、生疏感已消失了，我们开始自由地穿行在阵地和“猫耳洞”之间。胡八一也从最初的亢奋中冷静下来，我看见他的胡茬又黑又硬，人也瘦了一圈，显得比以前更结实了。

我们特务连是在一天傍晚接到上级命令的，211高地还在敌人手里，为了争夺211高地，两天前炮击战就打响了。上级命令我们作为敢死队，在凌晨时分对211高地发动攻击。我们连接到任务后，便撤到了阵地旁的一片林子里。炊事班几乎把所有的家底都拿了出来，我们带上了各式各样的罐头和压缩饼干。壮行酒是用塑料桶装的那种散白酒，我们把酒倒满，望着星空，这时整个林地都静悄悄的，只听得到我们盛满酒的牙缸碰在一起的声音。连长说：“我们都是男人，把壮行酒喝了，就都是好汉。”话音刚落，便响起一片牙缸碰在一起的声音。我看见胡八一绕开人群，向我和刘振东走来，他已经和排里大多数战士碰过杯了，他走过来把我和刘振东拉到几步开外的地方，压低声音说：“战斗一打响，你们俩就跟着我。”我们明白胡八一说的是什么意思，他要保护我们。刘振东说：“八一，别管我们，我不怕死。”胡八一看了眼刘振东，压低声音说：“你们家就你一个男孩，不像我，还有两个哥哥。”说完把牙缸举过来，我们三个人重重地把牙缸撞在一起，然后一饮而尽。酒真是个好东西，把出征前的紧张和焦虑一扫而光，我们浑身都是力气，生死早已置之度外了。

我们先是潜伏到211高地的山坡下，山坡上早已焦煳一片，一轮模糊的月亮挂在天际，两颗信号弹腾空而起，我们听到了炮弹呼啸着从头顶飞过去，直击211高地。连长喊了一声：“敢死队的，冲！”我们向前冲去，胡八一一直在我们前面，不时地提醒着我和刘振东：“跟上，注意前方！”山头上，枪声大作，敌人为了固守211高地，早就在阵地上修好了各种工事。敌人的火力很猛，我们反击的火力也很猛，子弹拽着亮光交织在暗夜中，像一张网。我们连队不断有人中弹倒下，吭都没来得及吭一声，连长躲在一块石头后，向后方呼叫着火力掩护，呼叫完便向前奔跑，他身后是通信员。突然，连长在我们前方不远处倒下了，只听见通信员喊了一声：“连长！”连长牺牲了，指导员接替连长指挥，冲在最前面，在一棵小树旁，被敌人一梭子子弹打过来，也中弹倒下了。接下来是副连长指挥战斗，副连长命令我们散开队形，向山顶发起进攻。

我们刚散开队形，就听不远处的刘振东喊了一声：“不好，我踩到地雷了！”只见刘振东弯着腰，抱着枪，定在那里。我们上战场之前，便针对地雷做过训练，知道有压发地雷、触发地雷、松发地雷、绊发地雷，等等。刘振东一定踩到了松发地雷，也就是说，他在踩上地雷那一瞬间，地雷并不会爆炸，而是等抬起脚的一瞬间，触动地雷的开关，才会发生爆炸。我喊了一声：“你别动！”我奔过去，想帮刘振东一把。我还没有奔到刘振东近前，胡八一率先跑过来，用身体一下子把我撞开。我倒下后，在山坡上滚了一段距离才停了下来，抬头看时，胡八一已经趴在了刘振东的脚前，他把手指伸到刘振东的脚下，喊了一声：“快离开！”刘振东没动，胡八一腾出一只手把刘振东拽倒在地，刘振东和我一样，在山坡上滚了几圈，地雷这时炸响了，在火光中我看到胡八一被炸得腾起了身子，又重重地摔倒在地……

半年后，我们部队轮战结束，我和刘振东在昆明的一家部队医院里见到了胡八一，他的脸上仍然缠着纱布，一只袖管里空荡荡的，马雅琴正陪着他坐在医院内花园中的一把长椅上。马雅琴看见我和刘振东，站起来想说话，我们用手势制止了她，我们又走近几步，胡八一一下子从排椅上站了起来，咧开嘴笑道：“是你们。”我们三个人拥抱在一起，这是胡八一负伤后，我们第一次相见。胡八一被担架队抬下阵地后，我们向211高地发起了总攻，那次战斗，我们特务连只有一半的人活着回来了。半年后，我们在灿烂的阳光下再聚，又想起了半年前在林子里喝壮行酒时生死不顾的样子。我和刘振东都流下了眼泪。半晌之后，胡八一把我们推开，用仅存的那只手从上到下把我们俩摸了一遍，一边摸一边欣慰地说：

“你们都囫囵着，没缺啥、少啥，这就好。”然后咧嘴露出洁白的牙齿冲我们笑着。

我们从马雅琴嘴里知道，胡八一的眼睛没保住。他的面部做了整形手术，左手三分之二处也做了截肢手术。马雅琴是两个月前赶到昆明的，她现在每天陪在胡八一身边。

我们随部队回到军营半年后，突然接到胡八一从老家给我们发来的电报，让我和刘振东一定要回去参加他的婚礼。那次部队从南疆回来，我和刘振东都被破格提干了。许多伤残的官兵，因不适合在部队工作，都退出了现役部队，胡八一也是其中之一。他和马雅琴走到一起并举行婚礼，在我们意料之中。

我和刘振东匆匆赶回去时，见了胡八一和马雅琴才知道，他们能举行婚礼，还有一波三折的故事。我们从昆明医院离开不久，马雅琴就被胡八一赶走了，回到老家的马雅琴开始张罗这场婚礼。她先是遭到了父母和亲朋好友的反对，一个青春芳华的女孩，怎么能嫁给一个残疾退役的军人？但马雅琴心意已决，她用绝食的方式和亲朋好友抗争，最后，所有人都向她妥协了，默认了她的爱情。可又遭到了胡八一的拒绝，胡八一自然不希望自己拖累马雅琴，于是对马雅琴采取了闭门不见的方法。马雅琴就站在胡八一家门外，站成了一道风景。她同样采取绝食的办法，发誓要在胡八一家门前变成一块石头。最初的几天，胡八一闭门不出，在屋里哭，马雅琴在门外流泪，两人僵持着。直到有一天，马雅琴晕倒在门外，胡八一的母亲发现后大呼小叫地叫来了救护车，苏醒后的马雅琴从医院回来，又像一块石头似的立在胡八一家门外。胡八一的母亲见马雅琴如此坚定，就劝胡八一，胡八一终于走出家门，两个相爱的人紧紧地相拥在一起。

婚礼简朴而又热闹，马雅琴穿着婚纱，美极了，挽着胡八一款款走上台。胡八一仍然穿着老式军装，一副颜色很深的墨镜戴在脸上，一只空袖管引人注目。作为战友，刘振东上台发言祝贺，刘振东先是给胡八一敬了个军礼，他的话不多，讲到了总攻那晚的壮行酒，还有自己踩了地雷……刘振东讲完，早已泪流满面，台下所有的军人起立，含着泪向台上的胡八一敬礼。胡八一笑得很灿烂，一口白牙格外显眼，他站在台上，向所有人敬礼。我一边流泪，一边在心里对胡八一默默祝福。

后来，我和刘振东都离开了部队，我们也有了各自的生活。每年的八一建军节，我们都会从天南地北回来，聚在一起，主角自然是胡八一。“八一”这一天，是胡八一的生日。我们在一起喝酒，谈天说地，酒喝得差不多了，刘振东总会说起若干年前那场壮行酒、那颗地雷，然后我们都沉默不语。胡八一就像没事人似的站起来，露出一口洁白的牙齿，他说：“让我们唱支军歌吧。”然后就起个头，“向前，向前，向前，我们的队伍向太阳……”我们全体起立，声音合在一起，唱出了一种气势。胡八一笑着，一种叫幸福的东西在他脸上漾开。

每次聚会完，马雅琴都会在外面静候着，从我们手里接过胡八一，冲我们笑一笑，然后引领着胡八一离去。再后来，胡八一打电话告诉我们：他儿子考上军校了，不远的将来，就是一名军官。在电话里，我们能感受到胡八一的自豪和幸福。

我经常在闲暇时，想起我们从年少走到现在的种种细节，似乎又回到了过去。

上海往事

一

1937年秋，上海，著名的淞沪会战已激战两个多月。日军调集众兵，对中国军队实施反包围，中国军队接到了全线大撤退的命令。

三排阵地，经过一夜激战，晨光微露时，枪炮声、喊杀声，一切都安静下来，整个阵地似乎都死了。

晨光中，双方士兵横陈在阵地上，胳膊和腿挂在树杈上，大刀把上的红布，挂在一根纤细的树枝上，晨风中，似一面飘扬的旗帜。硝烟静静地散着，木质枪托因燃烧未尽，发出噼啪之声。

一个简易掩体内，电台的天线微微颤抖着，一具身体蠕动着，推开压在身上的一只脚，又推开半截身子，露出一张士兵的脸来，这是一张少年的脸，眼神惊惧迷乱。他打量着阵地，目光渐渐收回，看到身边横七竖八、血肉模糊的尸体，他“咿呀”叫了一声。这一声在死寂的早晨把少年自己吓了一抖，他忙用手捂住嘴，手上的伤口已经凝住了，乌紫的血痕在晨光中透着亮光。

少顷，少年士兵推开周围乱七八糟士兵的尸体，弯着腰疯跑起来，几步之后，他被一具尸体绊倒了。他几乎是趴在这具尸体上，尸体还流着血，他认出这是电报组组长佐佐木的尸体，佐佐木的眼睛仍睁着。少年士兵爬起来，滚到一边干呕着。

少年士兵是几个月前来到中国上海参战的，他叫健三一郎，刚满十六岁。两年前当上了报务员，几个月前来到中国，来到上海，参加了这次后来被载入史册的淞沪会战。

健三一郎停止呕吐，扶住一棵树，树冠已被炮弹炸飞了，光秃秃地立着，健三一郎一时不知何去何从，惶惑迷离。他望着阵地，死尸遍地的阵地，喊叫一声后漫无目的地跑。一件肥大的士兵衣服，包裹着他瘦小的身躯，他身上挎着一把手枪，还有一个牛皮文件盒。文件盒里装着他们联队的密码本，还有两份尚未执行的作战文件。枪和牛皮文件盒因他的跑动，毫无节奏地拍打着健三一郎的腰和屁股，像一面鼓，又像一面锣，催促着他没命地向前跑去。

天光大亮了，上海郊区破败的景象呈现在他面前，虽然破败，却是一个城镇的模样，健三一郎似乎清醒了一些，他先是摘下帽子，犹豫一下扔到地上，然后向前走去，看到了一队百姓，背包驮罐地匆匆赶路，这是中国百姓，男人和女人，拖家带口地逃难。

健三一郎把自己小小的身子藏在一处隐秘角落里，看着这一队逃难的百姓走过去后，他才走出来，有些站立不稳的样子。他看到逃难百姓落在地上的一件花衬衫，就走过去，拿起花衬衫看了看，似乎有所醒悟。他左右看了看，把自己背在身上的枪和文件盒卸下来，又把上衣脱掉，露出细瘦的身子，他还是一个没长大的孩子。

他把花衬衫穿在自己身上，不大不小，还算合身，他又拾起枪和文件盒。健三一郎此时的样子很可笑，下身穿着军裤，军鞋是翻毛的那种，上身是一件女孩子的衬衫，手里提着文件盒和一把装在枪套里的枪。他继续向前走去，先是发现了一只鞋，不远处又是一只，他甩开自己原来的军鞋，穿上逃难百姓散落的鞋，再向前走，又发现地上有一个包裹，他上前打开，里面是一些衣物，他胡乱地翻拣着，找出一条裤子，躲在一个墙角把裤子换上。这下，健三一郎变成了一个跑路少年。

他看着脱下来的衣物，拎起文件盒，还有那把手枪，一时无所适从。他脑海里闪现三天前电报组组长佐佐木交给他任务时的情景，佐佐木把密码本和机密文件交给他，恶狠狠地说："这是联队所有的军事机密，你要保护好它们，这比你的命都重要。"

他接过文件盒，挎在身上，觉得自己的半边身子都快被压垮了，但仍立正冲佐佐木说了一声："是!"并向佐佐木敬了个军礼。

此时健三一郎提着文件盒和一把手枪，觉得这两样东西重如千斤。他把牛皮文件盒打开，拿出里面的密码本和文件，想了想，胡乱地别在腰间，就剩下那把枪了，枪不大，此时提在他手里却触目惊心的样子。他把枪拿出来，把枪套扔掉，提在手里仍沉甸甸的，又索性把枪插在裤腰上，整理好衣裤。

一发冷炮打过来，带着啸叫，在不远处炸了。健三一郎下意识地趴下，炸响过后，他爬起来，没命地向前跑去，何处是落脚之地，他并不清楚，只是奔跑。

弄堂里一户普通的人家里，林嫂奶着出生不久的孩子，她坐在屋里几乎一夜没有合眼，枪炮声在郊外响了一夜，她就抱着孩子坐了一夜。

林嫂的丈夫是名军人，职务是副连长，在上海已经战斗两个多月了，前几天部队换防，曾经回来过一次，留下两块银圆，没说几句话，只是深深地看了一眼她们娘俩，说：“我走了，你们保重！”

林连副说走就走了。他是个军人，帅气而又阳刚，卡宾枪背在他身上，子弹袋鼓鼓的。林连副告别林嫂，又融入郊外的枪炮声之中了。

丈夫在外面浴血战斗，林嫂片刻不得安宁，丈夫的安危，她只能靠想象了。她不停地祈求上苍保佑丈夫平安归来。

孩子睡着了，她把孩子放下，外面的枪炮声又隐约地传来。

林嫂把孩子放下，拿出一团棉絮，撕开，塞在孩子耳朵里，又在孩子身上盖了一床小被子，轻手轻脚地走出去。

林嫂站在院子里向远处眺望，并看不到什么，弄堂里的人大都跑路了，拖儿带女，拉家带口的。林嫂一直没走，她在等她的丈夫，林嫂知道，林连副不会不管他们娘俩的，丈夫是军人，他会安排他们后路的。即便丈夫本人回不来，他也会托人告知他们娘俩，这就是她在这里等下去的理由。

健三一郎昏头昏脑地跑进弄堂，外面枪声响着，还有奔跑的脚步声。

健三一郎很怕，他怕中国军人，也怕日本军人，准确地说，他怕的不是人，而是战争。枪炮声就是战争。

健三一郎来到中国几个月了，他没开过一枪，他只会发报，接收电报，把电文译出来交给长官。昨天的一战是短兵相接，仗打了一夜，他抱着电台在掩体里蹲了一夜，一发炮弹落下来，他便什么也不知道了，醒来的时候，阵地已是一片死寂了。

健三一郎糊里糊涂地跑进弄堂，他下意识地要躲起来，他怕人，也怕枪炮声，此时，他只想躲起来。

他跑进弄堂，试图去推开一扇又一扇门，门都被锁死了，他没推开，也没敢驻足，他像一只没头苍蝇，稀里糊涂地撞开了林嫂家的门。林嫂家的门没插门闩，那是林嫂给丈夫留的门。

门被推开，或者被撞开，林嫂吃了一惊，欣喜的神情马上被惊愕所代替，期盼中进门的不是丈夫，却是一个惊慌失措的少年。

少年惊怔地打量着林嫂，林嫂也如此这般望着少年。两人相视着。

林嫂颤颤地喊了一声："你是谁？为什么到这儿来？"

少年听不懂她的话，眼神里有些犹豫，更多的是慌乱。

林嫂看到了门后顶门的木棍，走过去，抓过木棍指向少年，颤着声说："你不是打劫的吧？除了屋里的孩子，家里什么也没有。"

林嫂拿着木棍，像拿了一杆枪似的对着少年。

少年想转身跑掉，但他很饿，他原本想进门找点吃的，他已经几天没有吃东西了。少年被眼前女人的敌视吓着了，还没转过身，就摇晃一下跌倒了，直挺挺地摔在林嫂面前。

少年倒下了，林嫂握着木棍，有些手足无措。她提着木棍，绕着少年走了两圈，跪下身，又用手探了探少年的鼻息，鼻息微弱。她扔掉木棍，抓住少年的肩，摇晃着："醒醒，醒醒，你从哪里来？你醒醒……"

少年仍昏迷着，身子被林嫂摇来晃去。

林嫂放下少年，一筹莫展，她想起了什么，奔回屋内，少顷出来，拿着一个盛水的缸子，蹲下身给少年喂水。水流进了少年嘴里，少年下意识地吮吸着水，胸部剧烈起伏着，呼吸声急促有力起来。

林嫂放下缸子，复又进屋，拿出一个菜团子去喂少年，少年因没苏醒，无法去吃，林嫂几次尝试，少年都无法吃到菜团子。林嫂叹口气，茫然四顾，低头看见奶水浸湿了衣襟，她又望了眼少年。拿起喝水的缸子，走回屋内，林嫂站在一角，撩起衣襟，往缸子里挤奶，奶水恣意地冲在缸壁上。

林嫂站在少年身旁时，缸子里已有了小半奶水。林嫂蹲下身，把少年的头放到自己的腿上，用奶水喂着少年，少年喝了一口，又喝了一口，然后大口地喝了起来，一直到缸子里再也没了奶水。林嫂把最后一滴奶水倒进少年的嘴里。

少年“哼”了一声，眼皮动了动，慢慢睁开眼睛，第一眼就看见了正俯视着他的那个女人的脸。

少年一惊，闭上了眼睛。

林嫂说：“小弟弟，别怕，你这是要去哪儿呀？你的家人呢？”

少年睁开眼，挣扎一下坐起来。

林嫂站起来说：“你不是本地人。”

少年一脸惊恐，看着女人的衣襟，又用指头碰了一下嘴角的一滴奶，闻了一下，眼圈一下子红了。突然他跪下，冲林嫂磕头。

林嫂说：“小弟弟，用不着这样，快起来，你是和家人走散了，还是迷路了？你从哪里来？”

少年不语，跪在地上往后退。

林嫂说：“你等一下。”

林嫂又走进屋内，出来时，手里拿了一个菜团子，递给少年，少年先是后退了一下，又马上抓过菜团子，狼吞虎咽，恨不能一口把菜团子吞到肚子里。

林嫂笑着说："别急，看把你饿的。"

少年咽得直抻脖子，眼泪流了出来。林嫂似乎还想说点什么，突然屋内响起小孩的啼哭声，是一声巨大的爆炸声惊醒了孩子。有枪声传了过来。

林嫂冲进屋内，抱起孩子，拍着受惊的孩子。

枪声由远及近，林嫂赶紧把孩子抱在怀里，又调整了一下塞在孩子耳中的棉絮，然后抱着孩子来到院内。

枪炮声也惊着了少年，他已经躲进院内的杂物堆里，一只脚还露在外面。

林嫂看见那只脚便说："看把孩子吓的。"

说话间弄堂里响起了杂乱的脚步声，是皮鞋蹬踏着石板路发出的声音，还有砸门声。一间间门似乎开了，翻找的声音也传了过来，还有日本人的喊叫声。

林嫂惊诧了，她以为丈夫带人接她来了，没想到却等来了日本兵。林嫂想用门杠顶住那扇单薄的门，她刚拿起杠子，门突然被踢开，四五个日本兵荷枪实弹地冲了进来。林嫂一惊，下意识地向杂物堆靠过去。一个日本军官模样的人，冲她咿里哇啦说了几句什么，林嫂听不懂日本话，抱紧孩子，惶恐地摇着头。

两个日本兵冲进屋内，砰砰地翻砸着，另外两个日本兵，打量着小院。

一个日本兵端着上了刺刀的枪向林嫂走来，林嫂回了一下头，透过杂物，她看见少年从杂物缝隙里露出的一只惊恐的眼睛，那个日本兵越来越近，林嫂"哎哟"叫了一声，半真半假地跌坐在杂物堆上，林嫂很怕，这是她第一次见到日本兵，还有枪，以及枪上明晃晃的刺刀。林嫂跌坐的位置，正是少年藏身的地方。她似乎听到少年深吸了一口气。

日本兵在杂物堆上用枪刺胡乱扎了一气，两个进屋搜查的日本兵也一无所获，只拿出了几个菜团子，递给院内站立的军官。军官把菜团子分了，每人一个，他们立即狼吞虎咽起来。

林嫂看着菜团子有些心疼，那是她为丈夫准备的。

毫无收获的日本兵，嚼着菜团子，离开了林嫂的小院，于是弄堂内又传出了砸门声和脚步声。

林嫂奔到门前，快速地关上门，并用门杠把门死死地顶住。她回过身来时，少年已经爬了出来，头上沾了一些草屑，怯怯地看着林嫂。

林嫂上前拉住少年的一只胳膊，急切地说："孩子，你这是要去哪儿呀？你家里人呢？"

少年突然冒出一句日本话："谢谢。"

这句普通的日本话，犹如一颗炸弹在林嫂身体里炸开了，她抱着孩子的手一紧，下意识地问："你是日本人？"

少年看出林嫂的惊惧，忙跪在地上，他掖在腰间的那把手枪掉了下来，少年一把按住枪，似乎想用自己的手掌把枪盖上。

林嫂一下子跌坐在地上，脸色惨白，孩子也因受到惊吓，大哭起来。

少年惶惑不安，拿起枪，又往怀里藏。林嫂惊惧，厌恶地望着少年，少年读懂了林嫂的眼神。他把枪捧在手里，递给林嫂，林嫂躲闪着，像躲一只毒蜂。

少顷，少年清醒过来，他又说了几句，爬起来，向屋内望去，灶内，炉火正燃着，他跌跌撞撞地向屋内走去。他站在炉火旁，回头看了眼林嫂，林嫂也在看他。少年把枪扔到炉火里，炉火很快吞噬了那把小小的手枪。

林嫂松了一口气，从地上站起来，少年想了想又从腰间掏出密码本还有机密文件，一股脑儿全扔进了炉火里，火燃了一下，冒出一缕青烟，瞬间就灰飞烟灭了。

少年在身上摸索着，又掏出来一只荷包，打开来，里面只有一张照片，那是母亲的照片，一个三十多岁的妇女，穿着和服慈祥地微笑着。

少年拿着母亲的照片，手有些抖，眼里瞬间噙满了泪。他犹豫着。

林嫂过来，一把夺过那张照片，看清了照片，又去看少年，母子眉眼间有许多相似之处。她下意识地看了眼怀里的孩子，孩子正睁眼望着她。

林嫂把少年手里的荷包拿过来，认真地把照片放回到荷包里，又还给少年，在他手上用力按了按。林嫂说："你妈的照片，你该留着。"

少年似乎在林嫂的眼神里读懂了林嫂的意思，把荷包挂在脖子上，又用手按了按。

林嫂望着少年，有许多疑问和不解，她说："你是日本人，为什么来这里？刚才有你们的人来，你为什么不走？"

少年听不懂，但似乎明白林嫂的意思，他又一次给林嫂跪下了，不停地给林嫂磕头，头磕在地上，认真而又执着。

少年磕完头，起身后，又冲林嫂深深地鞠了一躬，倒退着走出灶间，回到院子里。他走向门口，伸手要拉开院门。

这时外面又传来拍门声，一声紧似一声，少年似乎被吓到了，他退后两步，看到那堆杂物，又快速地钻了进去。

拍门的人在外面喊着："是我，快开门，快开门！"

林嫂听清了，那是丈夫的声音。她日思夜盼，担惊受怕，就是等着丈夫回来找她。她抱着孩子，三步并作两步地奔到院内，一脚踢开门杠，拉开院门，丈夫立在她面前，衣衫不整，一副从枪林弹雨中闯过的样子。丈夫的身后，站了七八个士兵。

丈夫一把抓住林嫂的手，只说了一句："快走，日本人进城了。"

丈夫拉着林嫂就走。

林嫂"哎"了一声，回头望了一眼院内的杂物堆。

丈夫说："来不及了，再晚就走不出去了。"

丈夫接过林嫂手里的孩子，拉着林嫂，在几名战士的护卫下，匆匆地向弄堂外走去。

没有多余的话，更没有时间交流，只有匆匆地赶路。

院门开着，院内又安静了下来。

少年试探着动了动身子，从杂物堆里爬了出来，院内已经空了，少年的心里也空了。他在院内立了少顷，便撒开腿向弄堂外跑去。

远远近近的枪声、喊声不时地传来，乱了弄堂，乱了世界。

少年跑出弄堂，来到街上，一时不知如何是好。东南西北他辨不清，只能跑，似乎只有跑才是安全的。刚才他在杂物堆里已经看到几个中国军人把林嫂接走了，他庆幸自己没有落到中国军人手里，他感谢那个素昧平生的女人，像照片里的妈妈。一想起妈妈，他身上就有了力气，他要跑，跑到海边离家就不远了，他要越过海回到神户去找妈妈。

迎面一队日本士兵跑过来，他们打着旗帜，一副胜利者的样子，不可一世，耀武扬威地横在少年面前。

少年错愕，转瞬间，他就下定决心逃离，他不想再回到队伍中去了，那最后的结果只有死路一条。

日本人发现了奔跑的少年，就像猎人发现了猎物，大步追过来，一边追一边喊叫着："站住，站住……"

少年没有停下的意思，他奔跑着，满耳的风声。

一个日本士兵举起枪，简单地瞄了瞄，枪声响起，少年像一只断了翅膀的鸟，突然栽倒在地上。在倒地的瞬间，他用手握住了胸前的荷包，仰起脸时，满世界都是红色了，那是血的颜色。

几个日本士兵拥过来，一个士兵用脚踢了一下少年。

一个士兵冲另一个士兵说："竹内，你又多了一个猎物，可以邀功了。"

竹内笑着说："这一定是个中国士兵，你看他跑得很快。"

说完从腰间掏出刀，日本有规定，杀死中国士兵，把中国士兵的手剁下来，回去就能邀功请赏。

竹内手起刀落，剁下少年的一只手，少年另一只握荷包的手放在胸前，这也没有影响到竹内的刀法，又是一剁一挑，少年的另一只手飞了出去。断掉的手里仍死死握着那只荷包。

竹内惊奇，弯下腰从少年手里拿过荷包，一张照片掉在地上。

一个日本女人慈祥地微笑着。

几个士兵一惊，从照片上收回目光，眼神闪烁地望着竹内。

竹内拿起照片，惊叫一声："他是日本人?!"

二

沈老板站在工厂院内，焦急地等着卡车回来。

淞沪会战刚打响的时候，战场离城区还很远，几乎听不到枪炮声。大部队开赴战场时，声势浩大，拉着炮的卡车一辆接着一辆，头上还有飞机掠过，军人们一队一列地，源源不断在街上过了三天。后来，保安、警察都上了前线。这一仗，一打就是两个多月。

起初的日子里，就有许多工厂大搬家，那是国家的工厂，有兵工厂、造币厂，还有提炼黄金的工厂。随着战事吃紧，不少私人工厂也开始搬离了，私人工厂的老板花高价雇了卡车和船，源源不断地把工厂内的财物搬走。

沈老板一直期望，战争早点结束，中国军队大胜，把日本人赶出上海地界，他的工厂就可安矣，一家老小也可安矣。沈老板已经五十多岁了，五十多岁的人，不喜欢动荡，已经折腾不起了。

最近一些日子，枪炮声在城里已经清晰可闻，有钱有势的人家都开始搬家了，不仅搬走一家老小，还有自己在上海建立起来的事业。上海是做生意的宝地，有铁路有码头，四通八达。

沈老板这个产业说不上大，也说不上小，是专门做旗袍等服装的工厂。那旗袍，更是沈老板的专利。沈家三代人都在上海经营这个服装厂，服装厂叫大龙服装厂。在上海，提起大龙服装厂，无人不知，无人不晓。

大龙服装厂生产的旗袍等服装不是一般人能消费得起的，那是上等货，是大老板、阔太太和一些外国使节消费的。也就是说，大龙服装走的是高端品牌路线，创立之后，一百多年的时间里，大龙服装见证了上海的兴旺。

枪炮声已经由远及近了，上海许多有头有脸、家大业大的豪绅，都举家带厂地迁徙，到最后许多平头百姓也开始逃离了。那些日子，上海的大街小巷到处是逃离的人群。

沈老板父母尚在，还有三个太太，大太太是原配，年纪和他相仿，那是父母之命定的亲，后来顺理成章地结了婚，生了两个儿子。两个儿子已经到英国留学去了，一走几年再也没有回来，只是不时有些家信，汇报学习和工作情况，沈老板不时地差账房先生去银行汇款，供给这两个儿子在英国的花销。

二姨太四十出头，以前在服装厂专门设计旗袍，自己也爱穿旗袍，一年四季都穿旗袍，旗袍是她的最爱。二姨太生了个千金，已经十八了，叫晓婉。晓婉念女子国立高中，刚毕业，也准备去英国留学。

三姨太三十出头，育有一子，叫小龙。小龙才五六岁，虎头虎脑的，正是天真可爱的时候。

一直陪伴沈老板的，除了沈老板父母、三个太太外，还有处理家务活的王妈、管账的吴先生、跑腿打杂的小李子。账房吴先生五十多岁，和沈老板年龄相仿，两人是同学、发小，沈老板接管工厂后，吴先生便也跟着进了工厂。小李子是跑腿的，跑腿的人要年轻麻利，小李子二十来岁，是很精明、很懂事的一个年轻人。

淞沪会战刚打响的时候，沈老板就动过搬家的念头，把自己的想法和父亲说了，沈老爷子是这个服装厂第二代传人，也是守业的人。创业容易，守业难，大龙服装的品牌就是经过沈老爷子这代人发扬光大的，他把服装厂看得比自己的命还金贵。沈老爷子当然不想走，他的话是："大龙服装离开上海，还算个什么?"

大龙服装是贵人的服装，只有上海人认，也只有上海的先生、太太穿大龙服装才相得益彰，离开上海，大龙服装连条蛇都不是。沈老爷子坚定地要和服装厂共存亡。

父亲这么说了，沈老板只能等待着，期待这场战役中中国军队能够胜利，保住大上海，自然也就保住了大龙服装厂。

期待永远是期待，结果是几十万的中国军队战败了，乌泱乌泱地撤军，城里的人又乌泱乌泱地往外地跑，有的去了江苏，有的去了浙江。

眼见着战火都烧到城内了，在沈老板的再三劝说下，沈老爷子只能仰天长叹："小日本要灭我大龙啊!"

沈老先生这一声喟叹，等于默许了沈老板的提议。在三天前，沈老板雇来几辆卡车，当然是花高价雇来的，比平时翻了近十倍的价钱。几辆卡车拉着大龙的服装，还有一些生产服装的机器、制旗袍的模板，兴师动众地开向苏北。

苏北是沈老板的故乡，一百多年前，他们闯上海时就是从苏北来的。他们人虽到了上海，但仍和苏北有着千丝万缕的联系，远房亲戚平时也时有走动，沈家的血脉连着苏北。大难临头了，他们又想起了故乡，于是故乡成了避难场。

沈老板第一批运走的都是一些家当，沈老板已经交代好了，等车到了苏北放下东西，就回来接他们一家老小。依据车程，下午时分车就该回来了。

沈老板站在服装厂院子里，身后是沈家的家业：一幢楼是生产服装的车间，现在车间里一派狼藉，散乱着布匹和大小不一的模板；另一幢小楼是他们一家生活起居的地方，也已经乱了，衣柜的大门敞开着，金银细软都装进了太太们各自的包里。一家老小聚在一楼的厅堂里，大包小包的值钱家当就放在他们身边，随时要走的样子。

东西已经收拾了几天，没什么可收拾的了，一大早，他们一家老小就等在厅堂里，等着去苏北的卡车回来，拉走他们，让他们远离这战乱的上海。

两天前他们就能听到远处的炮声了，越来越近的炮声震得房屋一抖一抖的，一家老小的心也随之战栗着。从昨天开始，不仅能听到炮声，还能听到枪声，枪声不是一发一发的，是一团，像放鞭炮一样，有时又像一阵风，他们知道，上海是守不住了。于是众人开始焦急，他们焦急地等待着离开这个战乱之地。

唯一不着急离开的就是晓婉，她没有收拾东西，甚至都没有做好离开的准备。她不想离开这里，是因为还没有完成一个约定。

那个约定是她和肖立下的，高中毕业了，她和肖约定要一起去英国留学。他们的决定得到了沈老板一家人的支持，三个月前就给他俩在英国领事馆办好了签证，船票两个月前就订好了。马上就到了她和肖登船去英国的日子。船票就放在她的手袋里，不仅有她的船票，还有肖的，两人说好，她要在家里等肖，然后两人一同去英国。晓婉似乎听见了码头上客船的汽笛声，一想起客船的汽笛声，晓婉就兴奋不已。

晓婉不是因为英国有多么好而兴奋，而是因为能和肖在一起她就抑制不住地高兴，浑身上下每个细胞都是活跃的。肖比她大一岁，是一个长发男孩，脸很白，戴着眼镜。晓婉喜欢这个男孩已经有两三年了，那时只是喜欢而已。高中毕业时，两人才各自说出爱慕对方的想法，于是两人恋爱了。同窗的生活已经铺垫过了，初恋就是暗恋，打开心门，便是热恋了，情感的闸门一打开，感情就喷涌而出。

两人没有发誓生死相依，他们只有一个约定：一起登上赴英国的客船，去追求他们的爱情和前途。英国是陌生的，也是熟悉的。尽管从来没去过英国，但晓婉从两个哥哥的来信中，似乎对英国已经很熟悉了。

别人都要走了，她不想走，因为和肖的约定，船票还在她的手袋里，肖还没有来找她，她不能走，为了自己的爱情和约定。

沈老板站在院子里，看了眼表，估摸着去苏北的卡车快到了，他似乎隐约听到了卡车由远而近的声音。

他朝厅堂走去，父母坐在沙发上。父母在上海生活了差不多一辈子，父母生活一直很精致讲究，衣衫永远是整洁的，头发打发胶，一丝不乱。

大太太和二姨太穿着旗袍，外襟配着披肩；只有三姨太比较西化，穿裙子西服。三姨太正牵着小龙的手，小龙并没有意识到事态的紧迫性和严重性，他牵着母亲的手望着大人们齐聚在厅堂里，显得很兴奋。一家人齐聚的时候并不多。小龙就人来疯似的表演起来，他的表演是背唐诗，这是爷爷教他的：“远上寒山石径斜，白云生处有人家……”

就在这时，沈老板进门了。随着他的开门声，又有几声枪炮声传进来，一家人焦急地看着他。

大太太上前道：“车来了吗?”

沈老板又看了眼腕上的表，低下声音说：“还没有，不过快了，顶多一个钟头。”

二姨太就冲沈老板说：“快看看你的宝贝闺女去吧，她说什么也不走。”

沈老板低声说了一句：“我去看看。”

说完，他提起长衫向二楼走去。沈老板虽然做西装做旗袍，却爱穿长衫，他十几岁站过门市，那时就穿长衫，到现在了，仍习惯穿长衫，觉得只有长衫才适合自己。他提着长衫的衣襟走到二楼，来到女儿的房前敲门。

晓婉拉开门，看见了父亲，有些失望，又转身倚窗而立。她在等肖，说不定某个瞬间，肖就会出现在她的面前。

沈老板望着女儿的背影说：“晓婉，一会儿接咱们的车就要来了，咱们马上就走。”

晓婉头也不回地说：“我不走，我要等肖。”

沈老板叹口气：“外面的仗都打成这样了，英国的客船不会来了，就是来，你也走不成。”

晓婉说：“我一定要等，肖还没来，他的船票还在我这里。”

沈老板来到晓婉身边，向外看了一眼：“肖早走了，他家是开车行的，要走很方便。”

晓婉说：“肖不会走的，即便走，也会告诉我的。”

沈老板说：“日本人马上就要打进城内了，也许他顾不上了。”

晓婉轻声坚定地道："不可能。"

沈老板此时心急如焚，外面的枪炮声越来越近了，他担心接他们的卡车还没到，日本人却先来。他没心情和女儿说这些了，他决定，只要车一来，就是拖也要把女儿拖到车上去。

他转身走出去，打算站在院子里等卡车。他从楼上下来，小李子不失时机地站到他面前。小李子很有眼力，他知道沈老板什么时候需要他，什么时候不需要他。需要他时，他总是不失时机地出现，不需要时又见不到他的人影，这就是小李子存在的意义。

小李子站在沈老板面前。

沈老板冲小李子说："看着大小姐，等车一来，你帮我把大小姐弄到车上。"

小李子干干脆脆地答道："是！"

小李子望着沈老板走进院内。

小李子十几岁就来到了沈家，他是看着大小姐从小女孩长成如花似玉的大姑娘的。小李子知道大小姐的命和自己的不一样，两人也是活在两个世界里，但他就是爱大小姐，大小姐的一举一动他都留意着，大小姐在他眼里就是一朵花，五月的鲜花。

林连副带着林嫂和孩子，在几名士兵的护卫下，一路向北而来。

林连副所在的团是最后撤出城的一支部队，他们负责阻击日军。他们部队一撤，整个上海就无军队保护了。在他们没撤时，已经有小股日本部队进了城，他们团主力一撤，日军便像潮水一样涌进城里。

林连副走了不远，便与一小队鬼子相遇了，狭路相逢，两队士兵对射着，利用楼房做掩体，林连副带着士兵和林嫂穿弄堂，走小路，一路向北而来。

当他们来到大龙服装厂附近时，看见一队鬼子兵正在向一辆卡车射击，司机中了枪，歪倒在方向盘上，卡车的油箱也已中弹，大火随即燃烧起来。

鬼子兵四散开来，挨门逐户地开始搜查。也就在这时，林连副他们被日本兵发现了，十几个日本兵朝林连副几个人射击，一个身背步话机的鬼子向上级汇报着。

突然而至的鬼子让林连副暂时中断了撤退的打算，他们已经无路可退了，面对鬼子，只能硬拼。

在两三个士兵的掩护下，且战且退地来到大龙服装厂，林连副让一个士兵上去敲门，门从里面反锁着，没人开门。林连副蹲到墙下，招手让一个士兵踩在自己的肩上，士兵在林连副的托举之下，翻墙而入，从里面打开门闩，林连副带着林嫂和几个士兵进入大龙服装厂。外面掩护的三个士兵，被鬼子的火力压制在空地上。

林连副一挥手，几个士兵向厂房的门楼跑去，迅速抢占有利地形，在楼上窗内向日军射击，掩护另外三个士兵进入大龙服装厂。马班长在跨进大门那一刻，腿上中了一枪，马班长是翻滚着进大门的。随后，大门就被另外两个士兵关上了。门是铁门，用电焊焊接过，子弹打在铁门上，发出“砰砰”的回音。

沈老板站在院内，先是看见来接他们的卡车朝大龙服装厂驶来，车像一个醉汉开得呼呼喘喘的，那一刻沈老板内心是欣喜的，但马上他就失望了。

他看见弄堂里冲出一队日本士兵，冲着车喊叫着什么，车没有停下，鬼子便开始射击，那个姓陈的司机中弹了，车一头撞在墙角，接着是一队中国士兵冲出来，与日本士兵对战。在中国士兵接近院门时，沈老板跑进了楼内。他死死地、狠命地把门关上了。

外面枪声大作。

沈老板望着一家老小，一家老小也望着沈老板。他们明白，日本人来了，他们出不去了。

沈老板低低地说："日本人来了，我们走不成了。"

三个太太一下子围了过来，大太太是原配，又为沈家生了两个儿子，在沈家太太们中地位最高，不论事情大小，都是她先发声。她拉住沈老板的胳膊，颤抖着声音问："那我们该怎么办？"

沈老板面对着突然的变故，知道无力回天了。他亲眼看到卡车司机陈师傅被日本兵打死，日本兵包围了大龙服装厂，此时一家老小已无路可退。

他去看坐在桌前的父母，外面的枪声一阵紧似一阵。父亲从八仙桌旁站了起来，接着是母亲，母亲搀着父亲，颤颤巍巍地上楼，他们这是要回到自己的房间里去。

沈老板绕过太太们上前叫了一声："爸，妈……"

父亲回头，脸上波澜不惊的样子："儿呀，这都是命，命让我们守着大龙！"

父亲和母亲上楼了。

沈老板知道，不走，也许是父母期待已久的，父亲生在大龙服装厂，长在大龙服装厂，又老在大龙服装厂，是真的不想离开自己的家业，也许是天意成全了父母。

想到这里，沈老板心安了一些，回过身来，看着三个太太，道："回自己的房间吧。"

三姨太把孩子抱在怀里，孩子似乎明白，又似乎不明白地望着沈老板。沈老板走过去摸了一下儿子的脸，在心里叹了一口气。

三姨太问："这孩子怎么办？大人也就这样了，你忍心看孩子落在日本人手里？"

沈老板瞪了眼三姨太。三姨太年轻，正得宠，说话很直接。

沈老板望着三个太太："你们回房间，照料好你们自己。"

三个太太相互看了一眼，平日里她们虽然不断地争风吃醋，现在她们要一致对外了，因为鬼子就在门外，外面的枪声正紧。她们不再说什么了，蹑手蹑脚地上了楼。

小李子从楼上下来了。他一直希望把大小姐带到苏北去，离开上海，离开肖，他在楼上看到了卡车，也看到了日本人，卡车被鬼子兵烧了，他的心就凉了。

大小姐晓婉和他的心情却不一样，她在屋里蹦跳着喊："快看，卡车着火了！"

晓婉不想走，她心里装着肖，所有的一切似乎都和自己无关。她一点也不理解小李子此时的心。

小李子下楼去寻找沈老板，沈老板才是他的主心骨。

小李子从楼上"噔噔噔"地跑下来，账房吴先生正一副不知如何是好的样子，沈老板望着小李子和吴先生，表情就多了些悲壮和激昂。

沈老板说："卡车被鬼子烧了，我们走不成了！"

吴先生看看自己的大褂，除了会打算盘、记账，别的他想不出自己还会什么了，他只能听沈老板的吩咐。

小李子望着沈老板，目光如炬，他十几岁就来到了沈家，沈老板就像他的父亲，沈老板说啥就是啥。

小李子问："老板，你说咋办？"

沈老板一副鱼死网破的神情，说："把家伙拿出来吧。"

沈老板所说的"家伙"是前些年从德国人手里买的几支枪，枪是德国造的，封了油一直放着，沈老板的本意是看家护院用的，只是一直没用上，就放在一楼的角柜里。小李子平时喜欢枪，有事没事拿出来，擦拭养护一下，然后放回去。

沈老板一说"家伙"，小李子自然知道指的是什么东西，忙跑到柜子旁，把头探进去，抱出几支用油布包裹的枪，又跑到厅堂内打开。

枪被油封过了，崭新的样子，还有一盒子弹锃亮地摆在地上。

沈老板拿起枪，一边往枪里压着子弹一边说："鬼子来了，咱们走不成了，一家老小就看咱们几个男人了。"

吴先生拿过枪小声地说："外面不是还有一支中国军队吗？"

沈老板向外看了一眼，外面正打得火热。他咬着牙说："就是这几个当兵的，把日本人招来了。"

沈老板说着便把枪装满了子弹，又往长衫口袋里装子弹，抓了一把又抓了一把，直到沉甸甸的，口袋下坠得厉害了，他才住了手。

沈老板扛着枪冲出门去，小李子端着枪随后，接着是吴先生，吴先生拿枪的样子有些可笑，但还是像沈老板那样冲出去了。

外面枪声大乱。

有两个士兵扒着墙头向外射击，日本兵的子弹"嗖嗖"地从头上飞过，吴先生刚迈出门槛，一颗子弹飞过来，打在后面的墙上，他腿一软就跌倒了。

小李子回头看了吴先生一眼，着急地喊："吴先生，把腰弯下来。"

说完小李子弯腰揣枪，像一名战士一样随沈老板向前跑，吴先生得到要领，学着小李子的样子，也向前跑去，兜里的子弹哗啦哗啦地响着，硬邦邦的声音，像藏了一堆银圆。

沈老板跑到厂房，上了楼，那里地势高，可以清楚地看到外面。他到二楼的时候，看到林连副正带着几个士兵躲在窗子后，朝外面射击。马班长受伤的腿被纱布缠上了，白花花地缠了半截腿。此时马班长正拼命地往外射击。

沈老板上楼的时候，林连副回头望了沈老板一眼，一眼便看中了他手里拿着的德国造卡宾枪，林连副不看沈老板，却看着他手里的枪，赞叹了一声："好家伙。"

沈老板冲林连副问："你是领头的？"

林连副就说："是，我叫林大可。"林连副说到这，从窗子里往外射击。

沈老板一下子用枪抵住了林连副的头，林连副没动，枪就僵在那里。

沈老板说："是你们把日本人引到了这里。"

林嫂抱着孩子，躲在墙角，看到这一幕，吃了一惊，惊惧地睁大了眼睛。

马班长过来，用手推开沈老板的枪，自己的枪抵在了沈老板的胸前，咆哮着说："整个上海都沦陷了，日本人是自己找上门来的。”

随后赶来的小李子和吴先生站在楼梯口，看到这一幕有些发傻。

林连副起身，把马班长的枪推开，低声说了句：“你是这儿的老板？”

沈老板没有说话，算是默认了。

林连副道：“日本人包围了这里，你们怎么还不走？”

沈老板一指院外：“卡车被日本人烧了。”

院外不远处，卡车还在燃烧着，冒着不大不小的青烟。

林连副又说：“你们早该走。”

沈老板看见了躲在墙角的林嫂，林嫂抱着孩子，一脸镇定，丈夫就在身边，她有足够的理由让自己镇定。

沈老板说：“这里不安全，让这位太太去后院吧。”

林连副看了眼林嫂。

沈老板冲小李子说：“快带这位太太去后院。”

小李子过去，拉过林嫂就向外走。路过林连副身边时，林嫂看了一眼林连副，叫了一声：“大可……”

林连副冲林嫂笑了一下道：“看好孩子。”

林嫂被小李子带了出去。

院外，一群日本人又向院内攻来，林连副和马班长躲在窗后向外射击。几个日本兵相继倒下，又有几个鬼子抬来一挺重机枪，躲在一个街角，向院内射击。

一发炮弹落在院墙内，两个士兵瞬间被炸飞了，墙上也被炸出了一个豁口。

楼上除林连副外，还有负伤的马班长以及另外几个士兵，他们占据窗口，齐心协力地向外射击着。

沈老板站在楼上，能看得很远，日本人已经把这里当成了阵地，一队队日本兵，从不同角度向这里拼命射击。这里有他的家小，还有他的大龙服装厂，这里是他的一切，他只想把日本人挡在大龙服装厂外面。

沈老板也开始向外射击，虽然不专业，毕竟他打响了第一枪，吴先生也学着他的样子，向外射击，弹壳从枪膛里蹦出的那一瞬间，吴先生热血沸腾。

小李子已经从后院赶了回来，也占据一个窗口，他一边向外射击，一边喊叫着。

这一场战斗，从下午打到傍晚，日本人仍没能前进一步。此时日本人已占据了大半个上海，散落的中国士兵各自为战。整个上海，都被枪声淹没了。

后来史料记载的“八百壮士”（编者注：当时参与四行仓库保卫战的中国军人实际只有450余人。）坚守四行仓库的故事，也就是在这时发生的。

此时，林连副还有几个幸存的士兵，以及沈老板一家，仍然坚守在大龙服装厂的院内。他们的楼房差不多快被日本人炸塌了，已经没有一扇完整的窗子了。他们抵抗的枪声变得稀疏，因为没有多少子弹了，但日本人仍不能向前，子弹让日本人无法前进。

这时，天已经黑了，枪炮声变得稀疏。日本人围而不攻，他们在院外的空地上升起了几堆火。他们担心中国军队会趁夜突围，他们不知道这个院内有多少中国军人。

林连副已经无力突围了。吴先生被日军的子弹击中，穿着大褂的吴先生，趴在窗子上。小李子的胳膊也被击中了，沈老板撕了自己的长衫，给小李子包扎伤口。此时，沈老板满手是血地握着枪，张大嘴巴，气喘着，一副精疲力竭的样子。

林连副、马班长，还有另外一名士兵，这是他们坚守最后的力量了。

林连副数着子弹，一发发地压到枪膛里，只剩下五发了。

马班长拖着一条腿，倚在墙上，他在用衣襟擦着两发子弹，那是他最后的弹药了。

林连副用眼睛去寻找另一侧的那个士兵，士兵向林连副伸出三个手指头。林连副明白，他们的子弹加在一起只有十发了，这是他们最后的本钱。

入夜时分，日本士兵暂时停止了进攻，把大龙服装厂包围了，几挺机枪架在角落里，他们担心中国士兵趁夜突围。

林连副何尝不想突围，但现在只有三个人了，而且马班长只能算半个，一条伤腿，拖累了马班长。

沈老板和小李子来到后楼，一家老小躲在楼上父母的房间里，他们从来没有如此团结过，以前他们都待在自己房间里，三个太太彼此也很少说话，关起门来，打发自己的日子。而眼下，她们需要对方，似乎她们只有从对方身上才能找到力量和希望。

父母坐在太师椅上，从下午到现在一直就那么端坐着。三个太太，有的站着，有的坐在床上，有的蹲在地上，她们都听着外面的枪炮声。刚开始小龙还大喊大叫，嚷着要去外面看炮仗——他把枪炮声当成了春节的炮仗。直到三姨太把他领到窗前，抱起他，看到了院外的鬼子，小龙一下子吓傻了，伏在母亲的怀里，大气也不敢出了。

沈老板和小李子出现在大家面前时，像个战士一样端着枪，沈老板的帽子被鬼子的子弹射穿了两个洞，长衫又撕了半截包扎在小李子的胳膊上。小李子满脸烟色，因失血多，他的脸在灯下有些发白。

沈老爷子一直闭着眼睛，沈老板进来时，他睁开了眼睛，问询般地望着儿子。

沈老板望了眼父母，又望了眼三个太太，最后盯在小龙的身上。小龙见到父亲，胆子大了一些，扑过来，抱住父亲的腿，沈老板弯腰把小龙抱起来，哑着声音说："日本兵还在外面围着。"

大太太立起来："这么说，我们出不去了？"

沈老板抬眼看父亲。

父亲又把眼睛闭上了。

三姨太过来，从沈老板手里接过小龙，深深地望一眼沈老板，哽着声音说："我们大人倒好说，孩子怎么办？"

提起孩子，所有人都有些酸楚，他们所有人都清楚，日本人攻打进来的后果。

三姨太哭了，一边哭一边说："绍更，你是男人，带着孩子走吧。你把孩子带出去，我们留下。"

沈老板叫绍更。

沈老板咽了口唾液，他挨个看看，先是看着三个太太，最后把目光落在父母身上。

父亲又睁开眼睛："绍更，你要是能走，就带着孩子走吧。我和你妈哪儿也不去。”说完把手递给老伴，两位老人的手隔着茶几握在了一起。

大太太跪下来，颤着声音说：“绍更，我们不想死，想活命呀。”

接着就是二姨太，然后是三姨太，女人们跪下了，低下头，抽泣着，眼泪冲花了她们的脸。

沈绍更从没经历过这种情景，他们没有走成，完全是因为自己一时疏忽，如果他先撤离一家老小，也许就不会发生这种情况了。现在后悔已经晚了，他眼里有了泪，说：“都怪我糊涂，要钱不要命，我对不起你们。”

此时，沈绍更觉得无论说什么都那么苍白。

小李子见老板这么说，就把沈绍更拉到门外，沈绍更不知他要说什么，只能看着小李子。

小李子说：“老板，我冲出去，引开鬼子，你带一家老小跑路。”

沈绍更望着小李子，在这以前他只把小李子当成一名伙计，从没对他另眼相看过，此时，他看了小李子一眼，又看了一眼。

小李子又说：“我出门就跑，鬼子一定去追我，你和家小准备好，也冲出去。”

沈绍更在万般无奈之际动心了，他问了句：“你一个人能行？”

小李子说：“死马当活马医吧，我一个人，你不用担心我。”

沈绍更握住小李子的手，用力捏了捏：“要是成了，你就是沈家的大恩人。我去准备一下。”说完，沈绍更进了父母的房间。

小李子站在走廊里，看到大小姐晓婉的门是虚掩着的，他要向大小姐告别。他下决心引开鬼子，下决心的那一瞬间，他想到了大小姐，心便悸动了一下，然后他的心变得坚硬起来。

他来到大小姐门前，透过虚掩的门可以看到，大小姐和林嫂站在屋内，两人似乎已经把该说的话说完了。

小李子喊："大小姐……大小姐……"

晓婉把门打开，小李子便完全出现在大小姐面前。

小李子在战火的锤炼中，已经像个战士了，左臂负了伤，脸是烟色的，头发也很乱，右手提着的枪让小李子显得更有男子气概了。

晓婉看着小李子，一时不知所措。

小李子看了林嫂一眼，林嫂也在看着小李子，小李子把目光定在大小姐姣好的脸上，轻声道："大小姐，我走了……"

晓婉问："你去哪？"

小李子说："我去把鬼子引开，你们再冲出去。门外全是鬼子。"

晓婉冲小李子笑了一下，她笑得唇红齿白，小李子受到感染，也笑了笑。

沈绍更走进父母房间，所有人的目光又落到了他的身上，他颤着声音说："爹、娘，一会儿小李子把鬼子引开，我们就冲出去。"

父亲盯着他："绍更，我们冲出去，要去哪呀？"

沈绍更说："回苏北，回老家避难呢。"

父亲冲三个太太和小龙一指："你带他们走吧，我和你妈哪也不去。"

三个太太一听说能冲出去，离开这个危险之地，马上行动起来，她们抓起大包小包，背在身上，三姨太把小龙抱在怀里，第一个冲了过来，抓住沈绍更的一只胳膊，急促地说："绍更，那就快走吧，要是让儿子落到日本人手里，就没有活路了。"

沈绍更知道，已经没有多少时间了，围在外面的鬼子说不定什么时候又要进攻。他已经没有时间说服父母和他一起走了，只能另想办法。

他冲父母道："爹、娘，等我们出去再来接你们。"

说完，他便带着三个太太和小龙走了出去。在走廊里，他看到小李子在向大小姐告别。

小李子冲大小姐鞠了一躬："大小姐，再见！"

小李子走下楼去，沈绍更带着三个太太和小龙也向楼下走去。

沈绍更把三个太太安顿在一楼的厅堂里，和小李子走进院子里，院子已经被炮弹炸得稀烂了，两人深一脚浅一脚地走到铁门旁。

他望着小李子，小李子也望着他。沈绍更想了想，从腕上把那块金表摘了下来，那是劳力士金表，沉甸甸地放到小李子手里。沈绍更动了真情，这个跟了沈家十几年的伙计，平时只是一个伙计，悄无声息的，但他永远在你需要他的时候，出现在你的眼前。此时的小李子就是在给沈绍更雪中送炭，让他在黑夜里看到一丝光亮。

小李子一笑，把劳力士又放回沈绍更的手上，道了一声："老板，这表我用不上，你戴好，老板才配戴金表。"

沈绍更只能收了表，又戴在了手腕上。

小李子又说："老板，开门吧。"

沈绍更清醒过来，小李子这一去，不知能否活着，他用力地望了眼小李子，拉开门闩，回头又望了眼小李子。小李子深吸一口气，回头望了眼大小姐亮着灯的房间，回过头说了一声：“老板，开门吧。”

沈绍更用了平生所有的力气打开了门，小李子像一股风一样向门外跑去。

小李子跑出大龙服装厂，前面就是一片开阔地，再往前跑就是街道和纵横的弄堂。鬼子生起了几堆火，火噼啪地燃着，小李子看到暗影里鬼子的枪口，正黑洞洞地冲着大龙服装厂，在这一瞬间，世界死寂，只有满耳的风声，小李子突然大喊：“我在这呢，你们来追我呀……”

日本人的枪响了，是掩在暗处的一挺机枪，吐出火舌，小李子感到眼前一亮，只看到了那火光，甚至没来得及听见枪响，便一头栽倒了，他在心里叫了一声：大小姐呀……

沈绍更眼见着小李子奔了出去，一百米，两百米，他似乎看到了小李子冲出去的希望。然而，希望还没有点燃，鬼子的枪就响了，小李子像一片树叶似的在眼前飘了一下就落下来了。

沈绍更在心里喊了一声：完了！他下意识地又把大门关上。

二楼的林连副和马班长，刚才似乎打了个盹，他们已经几天没有睡觉了，先是打阻击，后来就是撤退，是四天还是五天没合眼，连他们自己也记不得了。一闲下来，眼皮就像山一样地压下来，头晕晕的。

沈绍更拉门闩的声音惊动了他们，他们睁开眼睛，接着看见小李子飞跑出去，林连副有些吃惊，他不明白小李子为什么要跑出去，接着鬼子的枪响了，一挺机枪的点射。敌人的射击暴露了鬼子的射击点，林连副下意识地打了一枪，敌人的机枪哑火了，小李子像一个木偶似的扑倒在地上。

接着他听到沈绍更上楼的声音。少顷，沈绍更就立在了他的面前，沈绍更有些气喘，他说："完了，我们出不去了。"

林连副站起来，立在沈绍更的面前，只说了一句："不该让那伙计去送死。"

沈绍更反问道："不死，又有什么办法？"

最沉重的话题被沈绍更抛了出来，他们自从进入大龙服装厂那一刻起，便只有死路一条了。林连副此时还不知道，在上海有个叫四行仓库的地方，那里有个叫谢晋元的副团长，带着士兵也在顽强抵抗着。这大上海的城中之战，惊动了中外若干记者。这一战，英勇卓绝，举世闻名。

林连副看了眼马班长，还有另外一名战士，他明白，自己已经没有能力保护任何人了，三支枪，只剩下几发子弹，鬼子只要一个冲锋，他们就会垮下来。

林连副说："沈老板，我们出不去了，明天一早，鬼子只要发起冲锋，这里就跟整个上海一样沦陷了，我们只是一个孤岛。要活命只有一条路……"

沈绍更望着林连副。

林连副别过头，说："你带着家人，举起白旗，从这里走出去。"

沈绍更又看了眼林连副，没有说一句话，走了出去。

他回到后楼的厅堂，楼上的人都下来了，包括父母、晓婉和林嫂，都聚在厅堂里。刚才的枪声响过了，他们都明白跑出去已毫无希望。

沈绍更走回来，惨白的灯光下，他白惨惨地望着每个人。

父亲坐在太师椅上，一天的惊吓，让沈老爷子已经没有多少气力了。沈老爷子说：“绍更，别折腾了，这里没人能出去了。”

沈绍更看了眼林嫂，冲父亲说：“那个军官说，我们打着白旗，从这里出去，也许能活命。”

沈老爷子拍了一下茶儿，怒了：“那是狗，狗才那么活命！”

大太太站起来：“不活命，我们只有死路一条，男人被杀死，女人被送到妓院。”

另外两个太太你看看我，我看看你，二姨太抱紧了双肩，三姨太抱紧了怀里的小龙。晓婉立在林嫂身旁，一脸淡然。

沈老爷子站起来，颤颤巍巍地走到一个柜子旁，又哆哆嗦嗦地从柜子里翻出一个纸包，走回来，把纸包打开，放在茶儿上，人们去看那物件。

沈老爷子对沈老板说：“这是砒霜，是你爷爷留下来的，就是防备着这一天。”

沈老爷子又看了眼众人，冲王妈道：“王妈，用火煮了吧。”

王妈哆哆嗦嗦地上前，从沈老爷子手里接过一纸包砒霜，看看这个，望望那个，不知如何是好。

沈老爷子生气了：“快去呀……”

王妈一惊，拿着砒霜走进了厨房，接着就是铁锅碰灶台的响声。

沈老爷子淡然地说：“今天，大伙儿就是选个死法。”

沈老爷子又冲沈绍更说：“我和你妈活不动了，命不值钱，你们的命你们自己定。”

沈绍更望望这个，望望那个，三个太太大眼瞪小眼，最后一起把目光定在沈绍更的脸上。沈绍更把眼睛闭上，流下两行泪。

林嫂抱着孩子出去了，晓婉见林嫂走了，经过众人向楼上走去。

沈绍更突然睁开眼睛冲晓婉喊了一声：“去哪？”

晓婉在楼梯上站定，回过头说：“我回我房间。”

沈绍更望着女儿，女儿也望着他。

晓婉说：“爸，我不想死，我还要等肖来接我，船票还在我这儿！”

晓婉说完，转过身上楼了。

二姨太哑着声音喊了一句：“晓婉，都这会儿了，哪还有船呢？”

她说完便哭了起来，二姨太一哭，另外两个太太也哭了起来。

小龙在三姨太的怀里醒了，看看这个，望望那个，清醒地问了一句：“妈，你们怎么还不睡觉?!”

林嫂抱着孩子，来到林连副身边。林连副从林嫂怀里接过孩子，暖暖地抱在胸前，林嫂仰起头望着林连副，两人似乎不知说什么。

林连副望着林嫂，虚虚地说：“我接你们娘俩接晚了。”

林嫂说：“我们不是还在一起吗？”

林连副一笑。

林嫂说：“你说过，只要我们在一起，就是最幸福的。”

林嫂有泪流出来，两滴，沉甸甸的。

林连副把枪放在一旁，伸出手抱住林嫂的头，替林嫂擦去眼泪。

林嫂借势把头偎在丈夫的怀里，林连副把林嫂连同孩子抱在怀里。

外面响起一阵枪声，林嫂在林连副怀里抖了一下，林连副更紧地把她和孩子抱在怀里。一会儿，又一会儿，林嫂抬起头："我不误你事，我回那边去。"

林嫂从林连副怀里挣脱开身子，从林连副怀里接过孩子，说："我去喂孩子了。"

她说完把孩子又一次递到林连副面前道："你再看一眼孩子。"

林连副犹豫着伸出手，试探地摸了一下孩子睡梦中的脸。

林嫂抱着孩子说："我该给孩子喂奶去了。"

林嫂说完，转身就走了。

林连副望着消失的林嫂，雕像似的立在那儿。

厅堂里，王妈已经把砒霜熬好端出来了。一个很精致的不锈钢盆搬到茶几上，冒着热气。

沈老爷子望着热气腾腾的盆，有些不高兴，说："王妈，太热了，拿凉水来。"

王妈正在厨房里抹眼泪，听沈老爷子这么喊，忙用碗接了些凉水端到厅堂里，沈老爷子接过碗把凉水倒进盆里，一下一下地搅拌着，似乎在做一次精密的实验。

就在这时，林嫂抱着孩子又走进来。没人注意林嫂，所有人的目光都聚在沈老爷子的手上，碗碰着钢盆发出清脆的响声。

林嫂也望了眼那盆，躲在一角，撩开衣襟，侧过身去奶孩子。

沈老爷子的手停住了，他舀起半碗砒霜水，先是放到唇边试了一下温度，才递给身边的夫人。夫人颤着手接过碗，看了眼沈老爷子，笑了笑，把砒霜喝了，还掏出丝绢擦了擦嘴角。

沈老爷子又把碗放到盆里，舀了半碗，自己也喝下了，他把目光定在夫人的脸上，两人同时伸出手，握在了一起。他们微笑着，很美好的样子，似乎完成了一个盛大的仪式。

沈绍更走过去，拿起父亲放下的碗，学着父亲的样子，一口气喝光了碗里的水，放下碗，看了一眼太太们，走到三姨太身旁，用手摸了一下小龙的头，说了一句："天快亮了。"他走到厅堂门口，把虚掩的门关上，自己靠在门上，拢了拢长衫，让自己坐得更舒服一点。

大太太端起碗，有泪滴在碗里，她闭上眼睛，连同泪水一同喝下。

接着是二姨太。

三姨太走过来时，先是舀了一点，想了想，又把碗里的水倒出一点，她揽过熟睡中的小龙，把碗放到孩子嘴边，她的手在抖，小龙迷糊着说了句："妈，我不喝。"

三姨太哽咽着说："听话，孩子，喝了再睡。"

小龙听话地把碗接过去，一口气喝光了碗中的水，把碗还给母亲，倒头又睡下了。这次三姨太没有犹豫，狠狠地舀了一碗水，一口气喝下，走到小龙身边，和衣躺下，揽过小龙的身子。

大太太和二姨太两人搂在一起，突然放声大哭起来。

林嫂奶完孩子，放下衣襟，走过来，看了看盆，又看了看碗，舀了半碗，一口气喝光了碗里的水，默默地把碗放下。

王妈一直站在一角用衣襟抹泪，见众人都喝完了，她收起盆和碗向厨房走去。她走进厨房，把盆里的水倒在碗里，只剩下了小半碗砒霜水了。王妈倒得很仔细，又用清水洗了盆，放在橱柜里，拿抹布擦了擦灶台上的水渍，把抹布放回原来的地方。做完这一切，她端起碗，一口气喝光了水。她看了眼碗，又用水洗了，放到碗柜里。忙完这一切，似乎该歇了，她解下围裙，把围裙叠好，从门后拉过一张小木凳，这是她平时择菜、歇脚常坐的小木凳。她安静地坐下来，似乎在等待着主人下一次召唤。

天微明，天边有什么东西抖了一下，就亮了。

一队日本士兵，似乎从地下冒出来一样，向大龙服装厂靠近，有几挺机枪掩护着，向楼内射击，子弹打在墙上、窗户上。

没遇到抵抗，枪声停了。

一队鬼子接近了大龙服装厂的大门，一个鬼子试探地推了一下门，门开了，先是开了一条缝，几个鬼子上前，合力推开了门。

门正中，三个士兵立着，他们的腰上捆满了手榴弹。鬼子冲进来时，三个人就在那儿立着。

林连副下了最后一道命令："一、二、三！"

他们几乎同时拉响了手中的引信。

一声巨响之后，一切回归平静。

太阳出来了，红彤彤地照着上海，照进大龙服装厂院内。

血肉横飞之后，一队鬼子冒着硝烟冲了进来。

一队鬼子直奔前楼，又一队鬼子直奔后楼。

当鬼子踹开厅堂门的时候，沈绍更的身体从门旁滑落，一屋子的人，横七竖八地摆着。沈老爷子和沈老夫人手拉着手，头歪在一旁。

林嫂仍搂着孩子，孩子在啼哭，她在母亲胸前寻找着，她饿了。

一队鬼子犹豫了一下，奔向二楼。

晓婉坐在桌旁，手里拿着两张船票，她已经把自己打扮一新，随时准备出门的样子。当鬼子闯进她的房间时，晓婉手里的船票落到了地上。

一个鬼子喊："有一个活的！"

一个日本军官过来，看了眼晓婉，挥了一下手说："带走。"

过来两个士兵，架起晓婉就往外走，晓婉突然挣脱鬼子的手，疯了似的跑回去，拾起船票，放进手袋里。

三

肖来到大龙服装厂时，这里早已沉寂了。

肖很瘦，仍穿着一身学生制服，他跑进大龙服装厂，院内的硝烟散尽了，他望着满是弹痕的大龙服装厂。

日本人攻打大龙服装厂时，引来了很多人的围观，有学生，也有一些没来得及撤离的百姓，还有两个媒体记者。他们躲在远处，看到大龙服装厂里的人如何与日本人激战。

鬼子黎明时分的进攻，换回了一声惊天动地的爆炸声，然后，一切都沉寂了。

肖是在爆炸之后，提着行李箱，出现在观望的人群中的。他和晓婉约好了，下午就要去码头，踏上英国的客轮，共度他们的留学生活。

他看见几个日本人把晓婉从大龙服装厂带了出来，走到门口的时候，晓婉似乎朝远处的人群望了一眼。

肖挤出人群时，晓婉已被日本人带走了。肖扔掉行李箱，发疯似的跑进大龙服装厂，看到了厅堂里死去的沈家人。肖倒退着走了几步，便发疯似的跑出去，他要去找晓婉，去英国的船票还在晓婉的身上。他呼喊着晓婉的名字，顺着晓婉被带走的方向，一路跑了过去。

围观的人们开始涌入大龙服装厂，善良的人们立在大龙服装厂门前，望着大龙服装厂如此的模样，人们唏嘘着。

有几个学生拉了一条横幅，横幅上写着：中国人的光荣。

几个学生神情肃然，横幅在风中颤抖着，那条横幅插到了大龙服装厂门口。人们伫立在大龙服装厂门前，有几个过路的人，看了眼横幅，又看了眼千疮百孔的大龙服装厂，脱帽致敬，又匆匆地走了。

散了一拨人，又来了一拨人。人们在新闻中，看到了大龙服装厂发生的一切，许多人怀着崇敬的心情来到这里，瞻仰英雄。还有人偷偷地放下一束花，又悄悄地走了。

晓婉被日本人带到了慰安所。这是一排简易平房，每个房间里都摆放着一床一桌一凳，有点像士兵的兵营，门口有士兵站岗。

窗户上挂着窗帘，每个房间的门前都有几个士兵排着队，手里拿着慰安票，在门口经检验后走进去。

晓婉一来到这里，便知道自己的处境了，她首先想到的是逃离这里，她和肖的约定还没有实现，船票还在她手中。她从手袋里拿出船票，船票上写着下午三点钟开船。此时已经是傍晚时分了，去英国的船已经开走了，她似乎听到了船离开码头时，发出低缓深沉的汽笛声。

晓婉知道，肖会来找她。一想起肖，她逃跑的欲望更加强烈了。她一定要出去。

肖找到日本人的慰安所时，天已近傍晚了。他一边喊叫着晓婉的名字，一边要往慰安所里冲。警戒的士兵，自然不会让肖冲进去，架起了枪。肖看到枪就有点怕，只能蹲在一棵树下，歇斯底里地呼喊着晓婉的名字。

慰安所里的晓婉似乎听到了肖的呼喊，她拿起屋内的凳子向窗子砸去，玻璃碎了一地，晓婉踩着凳子，跳到窗外，她没想到这么轻而易举地就跑了出来。她的脚踩到地面上，便撒开腿奔跑起来。

也就是跑了几步，几个日本兵叫喊着追上了她，几把刺刀明晃晃地指向她，她只能向后退。日本人狞笑着，晓婉被什么东西绊了一下，跌坐在地上，两个日本兵便上前抓住了她。

日本兵这次没把她带到慰安所去，径直带进了兵营，一个军官的住处。

两个士兵喊了报告，里面的军官正坐在木桶里泡澡，木桶里漂浮着几片花瓣，留声机开着，放着日本歌曲。

日本军官长了一张肉脸，他泡得正舒服，冲外面的士兵应了一声："进来。"

两个士兵推开门，把晓婉推了进去，然后关上门，立在门口。

晓婉先是看到一张大床，然后就看到了散落在床边的日本军官的衣物，听见水流声。

晓婉寻找着，看到了挂在椅背上的枪，枪装在枪套里。晓婉冲过去，把枪从枪套里拿出来，背在身后。

日本军官泡完澡，看到如花似玉的晓婉，就一脸淫笑的样子，一步步紧逼着晓婉。他抓住了晓婉的肩，动手去解晓婉的衣服，狞笑着说："小姐，你也应该去洗个澡。"

晓婉在这过程中，没有发出一丝声音，突然她把枪举了起来，她的手袋还挂在手腕上。军官看到了枪，枪口正冷冰冰地指向自己。军官突然伸出手打落晓婉手里的枪，枪掉到了地上，军官发疯似的撕扯晓婉的衣服。衣服散落下来，军官狠狠地把晓婉扔在床上，人便扑了过去。

晓婉被两个士兵带回慰安所时，已经是午夜时分了，晓婉的衣服已经破碎，头发散乱。士兵将她扔进屋，关上了门。门上多了一页纸，纸上写着明天要慰安的士兵的名字。两个士兵嬉笑着看到了自己的名字，又嬉笑着离去。

晓婉躺在床上，她很无力，拿过手袋，从里面拿出那两张船票，泪水流了出来。

上海又一个清冷的早晨，说来就来了。

一队士兵走了过来，打破了慰安所早晨的宁静，士兵们自动在门前排成队。

昨天晚上押送晓婉的那两个士兵排在了晓婉门前，破烂的窗子已经被纸糊过了，窗上拉着窗帘。

士兵冲门里喊了一声："早晨好！"还冲门鞠了一躬，便推开了门。突然，士兵大叫一声又从门里奔了出来。士兵的大叫，惊动了值班的军官，军官跑过来大喊着："出了什么事？"

士兵用手指着屋内，说不出一句话来。

军官进门，看到了眼前这一幕：晓婉把床单撕成布条，挂在房梁上，身子悬在半空，脚下的凳子倒在地上。晓婉的手里仍死死抓着那两张船票。

军官也大叫一声："八嘎呀路……"

晓婉的尸体是被两个士兵抬出慰安所的，扔在不远处的一堆垃圾旁。

肖先是看见两个士兵抬着一个人走出来，近了一些，他发现那个人是晓婉。日本兵走了，肖奔过去，抱起晓婉。他看见晓婉那张安详的脸，看见了晓婉手里的船票，他从晓婉手里把船票拿过来，叫了一声："晓婉……"

肖背着晓婉一步步来到码头，黄浦江的码头一片死寂，往日的喧闹早就不见了。

肖把晓婉放下，扶着晓婉坐好，自己也坐到晓婉身边。他展开那两张船票，望着空荡荡的江水缓缓流过，远处江面上一艘船鸣着笛声。

肖看了眼身旁的晓婉，喃喃："晓婉，去英国的船开走了……"